英语文学经典女作家系列丛书

A Study
on Structures of Feeling
in Rebecca Harding Davis's Works

丽贝卡·哈丁·戴维斯
作品中的情感结构

李珊珊　著

黑龙江大学出版社
HEILONGJIANG UNIVERSITY PRESS
哈尔滨

图书在版编目（CIP）数据

丽贝卡·哈丁·戴维斯作品中的情感结构 / 李珊珊
著 . -- 哈尔滨 ：黑龙江大学出版社，2019.5（2021.7 重印）
ISBN 978-7-5686-0351-5

Ⅰ . ①丽… Ⅱ . ①李… Ⅲ . ①丽贝卡·哈丁·戴维斯
（Rebecca Harding Davis, 1831-1910）—文学研究
Ⅳ . ① I712.065

中国版本图书馆 CIP 数据核字（2019）第 071517 号

丽贝卡·哈丁·戴维斯作品中的情感结构
LIBEIKA·HADING·DAIWEISI ZUOPIN ZHONG DE QINGGAN JIEGOU
李珊珊　著

责任编辑　魏　玲
出版发行　黑龙江大学出版社
地　　址　哈尔滨市南岗区学府三道街 36 号
印　　刷　三河市春园印刷有限公司
开　　本　720 毫米 ×1000 毫米　1/16
印　　张　14.75
字　　数　227 千
版　　次　2019 年 5 月第 1 版
印　　次　2021 年 7 月第 2 次印刷
书　　号　ISBN 978-7-5686-0351-5
定　　价　44.00 元

本书如有印装错误请与本社联系更换。

目　录

第一章　绪论

第一节　来自小城惠灵的年轻女作家

1910年12月,《纽约时报》刊发了一则讣告:

> 1861年,她在《大西洋月刊》上发表了短篇小说《铁厂一
> 生》,小说描写了工人恶劣的生存境况……受到举国瞩目……很
> 多人认为它出自男性作家之手。她用独具特色的艺术手法所描
> 绘的严酷的现实主义图景跃然纸上,使人联想到男作家的创造
> 力,联想到左拉。[①]

讣告中这位曾经引起美国"举国瞩目"的女作家就是丽贝卡·哈丁·
戴维斯(Rebecca Harding Davis, 1831—1910)[②]。1861年4月,美国南北
战争爆发前夕,戴维斯的代表作《铁厂一生》("Life in the Iron Mills")匿名
发表在《大西洋月刊》(*Atlantic Monthly*)上。小说发表后立即引起了轰动。
首先,它回应了当时人们对于环境问题的争论。19世纪的工业革命
在给美国的经济和社会结构带来深远影响的同时,也使环境随着工业化
和城市化进程的推进而不断恶化。然而在《铁厂一生》发表时,环境危害

[①]　Tillie Olsen, "A Biographical Interpretation", in Tillie Olsen (ed.), *Life in the Iron Mills and Other Stories*, New York:The Feminist Press, 1985, p. 153.

[②]　她本名丽贝卡·布莱恩·哈丁(Rebecca Blaine Harding),1863年与克拉克·戴维斯(Clarke Davis)结婚。其早期作品均为匿名发表,后期作品署名"丽贝卡·哈丁·戴维斯",为了讨论便利,本书统称"戴维斯"。

和"污染"的概念还未最终形成①,对于引起环境污染的原因、煤烟及其他工业废物可能带来的后果,人们仍在讨论和争辩。当时有很多人甚至认为环境问题是由移民劳工造成的,并且推断这些穷人的身体肮脏,他们的道德也必然是败坏的。《铁厂一生》正是对当时关于环境问题争论的回答:工业化是环境污染的始作俑者,它正以前所未有的力量破坏环境、扭曲人性,而生活在社会边缘的移民劳工是工业化的直接受害者。

其次,《铁厂一生》被看作是"新型小说"。原因有三:第一,这是美国文学作品第一次详细展示 19 世纪美国东部工业城市的现实图景——被污染的环境、随处可见的欧洲移民、简陋黑暗得犹如地狱的工厂;第二,小说关注的是食不果腹、精神饥渴的移民劳工,来自威尔士的休·沃尔夫(Hugh Wolfe)和德博拉(Deborah)分别是 19 世纪铁厂工人和纺织厂女工的典型代表,两个人物的名字和独特个性提醒读者,他们是传奇和浪漫主义文学世界里从未出现过的人物;第三,读者在小说中听到了一道令人惊奇的"新声音"——一个性别模糊的叙述者用中产阶级的语言直接与读者对话,"面对面地"给读者讲故事,而他(她)故事里的人物说的则是粗鄙的方言。

为此,人们普遍认为《铁厂一生》出自一位天才的男性作家之手,然而令人意想不到的是,它的作者是来自西弗吉尼亚州惠灵(Wheeling)的一个三十岁的未婚姑娘。

戴维斯 1831 年 6 月出生在华盛顿,幼年生活在阿拉巴马州②。1836年,5 岁的戴维斯随父母迁居到西弗吉尼亚州(当时隶属于弗吉尼亚州)北部的惠灵。当时的惠灵还是一个宁静的村庄。戴维斯在回忆录《闲言碎语》(*Bits of Gossip*)中描绘了童年时的家乡:

　　　　我童年的那个世界对于现在的人们来说似乎显得过于宁静

---

① 美国历史学家 Adam W. Rome 认为,"污染"的概念形成于 19 世纪中期:19 世纪 50 年代,卫生改革的倡导者开始用"pollute"来描述城镇里的环境问题,见 "Coming to Terms with Pollution: the Language of Environmental Reform, 1865 – 1915", *Environmental History*, Vol. 1, No. 3, 1996, pp. 6 – 28.

② 阿拉巴马州又译亚拉巴马州。

和空旷了。那时候还没有火车、汽车和有轨电车，也没有电报和高楼大厦。全国也找不出一个拥有大笔财产的人，而现在这已经成了司空见惯的事了。那时候也没有托拉斯，没有工会，连它们的名字都还没有被发明出来。①

美国 19 世纪三四十年代的乡村生活简单而又宁静，人们生活的节奏缓慢。在当时"谈论钱被当作一件鄙俗的事——无论你是吹嘘自己有钱，还是抱怨自己缺钱"②。另外，多数村民虔诚地信仰宗教。

戴维斯的父亲理查德·哈丁（Richard Harding）是一个"坚定而正直"并且十分厌恶粗鄙的美国社会的英国人，而母亲雷切尔·哈丁（Rachel Harding）则是土生土长的美国人。哈丁夫妇育有五个子女，戴维斯最年长。尽管在戴维斯眼里，经商的父亲并没有什么才能，但在老哈丁看来，粗鄙的美国是不可能有文化的，文学早在莎士比亚时代就终结了。因此在戴维斯家里，老哈丁从不谈论美国的文学，而是经常给孩子们阅读莎士比亚的戏剧，还自己创作关于骑士的传奇故事。父亲的社会良知与道德感、他对粗俗的美国生活的鄙视与厌恶，以及他爱讲故事的天性深深地影响了戴维斯。母亲雷切尔则是戴维斯的启蒙老师，也是她最重要的人生导师。在戴维斯眼中，母亲是一个"准确的历史学家和文法家"，"她的学识可以和接受过大学教育的女性相媲美"。③雷切尔经常给女儿讲述具有地方特色和乡土气息的"南方故事"。在母亲的故事里，南方种植园里的女人，并非像人们所想的那样过着惬意舒适、令人羡慕的日子，她们每天忙着为一大家子人准备吃喝，为庄园里的奴隶裁剪衣物。她们可看的书很少，只有残破不全的诗集和《圣经》；她们没有娱乐消遣，只是偶尔穿着褪色的、过时的旧衣服去参加晚宴。④戴维斯的历史感、精确的表达能力，以及她对真实的日常生活的兴趣，都得益于母亲雷切尔的讲述。

---

① Rebecca Harding Davis, *Bits of Gossip*, New York：Houghton Mifflin, 1904, p. 1.

② Rebecca Harding Davis, *Bits of Gossip*, New York：Houghton Mifflin, 1904, p. 2.

③ Jean Pfaelzer, *A Rebecca Harding Davis Reader*, Pittsburgh：University of Pittsburgh Press, 1995, p. XV.

④ Rebecca Harding Davis, *Bits of Gossip*, New York：Houghton Mifflin, 1904, p. 69.

戴维斯的家庭属于新兴的中产阶级商人家庭。戴维斯从小生活在舒适安全的家庭氛围中。她不但拥有"自己的房间",还比同时代的多数女性接受了更多的教育。戴维斯从小就在父母的引导下阅读了莎士比亚、班扬、埃奇沃斯、罗利爵士等人的作品。一次偶然的机会,戴维斯阅读了霍桑的几部短篇小说①,霍桑的作品对戴维斯产生了重要而持久的影响。正是在霍桑的故事里,戴维斯惊喜地发现了日常生活的"神秘和魅力"②。戴维斯将自己具有的文学视野和敏锐性归功于霍桑。

戴维斯稍大一点的时候,父母为她和她的弟弟威尔斯(Wilse)聘请了家庭教师。1845年到1848年,戴维斯来到位于宾夕法尼亚州华盛顿的女子学院(Female Seminary)③求学。在那里,戴维斯如饥似渴地吸收着各种新知识和新思想。女子学院毗邻华盛顿大学,"大学城"的学术氛围滋养着聪慧好奇的戴维斯。她经常去旁听各种学术讲座和名人演讲。当时有许多演讲涉及废奴和社会改良等政治问题,戴维斯在回忆著名政治领袖霍勒斯·格里利(Horace Greeley)的废奴演说时写道:似乎有"某种东西扼住了你的喉咙,使你热泪满眶"④。戴维斯在求学期间接触到的废奴和社会改良思想对她日后的写作具有深远的影响。

1848年的世界风起云涌,瞬息万变。欧洲爆发了轰轰烈烈的革命,马克思和恩格斯发表了《共产党宣言》。在中国,也就是清宣宗道光二十八年,江苏青浦县发生了"青浦教案";老凤祥银楼在上海开张,开创了中国首饰业的世纪品牌并引领了百余年的时尚潮流。在美国,美墨战争结束;威斯康辛州成为美国的第30个州;世界第一家比较规范的期货交易所芝加哥期货交易所组建成立;首批满怀淘金梦想的中国移民抵达旧金山;美国历史上第一次"女权"会议在纽约州的塞尔斯·福尔斯(Seneca Falls)召开,拉开了女权运动第一次浪潮的序幕。就在这一年,戴维斯以优异的成

---

① 这几部短篇小说是:"Little Annie's Ramble","A Rill from the Town-Pump","Sunday at Home"。

② Rebecca Harding Davis, *Bits of Gossip*, New York: Houghton Mifflin, 1904, p.30.

③ 当时专门向美国女性提供中学后教育的学校主要有专科学院(academy)和私立女子学院(seminary)。参见高惠蓉:《女权与教育:美国女子高等教育发展研究》,上海三联书店2010年版,第16—17页。

④ Rebecca Harding Davis, *Bits of Gossip*, New York: Houghton Mifflin, 1904, p.182.

绩毕业。

尽管戴维斯渴望继续求学，但是由于当时美国女性高等教育的条件有限，她没能像弟弟威尔斯一样走进大学校园，只能回到惠灵的家里。除了照顾父母、料理家务之外，戴维斯和当时许多年轻女孩儿一样，喜欢在家附近闲逛。戴维斯的"流浪之旅"让她看到了一个丰富多彩的大千世界。

惠灵独特的地理环境和复杂的人文环境使之成为19世纪美国时代剧变的旋涡中心。首先，惠灵是美国最早发展工业的地区之一，它从一个宁静的村庄转变为一座喧嚣的工业城市的过程，正是美国工业化和城市化进程的一个缩影。

其次，惠灵位于南方与北方的交界地。西弗吉尼亚州北接马里兰和宾夕法尼亚州，东和东南邻弗吉尼亚州，西南接肯塔基州，西与俄亥俄州隔河相望。作为北美洲最早的殖民地之一，西弗吉尼亚地区有着十分悠久的历史。美国成为独立的国家之后，西弗吉尼亚州隶属于弗吉尼亚州。当时弗吉尼亚州东部地区主要发展种植园经济，蓄奴制盛行，而西部地区以白人自耕农经济为主，黑奴较少。随着工商业的发展和日益繁荣，西部地区对自由劳动力的需求越来越大。因此西部地区吸引了许多来自德国和北爱尔兰的移民，白人的构成也更加多样化。由于经济发展不平衡以及社会构成存在差异，东西地区矛盾重重，纠纷不断。故在南北战争期间，弗吉尼亚西部各县宣布脱离弗吉尼亚州，加入北方联邦，成立西弗吉尼亚州。位于西弗吉尼亚州北部的惠灵不仅是南方与北方的交界地，还是矛盾和冲突最为激烈的地方。

最后，惠灵是美国大熔炉的早期缩影。在独立战争期间，皮毛交易和伐木业的兴起促进了西弗吉尼亚地区水运的发展。到南北战争之前，这里的水运交通已相当发达。随着19世纪工业资本主义的发展和煤矿业的兴起，作为重要运输工具的铁路在州内被广泛修建，位于西弗吉尼亚北部的惠灵成了水路和铁路运输的交通枢纽，是贯通南北、连接东西的咽喉之地。在惠灵的街道上随处可以看到农民、炼钢工人、奴隶、旅行商人、船员、马车夫等。骨瘦如柴的工人行色匆匆地赶着上下班，来自北方工厂的制造商在惠灵中转南下，马车运送着将要乘船去往圣路易斯和新奥尔良的旅客,穿着欧式服装的欧洲移民乘着宽轮大篷马车驶向西部……①从小在惠灵长大的戴维斯因而有机会见到形形色色的"美国人",除了上面提到的移民劳工和奴隶之外,还有其他生活在社会底层的边缘人群,如窃贼、罪犯、娼妓、醉汉、瘾君子等等。当戴维斯决定将 19 世纪美国现实世界中肮脏和粗俗的一面展现给读者时,这些人物便栩栩如生地出现在她的文学世界里。

19 世纪 50 年代是戴维斯的文学创作"实习期"。戴维斯为西弗吉尼亚州的一家日报撰写评论,偶尔发表诗歌、散文。她甚至还一度承担了报刊的编辑工作。②

1860 年底,戴维斯向当时美国最具影响力的文学杂志《大西洋月刊》寄出自己的小说处女作《铁厂一生》。不久,戴维斯收到了主编詹姆斯·菲尔茨(James Fields)的回信。1861 年 4 月,《铁厂一生》正式发表。10月,《大西洋月刊》开始连载戴维斯的长篇小说《玛格丽特·霍斯:今天的故事》(*Margret Howth: A Story of To-day*,以下简称《玛格丽特》)。次年,《玛格丽特》由蒂克纳与菲尔茨出版社(Ticknor & Fields)出版,这也是戴维斯的第一部长篇小说。此后,戴维斯迅速成为《大西洋月刊》的一线撰稿人,受到文艺界的广泛关注。

1862 年 7 月,在詹姆斯·菲尔茨和妻子安妮的邀请和精心安排下,戴维斯来到美国的文化中心波士顿,见到了阿尔科特③、霍桑、爱默生、霍姆斯等文化名流。波士顿之行对戴维斯的思想和写作有着十分深远的影响。

在康科德的霍桑家中,在与爱默生和阿尔科特等人的接触中,戴维斯痛苦地发现了超验主义的不切实际:"他们以为自己引领了一个真实的世界,可事实上他们离真实的世界很远,也永远看不到它真正的样子。""他们的观点总给人一种不真实的感觉,就像霍桑说的,离现实太遥远。""他

---

① Tillie Olsen, "A Biographical Interpretation", in Tillie Olsen (ed.), *Life in the Iron Mills and Other Stories*, New York: The Feminist Press, 1985, p.70.

② Jane Atteridge Rose, *Rebecca Harding Davis*, New York: Twayne Publishers, 1993, p.7.

③ 指布朗森·阿尔科特,《小妇人》的作者路易莎·梅·阿尔科特的父亲。

们的理论就像孩子吹的泡泡,飘在头上,颜色绚丽,然而气泡反射出的天空、大地和人都是扭曲变形的。"①最让戴维斯无法忍受的是人们对待内战的态度。在他们看来,内战是一条"光辉之路",英雄们为了奴隶和祖国英勇无畏地奔赴战场,是国家的栋梁。这样的陈词滥调让戴维斯忍无可忍,她在回忆录中记录了自己在听到阿尔科特对内战发表高谈阔论时的感受:"我刚刚从边境来到这里,我看到了真实的战争,……此时此刻在我面前夸夸其谈的人其实根本就不了解战争……"②旅行结束后,戴维斯回到家乡创作了一系列"内战小说",揭露内战的真相。她是第一位在内战期间就创作并发表了"内战小说"的美国作家。

在波士顿之行中,戴维斯还结识了路易莎·梅·阿尔科特(Louisa May Alcott,1832—1888)。在为戴维斯举行的欢迎晚宴上,独自站在角落里的一位瘦高的年轻女士引起了戴维斯的注意。她衣着朴素,脸上带着警惕又挑衅的神情,似乎在告诉人们她已经准备好了应对一个没有给她(女性)留有一席之地的世界,她就是路易莎·梅·阿尔科特。戴维斯在认识阿尔科特之前也见过许多在贫穷和孤独中艰难谋生的女性,但她还未见过有谁能像阿尔科特那样,在残酷的环境里还能拥有无比慷慨的灵魂。由于布朗森·阿尔科特整日沉浸于超验的理想世界中,沉重的家庭负担都落在了路易莎·阿尔科特的肩上。她当女佣,当家庭教师,拼尽全力养活一家老小。与戴维斯相识不久后,阿尔科特到前线做了战地护士,并将这段经历写成《医院札记》(Hospital Sketches),且因此一举成名。这个坚强的女孩儿终于迎来了自己的"夏天",在冷酷的世界中艰难地找到了自己的立足之地。多年后两人再次见面时,阿尔科特已经"功成名就",过上了优裕舒适的生活。但戴维斯知道名誉和成功对于阿尔科特来说只有一个意义,那就是能够帮她养家糊口。路易莎·阿尔科特的经历使戴维斯更加鄙视和厌恶超验主义不切实际的幻想。戴维斯的许多作品中都有对超验主义的批判。美国转型时期女性的生活现实也是戴维斯关注和书写的焦点。

① Rebecca Harding Davis, *Bits of Gossip*, New York:Houghton Mifflin, 1904, pp. 32-36.

② Rebecca Harding Davis, *Bits of Gossip*, New York:Houghton Mifflin,1904,p. 34.

7

1863 年,戴维斯与克拉克·戴维斯结婚并迁居费城。婚后,戴维斯继续写作并始终活跃在美国文坛。在长达 50 年的写作生涯中,她一共发表了"275 篇短篇小说、12 部长篇小说、125 篇儿童文学、200 多篇论说文以及其他匿名发表的已经无法统计的多种作品"①。从 1861 年到 1910 年,几乎每一年(只有 4 年例外)戴维斯都有作品发表在美国主要的文学期刊上(如 *Atlantic Monthly*, *Harper's New Monthly Magazine*, *The Independent*, The *Saturday Evening Post* 等等)。

戴维斯是 19 世纪美国由农业国向工业国转型、美国文学由浪漫主义向现实主义转型时期的一位重要作家,对戴维斯作品的研究具有十分重要而深远的意义。

首先,戴维斯的作品具有强烈而敏锐的现实感,是我们了解 19 世纪处于农业文明向工业文明转型期的美国社会和文化的一面镜子。"今天的故事"是戴维斯的第一部长篇小说《玛格丽特》的副标题。在戴维斯几乎所有的作品中,"今天"一词的英文"today"中都有一个连字符"–","today"于是成了"to-day"。戴维斯用连字符延长了"今天"一词的发音时长,为它增添了一字一顿、掷地有声的言说效果,读者在阅读"to-day"时会自然停顿,咀嚼它的意涵,体会作者的用心。在这些关于"今天"的故事中,戴维斯不仅及时报道了美国转型期社会生活的方方面面,还较早地察觉、捕捉并记录了 19 世纪的工业主义给美国带来的种种可怕的新体验以及人们的独特反应。戴维斯的作品像活化石一样,保存了 19 世纪生活在时代变迁潮流中的形形色色的普通美国人的生命痕迹和他们的情感印记。这也使戴维斯书写现实的作品具有一定的历史品质和价值,有助于我们了解历史的部分真相。

其次,戴维斯对 19 世纪美国转型期的现实主义和自然主义的书写让我们重新认识了美国文学现实主义和自然主义的兴起与发展过程。长期以来,人们对美国的现实主义文学和自然主义文学存在两个认识误区。其一,认为美国文学的现实主义源于欧洲的文学运动,是在 1864 年由亨利·詹姆斯介绍到美国,并在 19 世纪 70 年代以后才在詹姆斯、马克·吐

---

① Jean Pfaelzer, *A Rebecca Harding Davis Reader*, Pittsburgh: University of Pittsburgh Press, 1995, p. XV.

温和豪威尔斯等人的倡导下发展起来的。① 然而事实上,《铁厂一生》的刊发表明:在詹姆斯将欧洲的现实主义运动介绍到美国之前,具有多样个性的本土作家,尤其是女性作家就通过仔细观察和描绘发展中的美国并真实地记录它的历史面貌,参与了独特的美国现实主义文学的早期建构,使美国文学在由浪漫主义通向现实主义的道路上迈出了至关重要的一步。② 其二,认为美国文学中的自然主义和现实主义一样,源于欧洲的文学运动,始于埃米尔·左拉,而弗兰克·诺里斯、斯蒂芬·克莱恩和西奥多·德莱塞等主要自然主义作家都是左拉的门徒。并且人们还认为美国文学的自然主义出现在现实主义之后,是在现实主义的启发下产生的。事实上,自然主义和现实主义一样,是美国本来就有的③,并且它们是同时出现的。戴维斯的早期作品除了具有现实主义特征,还包含了典型的自然主义的主题和特征,如真实记录社会底层人群的生活,强调遗传和环境对人物命运的决定性影响等。对戴维斯的作品,尤其是她的早期小说进行细察和研究,能够让我们对美国现实主义和自然主义文学传统的形成与发展有更加全面和正确的认识。

再次,戴维斯的作品改变了人们对 19 世纪美国女作家的刻板印象。在 19 世纪中叶的美国文学市场中,较为成功的作家多是女性,绝大多数读者也是女性。一般说来,男作家要使自己的作品符合女性读者的口味才能成为畅销作家。受到女性作家强大竞争力威胁的男作家们,如霍桑以及后来颇有影响力的评论家 F. O. 马西森和理查德·莱斯等都有一种压制女性作家的冲动,他们常以"不合逻辑"和"低级"来贬低和排斥女作

---

① 参见申丹、韩加明、王丽亚:《英美小说叙事理论研究》,北京大学出版社 2005 年版,第 78 页。

② 方凡、李珊珊:《工业现实的女性书写——〈铁厂一生〉与美国现实主义的早期建构》,载《浙江学刊》2018 年第 4 期,第 197 页。

③ 路易斯·巴德:《美国背景》,见唐纳德·皮泽尔主编:《美国现实主义和自然主义:豪威尔斯到杰克·伦敦》,张国庆译,武汉大学出版社 2009 年版,第 17—42 页。

家①,还声称女作家的作品就像它们的作者一样很可爱但是很低劣。在20世纪初美国文学机构化的过程中,制定文学经典标准的权力主要把持在中上层阶级的白人男性手中,许多曾经取得了辉煌成就的女性作家,在带有强烈的男权主义色彩的文学经典的建构过程中遭到贬损,受到排斥。② 另外,受到二战后批评态势等因素的影响,19世纪美国女作家的作品被贴上了"家庭小说"和"感伤小说"的标签,并被看作是"次品"。以上几个因素导致美国19世纪的女性作家在很长一段时间里被人们所忽视。戴维斯的作品让我们看到这些女作家的作品不完全是"家庭小说",也不只是一味地"感伤"。事实上,19世纪美国女作家的作品数量众多、风格各异、体裁广泛,她们通过积极参与文学公共领域建构,争夺在政治公共领域中的话语权,为美国的民主进程,为建构独特的美国民族文学和文化传统做出了重要的贡献。

最后,值得一提的是戴维斯所记录和书写的美国转型期的现实、转型期的社会变革和种种变化、工业化和城市化带来的各种问题与矛盾、文明更迭引起的情感危机和归属危机等等,也给人们带来了一定的启示。《铁厂一生》对环境污染的描写展示的是经济的快速发展、不断推进的工业化和城市化进程给人们生活带来的种种变化和影响。《离开大海》("Out of the Sea")关注的是在新旧文明更替的时代背景下普通美国人的思想和生活,他们在连接新旧时代的大桥上的犹豫和迷惘,以及他们对迷失的自我的追寻和反思。戴维斯的小说提出了一个值得深思的问题:作为被裹挟在历史进程和时代洪流之中的小小生命个体,人类该如何看待和审视自己正在经历的种种变化,又该如何看待自己当下的处境? 处于时代变迁浪潮中的年轻人该如何看待自我,怎样面对和解决自我的困惑与焦虑?戴维斯的作品为我们提供了参照。

---

① 金莉:《霍桑、胡写乱画的女人们与19世纪文学市场》,载《外语教学》2016年第4期,第66页;迈克尔·达维特·贝尔:《文学职业化的背景》,见萨克文·伯科维奇主编:《剑桥美国文学史》第二卷,史志康等译,中央编译出版社2008年版,第76—77页。

② 金莉:《美国女权运动·女性文学·女权批评》,载《美国研究》2009年第1期,第72页。

第二节 戴维斯研究综述

　　戴维斯能够进入我们的视野,首先得益于后现代批评话语对阅读界限的破除,特别是20世纪中期以来女性主义、马克思主义、后现代主义、后殖民主义等批评思潮的兴起以及对文本价值的重新界定。在这样的语境下,不仅莎士比亚这样的经典作家的文本及其意义的稳定性被打破,一些名不见经传的作家也得到重新挖掘,其作品得以被重新认识。伴随着女权运动第二次浪潮的兴起和女性主义文学批评的发展,越来越多的19世纪女性作家的作品进入了当代学者的批评视野和文化教育的课堂。1972年,在女性主义第三次浪潮的背景下,Tillie Olsen再版了戴维斯的代表作《铁厂一生》和她的另外两篇短篇小说,将戴维斯这位被遗忘了半个多世纪的女作家重新带回了人们的视野。此后,戴维斯的作品受到了越来越多的关注。

一、国外研究趋势和现状

　　本书采用了两个数据库的统计数据信息来说明戴维斯研究的趋势:

　　数据一,美国当代语言学会(Modern Language Association of America)数据库以"Rebecca Harding Davis"为关键词进行检索的统计数据(见图1-1)。

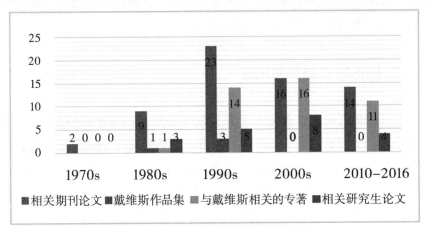

图1-1　美国当代语言学会数据库统计数据

数据二,ProQuest博硕士论文全文数据库从1980年到2017年以丽贝卡·哈丁·戴维斯的某个作品或作品中的某一类主题为考察对象的博士论文的数据统计结果(见图1-2)。

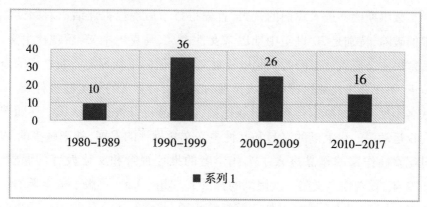

图1-2 ProQuest博硕士论文全文数据库统计数据

ProQuest博硕士论文全文数据库的数据显示,近40年来,将戴维斯的作品或戴维斯的某一类写作主题作为主要考察对象的博士论文的数据分别是:20世纪80年代10篇;20世纪90年代最多,达到了36篇;21世纪初的10年里有26篇;2010年到2017年共有16篇。

以上两个数据库的统计数据说明:戴维斯的作品在一定程度上受到了学界的关注,并且这种关注在20世纪90年代达到了一个高峰。在这一时期,戴维斯的几位主要研究者Sharon Harris、Jean Pfaelzer和Jane Atteridge Rose纷纷出版了相关研究专著,同时以戴维斯的作品为研究对象的博士论文数量也是最多的,达到了36篇。

二、国内研究趋势和现状

目前国内有两位学者发表了有关戴维斯作品的学术研究论文,即金莉的《异化与救赎:〈铁厂生活〉与19世纪美国工业化社会》及李宛霖的"Towards a Sentimental Rhetoric:A Rhetorical Reading of Rebecca Harding Davis's 'Life in the Iron Mills'"。在著作方面,徐颖果和马红旗(2010)在《美国女性文学:从殖民时期到20世纪》一书中对戴维斯和她的代表作《铁厂一生》进行了简要介绍,并对戴维斯的文学成就做了评价,虞建华将

"戴维斯"编作词条列入了 2015 年出版的《美国文学大辞典》中。

以上几位学者和前辈为戴维斯作品在中国的推介和研究做出了重要贡献,也为本书的选题和写作提供了启发和依据。

三、文献综述

(一)早期研究

总的来说,学术界对戴维斯的评价经历了一个从片面、主观到相对全面、客观的过程:早期评论家都对戴维斯的写作天赋给予了高度的评价,认为她的作品中有一种不逊色于男性作家的力量,然而对于戴维斯的写作风格、作品的叙述方式、故事情节的安排等方面,人们似乎并不认可。如 James C. Austin(1962)认为,戴维斯是第一个用现实主义手法处理战争和种族歧视等问题的作家,她对乡土特色的观察和准确描绘、对社会意识的洞察、对边缘群体痛苦的体察,她表现出的强烈的改革和反抗精神都值得称赞。但 Austin 认为戴维斯的作品有明显的缺陷,如:叙述笨拙呆板、情节前后矛盾,并且常常沉溺在一种与主题和审美毫无关系的陈词滥调式的哲学思辨之中;多数作品的色调过于阴郁悲观,在情节方面也有老套、夸张、过于戏剧化等问题。

Tillie Olsen 是最早重新"发现"戴维斯的学者,她自己也是一位优秀的女作家。1985 年,Olsen 编辑出版了《〈铁厂一生〉及其他故事集》(*Life in the Iron Mills and Other Stories*),并结合戴维斯的个人生活和写作经历对戴维斯的一些重要作品做了评述。Olsen 认为,戴维斯在描绘日常生活的早期作品中探索了新的文学议题,展现了超乎寻常的想象力和创造力。戴维斯对时代和世界的认知,以及她对人性的洞察都突破了性别和阶级的局限。在 Olsen 看来,戴维斯是一位受到压迫的作家,她的才华在 19 世纪 70 年代以后就很快衰竭了。另外,尽管戴维斯是一位准确的"社会历史学家",但是她的历史意识是不自觉的,是没有主观意图的无意识。

对于以上两位学者的观点,笔者不能认同。从写作风格上来看,戴维斯如实记录和描绘了美国社会中粗鄙和丑陋的一面,这就决定了她的小说在情节、人物、语言等方面存在"粗鄙"和"丑陋"的特点。在戴维斯的一些早期小说(如《玛格丽特》)中,的确存在前后矛盾和情节不连贯的问题,但在笔者看来,出现这些问题的原因在于,作为一位正处在文学传统转型时期的作家,一方面,戴维斯必然受到传统文学形式和手法的影响,另一方面她又要竭力寻找新的文学形式和表现手法,以书写新的社会现实。来自摆脱传统书写模式的影响的焦虑以及缓解表达与新经验之间张力的压力,必然会使戴维斯的作品中留下不连贯和不协调的痕迹。身为19世纪的女性作家,戴维斯在写作之初为了迎合男性编辑和读者的品味,常常做出让步和妥协,也因此在修改的过程中其作品留下了一些疏漏。这也从侧面表明19世纪的女性作家在书写现实时总是遇到重重阻碍。另外,对于戴维斯的写作才能在19世纪70年代以后迅速枯竭、她在写作事业的中后期没有优秀作品问世的观点,本书将通过对戴维斯部分中后期作品的研究给予有力的反驳。

(二)20世纪90年代以后的研究状况

20世纪90年代出现了戴维斯研究的高潮,三部研究专著相继出版。戴维斯对美国现实主义文学的兴起和发展所做的贡献得到了学界的普遍承认,戴维斯作为"现实主义先驱"的地位得到了巩固。

Sharon Harris 的著作 *Rebecca Harding Davis and American Realism* (1991)首先纠正了早期批评家对于戴维斯作品的一些认识误区,并梳理了戴维斯的生平,结合戴维斯的生活和写作经历,细致地考察了她的部分早期作品。此外,Harris 将戴维斯的作品置于19世纪文学运动的语境下,重新评估了戴维斯对美国文学的贡献,尤其是她在美国现实主义和自然主义文学兴起过程中起到的关键作用。在 Harris 看来,戴维斯对美国文学的贡献主要体现在以下几个方面:其一,挑战当时流行的文学传统和价值观,积极探索"描绘日常生活"的写作理念。戴维斯最早发出了反叛浪漫主义的宣言,比豪威尔斯式"现实主义"的提出早了二十多年。在戴维斯看来,生活并不像浪漫主义文学描绘的那样是同质的,现实生活也不全都是"微笑的方面",生活中也有各种堕落、罪恶和不平等。戴维斯书写的是粗鄙的日常生活中的真实经验,表现的是生活的异质性。其二,在政治小说和论说文写作方面做出了贡献。戴维斯关注工业资本家对工人的剥削,揭露内战的经济政治现实,并认为奴隶是美国社会的一部分。19世纪

70 年代以后,戴维斯开始关注现代的政治问题,尤其是有争议的政治事件。其三,寻找新的表现形式和表达方式,传达社会的反抗声音。戴维斯始终竭力寻找新的途径处理材料,寻找新的文学形式表现生活的现实性和异质性。其四,戴维斯重视历史,她认为过去和过去的意识会影响现在,只有了解神秘的过去才能准确把握当下的历史。其五,戴维斯艺术视界的中心是社会改革,这一点对于 19 世纪的女性作家来说是十分难得的。对于最后一点,笔者是不能苟同的。因为文本中的种种证据表明,戴维斯无法突破中产阶级的局限,她内心是惧怕社会变革的。关于这一点,笔者将在本书的主体部分结合具体文本的细节做详细的论述。

Jane Atteridge Rose 的著作 *Rebecca Harding Davis*(1993)同样结合戴维斯的个人经历对其写作事业和各个时期的主要作品做了简要的概述和评论。此外,Rose 在她的博士论文中还探讨了戴维斯作品产生的文化背景。Rose 认为,作为 19 世纪的美国女性,戴维斯对自我和世界的认知深受那个时代的家庭伦理观的影响。她的作品体现了一个女性作家对家庭观念和现实的回应与反思。戴维斯的作品既有浓郁的感伤色彩和说教成分,又具有现实主义的典型特征,总的说来,她的作品是两者相互妥协和调和的结果。

Jean Pfaelzer 在 1995 年出版的戴维斯作品选集(*A Rebecca Harding Davis Reader*)中收录了戴维斯具有代表性的部分短篇小说和论说文,这本书也是本书研究文本的主要来源之一。另外,Pfaelzer 在专著 *Parlor Radical*:*Rebecca Harding Davis and the Origins of American Social Realism* 中聚焦于戴维斯 19 世纪六七十年代的作品,考察了戴维斯的作品与浪漫主义、感伤主义和现实主义三种文学形式与传统的关系。同 Rose 和 Harris 一样,Pfaelzer 的研究也始于戴维斯的个人经历,但与前面两位学者不同的是,Pfaelzer 的研究从政治、法律、历史、文学和精神分析等不同层面展开,对戴维斯的作品进行了更加深入细致的解读和阐释。

除了以上三部著作之外,Henwood 的博士论文(2000)也对戴维斯和她的作品做出了有价值的思考。Henwood 认为,戴维斯作品中激进的社会抗议之声来自于战前西弗吉尼亚州的阈限文化。尽管戴维斯居住在美国南北分界线以北,但她仍然生活在蓄奴环境里,她对自己的弗吉尼亚背景和南方生活经历有着深深的依恋和怀念之情。戴维斯具有创新性的现实主义社会小说与南方文学传统有着密切的联系。戴维斯的双重文化优越视角挑战了读者对蓄奴制、工业化和美国创造神话的简单臆断。在对待蓄奴制问题上，南方与北方都有各自老一套的陈旧观点，而戴维斯往往能一针见血地指出双方的弱点，也能够更加全面地看待事物。戴维斯认为，蓄奴制问题从来都不是一个界限分明、轮廓清晰的问题。戴维斯对南方文化的直接了解、南方文化对她的吸引力，都促使戴维斯成为了一个十分复杂的作家。

从以上专著与博士论文来看，学者们多将焦点放在戴维斯在美国现实主义文学兴起中的作用和贡献上。除了以上论著之外，还有一些学术论文也探讨了这一议题。如 Harper(2012)认为，戴维斯的代表作《铁厂一生》是美国文学由浪漫主义向现实主义过渡的第一步；Seltzer(1991)以戴维斯和马克·吐温等作家为例，阐述了美国早期现实主义文学的特点；Shulman(2012)在介绍美国现实主义文学的时候将戴维斯与豪威尔斯、詹姆斯和马克·吐温"三巨头"并列，分别阐述了几位作家各自作品中的现实主义特征。

从以上文献中不难看出，学术界对于戴维斯的研究主要集中于她在美国现实主义文学早期建构中的贡献。

至于对戴维斯具体作品的研究，学者们目前主要聚焦于《铁厂一生》等早期作品上。《铁厂一生》无论在叙述形式上还是在文学主题上都激起了批评界的广泛关注和争论，学者们对《铁厂一生》的研究和探讨主要集中在以下几个方面：

首先，探讨《铁厂一生》的内容和主题。Pfaelze 与 Harris 主要关注的是美国女性的历史状况；Rosemarie Garland Thomson(1997)关注的是残损的女性身体(如德博拉的驼背)；Amy Schrager Lang(2006)和 Laura Hapke(2001)将研究的重心从性别转移到了阶级，他们认为阶级关系才是文本的核心主题；Eric Schocket(2006)分析了文本的种族建构；Gavin Jones(2008)强调小说展示了穷困工人的物质生活条件；Dana Seitler(2014)认为，由于《铁厂一生》触及到了19世纪美国日常生活的政治和社会状况等各方各面，因此人们不应只把眼光放在其中的某一个主题或方面上。

其次，关注小说产生的社会背景和文学语境。如 Nina Diamond(1990)和 Rose(1990)将《铁厂一生》置于19世纪中期的历史背景和文学语境中进行考察,认为这部作品是对当时流行的感伤主义风格的挑战。在笔者看来,尽管戴维斯的作品挑战了传统的浪漫主义风格,但实际上其现实主义书写并没有彻底摆脱浪漫主义和感伤主义的影响。

再次,关注《铁厂一生》的修辞和叙事策略,如 Buckley(1993)、Curnutt(1994)、Hood(1995)、李宛霖(2013)、Shurr(1991)、West(2015)等。尽管人们普遍承认戴维斯的小说是对传统浪漫主义文学的否定和批判,但多数学者也认为作为一位生活在19世纪美国的女作家,戴维斯不可能完全摆脱感伤主义和浪漫主义文学传统的影响。例如 Curnutt 认为戴维斯所使用的叙事策略(如叙述者与受述者直接对话)就是传统的"女性技巧"。

复次,还有一些学者从艺术作品作为意识形态的一种,是对经济基础和上层建筑的反映这一角度来分析和阐释戴维斯的作品。如 Yellin(1990)认为,戴维斯的作品最关注的问题是美国民主是否可以在城市工业化的强大作用下幸存,戴维斯批判的是新兴的工业资本主义和温文尔雅的美国文学;Lasseter(2001)认为,印刷行业通过删改作品来干预文学作品的内容,因而《铁厂一生》从某种意义上来说体现了印刷行业对社会改革的思考;Scheiber(1994)认为,戴维斯作品中的矛盾体现了19世纪作家对艺术作品是否能如实表现生活、服务社会的自我怀疑和焦虑;Robinson(2002)的研究聚焦于戴维斯书写的艺术性、性别、社会权利、想象的可能性等话题,关注戴维斯笔下的男女艺术家形象。Robinson 在其博士论文中还指出:戴维斯早期小说中的人物常常在市场和社会压力等因素作用下成为文化规范,戴维斯在塑造人物时放弃了创造具有独特自我的艺术家形象这一努力;在中期创作的小说中,戴维斯在叙事时建构了一个自我与艺术之间的阈限空间,并利用这个空间将性别角色发掘成为一个支撑自己、拒绝改变的保守系统。

最后,还有一些论文关注的是小说中男主人公的艺术家身份,以及男女主人公的性别角色:如 Miles(2004)认为,在美国文学的白人男性形象建构中还没出现过工人形象,而戴维斯对工人形象的塑造打破了白人男性形象同质性的神话;Morrison(1996)认为,这部作品表达的是作家戴维斯对自己艺术家身份的困惑,男主人公休的遭遇是戴维斯自身困境的写照,戴维斯实际上更加关心的是受到人性和环境限制的艺术家的本质。

此外,Jill Gatlin(2013)从环境角度阐释《铁厂一生》的文献价值和意义。他指出,在《铁厂一生》发表时,"污染"的概念还未最终形成,人们对于煤烟对人的影响和其造成的后果还在争论之中,戴维斯用新的叙述形式回应了当时人们对于环境问题的争论。

从以上文献梳理和综述中不难看出,已有对于戴维斯的研究主要存在两方面的问题和不足:其一,将戴维斯看作"现实主义先驱"实际上是一种僵化的片面认识。这样做不仅缩小了戴维斯作品的内涵,也降低了她作品的意义和价值,忽略了戴维斯在美国文学由浪漫主义向现实主义转型中的贡献。在笔者看来,对戴维斯更加准确的定位是——转型作家(transitional figure),她的作品糅合了浪漫主义、感伤主义、现实主义、自然主义等多种文学样式和表现手法,从戴维斯数量多、种类多的作品中,我们可以清楚地看到美国文学由浪漫主义向现实主义过渡的印迹。其二,对于戴维斯作品的研究,学者们多聚焦于她的成名作《铁厂一生》和少数早期作品,而对戴维斯的其他作品,尤其是19世纪70年代以后作品的研究较少。

对于戴维斯及其作品的研究,还存在一些争议:一是在《铁厂一生》的核心议题和叙事策略等方面仍有较多分歧和争议。仅仅在小说叙述者的性别和身份这一问题上,学界就有三种不同的意见:Richard Hood(1995)、李宛霖(2013)和 Jean Pfaelzer(1996)等学者认为,小说的叙述者是女性;William Shurr(1991)认为小说的叙述者是男性;而 Kirk Curnutt(1994)和 Jill Gatlin(2013)等学者则认为叙述者的性别是模糊不明的。二是 Harris(1991)认为,戴维斯不仅是美国现实主义文学的先驱,同时也是美国最早的自然主义作家之一,她的早期作品已具有自然主义的典型特征。在这个问题上,有些学者赞同:如 William Dow(2003)认为《铁厂一生》与克莱恩和诺里斯的小说是存在着某种亲缘关系的,戴维斯与美国的自然主义文学传统有着密不可分的联系;Goodling(2003)将戴维斯的作品与伊丽莎白·斯图亚特·菲尔普斯·沃德的进行了比较,探讨了戴维斯作品中的自然主义和感伤主义元素。也有学者反对:Pfaelzer(1996)认为戴维斯的作品并不是真正的"自然主义"文学。因为尽管戴维斯探索了遗传、种族、经济因素、性别和环境对人物命运的影响,她早期小说中的人物也确实生活在由各种恶毒的必然性构成的世界中,受着环境的制约,然而这些理由并不足以将戴维斯的早期作品界定为自然主义小说,它们也并不是美国自然主义文学的早期形态。首先,戴维斯作品中的人物践行的是现实主义作家对自由意志和理性决择的承诺,他们的行动有意义,是情节的一部分;其次,休和德博拉等人物都具有强烈的自我意识,他们有选择和拒绝的能力,而自然主义文学中的人物往往完全受控于恐惧、饥饿以及性本能;再次,Pfaelzer 认为休和德博拉表现出的反抗精神也是自然主义文学中的人物绝对不会具有的;最后,与自然主义作家竭力使用科学般客观准确的叙述手法的做法不同,戴维斯通过带着同情口吻的叙述激起读者的道德回应,而道德指示正是诺里斯和克莱恩等自然主义作家努力回避的。那么,戴维斯早期作品中的某些元素和特征能否被称为"自然主义"? 这也是本书要探讨和解决的问题之一。

第三节　情感结构说

本书以 20 世纪英国马克思主义文艺理论家雷蒙德·威廉斯(Raymond Williams, 1921—1988)的情感结构(structure of feeling)[1]说为理论框架和切入点研究戴维斯的作品。这也是本书的创新点之一。

一、情感结构的主要意涵

情感结构是威廉斯面对信仰危机和归属危机时寻找到的一个立场,这个立场使他能够通过历史来理解当代社会,表达自己对工业文明以及社会文化和思想中已经发生的和正在发生的事件的感受。而造成危机的是工业革命引起的深刻的社会变革和世界巨变。

> 你实际上在追问什么? 你真正在追问的是:变化,外部的变化,一些重大历史事件,带给人们什么?[2]

----

① Structure of feeling 有多种译法,如"感觉结构""情感结构""感知结构"和"感受结构"等,本书采用了"情感结构"这一译法。

② Raymond Williams, *Border Country*, London:Hogarth Press, 1988, p. 286.

这是雷蒙德·威廉斯的自传体小说《边界地带》(*Border Country*, 1960)中,摩根·罗塞(Morgan Rosser)对主人公马修·普赖斯(Matthew Price)说的话。普赖斯出生在威尔士的一个小村庄,父亲是一名铁路信号员。长大后,他进入剑桥大学学习,后成为经济学讲师,在伦敦工作。在父亲临终前,普赖斯回到阔别多年的家乡。在父亲家中,普赖斯与老朋友罗塞谈论起自己的研究——调查威尔士地区工业革命期间的人口迁移情况。罗塞认为,普赖斯的研究实质上是他的一种努力,其目的是理解自己通过教育走出偏远村镇、脱离工人阶级的家庭出身和原来的文化层面,步入文化精英阶层这个过程中,自身身份的转变和种种经历。在普赖斯的身上我们看到的正是威廉斯的生活轨迹:从威尔士的一个普通工人阶级家庭走进剑桥的三一学院,随后步入英国的文化精英阶层。威廉斯认为,身份的转变既是一种个人经历,也是当下人们的一种普遍的共同经历。正确理解了身份转变的实质和意义,以及两种身份经历之间的辩证关系,也就正确理解了传统和当下社会的一些迫切问题。要想充分认识和理解正在发生的世界巨变和危机,一个主要的方法便是详尽全面地思考文化问题,因为在每个阶段,文化都发挥着积极活跃的作用。由此,威廉斯展开了他对"文化"意涵的思考和探索。威廉斯发现,文化的观念和它的现代用法是从工业革命时期开始进入英语思维的。[①] 工业革命引发了一场根本性的社会变革,伴随着工业文明而来的世界巨变和危机使社会处于剧烈的阵痛之中。在 19 世纪,文化演变为一种具有深远意义的回应,是具有特定价值观的人对于变化及变化的结果和影响——社会正在经历的剧烈阵痛的回应。[②] 换言之,文化在现代意味着人们面对社会变革时在思想和情感上的回应。威廉斯的文化研究正是他的一种努力和尝试,他竭力寻找一种方法或一种包罗万象的理论框架,来理解和分析具有历史意义的、与个人经历和当下问题都密切相关联的变化。[③] 正是在威廉斯对变

---

① 雷蒙·威廉斯:《文化与社会:1780—1950》,高晓玲译,商务印书馆 2018 年版,第 1—5 页。

② Raymond Williams, "The Idea of Culture", *Essays in Criticism*, Vol. 3, No. 3, 1953, pp. 239 – 266.

③ Sean Matthews, "Change and Theory in Raymond Williams's Structure of Feeling", *Pretexts: Literary and Cultural Studies*, Vol. 10, No. 2, 2001, p. 180.

化的思考和细察过程中,情感结构诞生了。

在与迈克尔·奥勒姆(Michael Orrom)合著的《电影序言》(*A Preface to Film*,1954)中,威廉斯第一次提出了情感结构的概念:

> 我们在研究过去某个时期时,也许会将生活的特定方面分开,将这些方面当作独立自足的因素看待,显然,这是这些因素被研究的方式,而不是它们被经历的方式。我们把这些因素当成沉淀物来考察,然而在当下活生生的经验中,每一个因素都是变动不居的,是一个复杂整体无法分割的一个部分……整体的效果、主导的情感结构主要在艺术中得到表达和呈现。①

在《漫长革命》(*The Long Revolution*,1961)中,威廉斯对这一概念做了更为精练的表述:

> 我们将(过去)的每一个元素当作一种沉淀物来研究,然而当下活生生的经验中的每一个元素都是变动不居的,是一个复杂整体不可分割的一部分。在研究过去的某一个时期时,最难的就是从感受方面把握生活的特性。②

威廉斯用情感结构来表现人们对现实生活的整体感受,而在"活生生的当下"(living present),人们的经验和感觉是"变动不居的"(in solution)。威廉斯使用了一个生动的化学隐喻来释义,将人们在当下现实生活中正在经历的体验和感受比作容器中正在溶解但是尚未沉淀,还在不断变化的微粒:

> 它就像"结构"所暗示的那样牢固而明确,然而它在最微妙、最难以捉摸的人类活动中发挥作用。在某种意义上,情感结构

---

① Sean Matthews,"Change and Theory in Raymond Williams's Structure of Feeling",*Pretexts:Literary and Cultural Studies*,Vol.10,No.2,2001,p.182.

② Raymond Williams,*The Long Revolution*,New York:Broadview Press,2001,p.63.

就是一个时期的文化:它是一般结构中的所有要素的特别鲜活的成果。①

威廉斯使用"feeling"而不是更为恰当的"experience"来进行表述,正是为了强调情感结构是还在不断变化的、尚未成形的经验和感受,因而它是微妙的,是不易察觉和捉摸不定的。20世纪70年代以后,威廉斯在欧陆西马理论,尤其是葛兰西"霸权"思想的影响下丰富了情感结构的内涵:

> 情感结构可以被定义为变动不居的社会经验,它与其他已经沉淀固定的、更加显而易见的、能够即刻被感知到的社会语义结构不同。无论如何,并非一切艺术都与当代的情感结构相关联。多数当前艺术的有效结构关联的是已经存在的明显的社会结构,这种结构或是主流的,或是残余的,而情感结构主要关联的是新出现的结构(尽管常常只是对旧形式的修正或扰乱)。②

在这里,威廉斯指出,情感结构在某种"前兴起"(preemergence)的层面上运作,它与新兴文化因素密切相关,而新兴文化终将替代主流文化因素成为新的主流文化。因此,情感结构中"孕育着反对主导文化霸权的种子"③。

尽管随着威廉斯文化理论和批评实践的深入发展,情感结构的内涵也在不断扩展,但其"变动不居的社会经验"这一核心观念没有变。作为一种文化假说,威廉斯试图用情感结构来理解一代或一个时期之内文化的各种构成要素以及它们之间的关系。情感结构是一个不断变化的有机体,每一代人都有自己独特的情感结构,当新的一代人以不同的方式感受整体生活,创造性地回应他们生活的独特世界时,新的情感结构便产

---

① Raymond Williams, *The Long Revolution*, New York: Broadview Press, 2001, p. 64.

② Raymond Williams, *Marxism and Literature*, Oxford: Oxford University Press, 1977, pp. 133 – 134.

③ 赵国新:《情感结构》,见赵一凡、张中载、李德恩主编:《西方文论关键词》,外语教学与研究出版社2006年版,第440页。

生了。①

　　情感结构与艺术和文学作品具有同构关系，它只有通过艺术或文学作品本身才能够被认识。与某一个特定时期的情感结构密切关联的就是这个时期的艺术和文学的形式与传统手法（convention）。因为现实经验（情感结构）只有在使用适当的艺术形式和表现手法的情况下才能得到清晰表达。情感结构在某些特殊的历史时刻，比如社会变革和文化变迁发生的时刻，表现得尤为明显，它最明显的体现就是艺术形式和表现手法的转变。② 当伴随社会变革而来的变化出现时，人们在回应外部世界的变化时产生了新的情感结构。过去的艺术形式和表现手法往往无法清晰表达人们在新环境中的新体验和感受，因此艺术家和作家竭力要做的就是寻求新的艺术形式和表现手法，来清晰准确地表达新经验。威廉斯倾向于将情感结构应用于正在写作新的文化作品的青年作家身上，因为这一代作家在自己的创新性作品中开始清楚地表达他们的情感结构。③

　　由于雷蒙德·威廉斯在整个英国文化生活中是被孤立的④，直至去世后他的思想和著述才逐渐成为学界关注的焦点，并在 20 世纪 80 年代后期进入中国学术界的视野。作为威廉斯学术思想和著述的核心，"情感结构说"也受到了越来越多的关注。尽管情感结构说存在一些难以自圆其说

　　① Raymond Williams, *The Long Revolution*, New York: Broadview Press, 2001, p. 65.

　　② Sean Matthews, "Change and Theory in Raymond Williams's Structure of Feeling", *Pretexts: Literary and Cultural Studies*, Vol. 10, No. 2, 2001, p. 186.

　　③ 雷蒙德·威廉斯：《政治与文学》，樊柯、王卫芬译，河南大学出版社 2010 年版，第 147—149 页。

　　④ 威廉斯被孤立的主要原因是：其一，他的绝大部分作品是以文学批评的形式创作的；其二，英国马克思主义文化的发展局面不尽理想。参见戴维·莱恩：《马克思主义的艺术理论》，艾晓明、尹鸿、康林译，湖南人民出版社 1987 年版，第 180—181 页。

的问题①,但是作为一种文艺观念、一种文学批评和思考方法,它的启发意义是广泛而深远的。首先,情感结构是情感研究在文化研究领域的理论依据和源头②,凯瑟琳·斯图尔特、劳伦·伯兰特、奈吉尔·斯瑞夫特、劳伦斯·格罗斯伯格等当代重要的情感理论家都从情感结构中获得了启发和灵感,威廉斯有意用"feeling"替代了更为恰当的"experience"来表述,却在无意间成了文学和文化批评领域"情感转向"的开拓者③。其次,Wegner(2002)认为,威廉斯对"城市"与"乡村"之间的关系中正在变化的情感结构的研究实际上是一种"空间批评"。刘进(2007)进一步指出,对"城市""乡村"和"边界"等空间概念的研究蕴含着一种空间视野,这种空间视野对西方当代空间观念和"空间批评"的形成具有重要贡献。另外,后殖民批评的代表人物萨义德也受到情感结构的启发,在《文化与帝国主义》中指出,文学触及并以某种方式参与了英国的海外扩张,它用它创造出的情感结构,为英国的海外殖民鸣锣开道。④ 当然,情感结构最重要的贡献和意义在于它对文学批评实践的启发。Higgins(2001)认为,威廉斯是通过情感结构的概念,而不是经济基础与文化上层建筑之间的关系,来介入艺术形式和表现手法的历史变迁问题的。Matthews(2001)认为,威廉斯用经验这个工具开辟了一个新的批评领域,将许多不同层面、不同性质

---

① 例如:情感结构概念所涉及的"一代人"该如何界定?是按照年龄划分,还是有其他更加合理的划分标准?任何一个特定的时期内都至少包括三代人,这是否意味着在这一时期存在着三种情感结构?情感结构是否有阶级性?代与代之间的情感结构是否截然不同?现实中的经验还在不断变化,人们是否能够真正及时识别新的情感结构?即使人们意识到了情感结构的变化,他们是否能够全面而准确地表达广阔而微妙多变的经验?须知,表达总是有遮蔽经验或以扭曲的方式表达经验的风险,等等。以上是《新左派评论》在对威廉斯进行访谈时提出的置疑和批判性回应。另外,阿兰·奥康纳(1989)、阿兰·斯威伍德(1998)、付德根(2006)、吴冶平(2006)、曹成竹(2014)等人也对情感结构概念的模糊和不尽完善之处提出过批判性的思考。

② 金雯:《情感史与跨越边界的文学研究》,载《西北工业大学学报(社会科学版)》2018年第2期,第72页。

③ Mitchum Huehls, "Structures of Feeling: Or, How to Do Things (or Not) with Books", *Contemporary Literature*, Vol. 51, No. 2, 2010, p. 421.

④ 赵国新:《情感结构》,见赵一凡、张中载、李德恩主编:《西方文论关键词》,外语教学与研究出版社2006年版,第436页。

的因素联结在了一起。情感结构的构想具有暗示的、临时的甚至模糊的特性,这是它的价值所在,它使威廉斯找到了表达工人阶级意识和经验的途径。付德根(2006)认为,情感结构在理论上架起了沟通个人与社会、文化与社会的桥梁,在方法论上提供了一种有用的分析工具,能帮助我们很好地解释文学惯例的演变、新的文学形象的生成,理解新的创作观念和技巧,等等。

尽管威廉斯强调情感结构是对英国社会特殊经验的考察与思考的结晶,但英国作为工业革命的发源地,对其经验的考察仍是具有普遍意义的。英国的工业化与城市化经验必定会在其他国家或民族的工业化和城市化进程中找到回响。正因如此,威廉斯的文化研究和情感结构说在中国得到了传播。① 笔者也由此认为,通过情感结构对"美国经验"进行考察,为我们深入理解戴维斯书写的转型期现实、作者的现实主义与自然主义书写,以及二者与历史和社会文化之间的互动关系提供了富有启发性的思路。文学形式和文学技巧的变迁是威廉斯文学批评与文化研究的起点和核心。正是在寻找作品中的生动内容、文学形式和文学技巧的历史变化、内在于作品中的社会历史关系模式三者之间的密切关联时,威廉斯找到了情感结构。②

二、情感结构视角下的戴维斯的文学创作

戴维斯是一位生活在美国由农业社会向工业社会转型的特殊历史时

---

① "马克思主义文艺理论家"的身份以及中国的历史文化环境,使威廉斯的思想和文化研究,特别是他的文化唯物主义和情感结构说近年来在中国受到越来越多的关注。就情感结构的研究状况而言,中国学者或将情感结构当作文化研究、马克思主义美学研究的一个关键词或一种理论加以阐释和探讨,如付德根、傅其林、曹成竹、赵国新、吴冶平、王庆卫、阎嘉、刘进等;或将情感结构当作一种批评视角应用于文学和文化批评,如殷企平、张德明、徐德林等。另外,韩瑞峰(2015)认为,情感结构对于中国文学场域的文学和文化批评,对占主导地位的马克思主义理论、对文学和文化研究、对"中国经验"的考察都提供了富有启发性的思路。

② 雷蒙德·威廉斯:《政治与文学》,樊柯、王卫芬译,河南大学出版社 2010 年版,第 154 页。

期的青年作家,她将此时美国社会微妙复杂、变动不居的情感结构记录在了自己具有创新性的作品中。戴维斯的书写包含了情感结构的全部要素。首先,戴维斯的作品关注的是"当下",记录的是 19 世纪由农业文明向工业文明转型时期的美国的日常生活现实,以及日常生活中形形色色的普通人在面对时代巨变时的种种回应——他们在时代旋涡中的各种新经历和体验,以及他们在思想、心理和意识等方面的种种变化。其次,戴维斯自身就是一位转型作家,她的作品是一种"混合物":Sharon Harris(1991)认为戴维斯应该被看作一位"元现实主义者"(meta - realist),她的作品糅合了浪漫主义、感伤主义和现实主义的元素,现实主义是其核心;Dana Seitler(2014)认为除了 Harris 提到的一些元素之外,戴维斯的作品中还有哥特风格倾向、超验主义元素和宗教话语,这说明戴维斯在努力寻找恰当的叙述形式来描述她的书写对象——19 世纪日常生活中的政治和社会状况、形形色色的普通人的各种新经历以及人们的复杂体验和情感。最后,戴维斯的作品是独创思想(original ideas)与传统思想(derived/inherited ideas)矛盾与对话的混合体。尽管戴维斯的书写聚焦当下,但她十分重视历史和传统。在戴维斯看来,只有准确了解历史,知道过去的意识形态以何种方式、在多大程度上影响现在,才能记录当下的"准确历史"①。正是在对传统思想的继承中,戴维斯敏锐地洞察到了当下的危机,并且她意识到这种危机并不是某个人特殊的个别的经验,而是一种新的"共同经验"。为了描述这种新的"共同经验",记录和传达她对当下社会危机的独特认识和个人领悟,戴维斯努力摒弃旧的传统的文学类型和表现手法,竭力寻找新的表现手法和表达方式来缓解"关注当下"表现手法与传统文学类型和表达方式之间的辩证张力。

"工业化是一把双刃剑,它斩断了阻挡人类物质进步道路上的丛丛荆棘,但同时又使人类与自然都付出了沉重的代价。"②工业的发展带来了令人陶醉的进步,可同时它也带来了环境污染、贫富差距扩大等严重的社会

---

① Sharon Harris, *Rebecca Harding Davis and American Realism*, Philadelphia: University of Pennsylvania Press, 1991, p. 7.

② 李剑鸣:《大转折的年代——美国进步主义运动研究》,天津教育出版社 1992 年版,第 24 页。

问题,并埋下了美国南北战争的种子。文学作品是对社会现实反映最及时的媒介,敏锐的作家往往能较早地觉察和捕捉到新的情感结构正在形成的征兆。在惠灵长大的戴维斯是最早近距离观察、记录、书写和反思工业化后果的美国作家。当时社会的主要情感结构在戴维斯的作品中集中表现为作家的实际生活经验与中产阶级意识形态之间的冲撞和对立。19世纪中期,环境危害和污染的概念还在形成之中,工业主义的倡导者和支持者宣称:煤烟代表进步,象征工业实力和经济成就。在当时,是否有煤烟甚至成为衡量美国城市成功与否的标准。① 然而在《铁厂一生》中,戴维斯通过对浓烟的描写淋漓尽致地描述了环境污染带给人们的不安、压抑和让人窒息的恐怖体验。铁厂工人休和纺织厂女工德博拉的经历让我们看到,环境污染不仅毒害劳工的身心健康,还侵害他们灵魂的尊严。19世纪中期的美国风景画文学常常将工厂里的工作包装成前工业化时代的游戏,无个性特征的机器大工业生产被改头换面,变成了一种强健体魄的个性化运动。② 然而《铁厂一生》中的男主人公休却是一个肌肉不发达的"娘娘腔",他因患痨病而面色发黄憔悴,失去了男人应有的气力。对休的个性化塑造揭示了移民劳工食不果腹、精神饥渴的真实处境,暴露了越来越严重的贫富差距和阶级矛盾,呈现了标榜自由的工业化进程与工人生存现实之间的错位和分裂。③ 美国南北战争在官方意识形态中是一场荣耀的军事冒险,奔赴战场的将士们是为了奴隶解放和国家前途而舍身赴

---

① Jill Gatlin, "Disturbing Aesthetics: Industrial Pollution, Moral Discourse, and Narrative Form in Rebecca Harding Davis's 'Life in the Iron Mills'", *Nineteenth-Century Literature*, Vol. 68, No. 2, 2013, pp. 202 – 203.

② Andrew Silver, "'Unnatural Unions': Picturesque Travel, Sexual Politics, and Working-Class Representation in 'A Night Under Ground' and 'Life in the Iron Mills'", *Legacy*, Vol. 20, No. 1/2, 2003, p. 96.

③ 方凡、李珊珊:《工业现实的女性书写——〈铁厂一生〉与美国现实主义的早期建构》,载《浙江学刊》2018 年第 4 期,第 195 页。

死的英雄。然而眼睁睁地看着事件的发生和发展①，切身体会着战争给普通平民带来了何种影响的戴维斯却指出，内战是一场"对与错交织缠绕"、只有死亡与绝望的毁灭性战争。戴维斯的内战小说解构了战争的浪漫神话。作者关注的不是领袖人物或者有名的战争和战役，而是南北方边界上被迫卷入战争的普通百姓的悲惨经历和痛苦感受。戴维斯还第一次让黑人发出了声音。② 通过报告一种直接经验，戴维斯记录了恰好发生在她家门口的这一重大灾难事件的部分真相。另外，在《玛格丽特》中，玛格丽特从城里的工厂下班走回乡村的家里，再从家回到城市，一路上景色的变化和人物心绪的起伏，《达拉斯·加尔布雷斯》（*Dallas Galbraith*，1868）中的贝克一家搬到城里后因一场大火瞬间倾家荡产的遭遇，让我们看到了从田园乡村迁徙到城市里的那一代人的处境和人们在城市化进程中的复杂体验和感受。

威廉斯认为，"个人生活的每一个方面从根本上说都受到整体生活特性的影响，最重要的就是从个人方面领会整体生活……价值的核心总是体现在每一个个体身上"③。换言之，要完整认识一种文化、一个时代的民

---

① 戴维斯在写给《大西洋月刊》主编詹姆斯·菲尔茨的信中写道："生活和音乐的神圣含义已经被发生在我家门口的战争现实取代了。"戴维斯在晚年回忆她在霍桑家里听到超验主义者们为内战大唱颂歌时写道："我刚从边境来到这里，我看到了真实的战争，看到了它的丑陋肮脏；北方联邦和南方邦联政府假公济私；爱国主义面具之下隐藏着恶毒的个人仇恨，到处是被点燃的房屋和愤怒的妇女；无论是南方人还是北方人，野蛮粗暴的变得更加野蛮粗暴，可敬的绅士堕落成了盗贼和酒鬼。也许战争是一个带着使命来的全副武装的天使，但是她却有着贫民窟的恶习。"详见其回忆录《闲言碎语》。

② 在这场由蓄奴制的存废问题直接引发的冲突中，美国黑人本应该成为内战小说的关注和书写对象，然而在白人作家（无论是南方作家还是北方作家）书写的内战文学中，黑人往往被置于边缘地位，是沉默的和失声的。在戴维斯的内战小说中，黑人不但发出了自己的声音，甚至还成了小说的主人公，如《约翰·拉玛尔》中的黑奴本（Ben）。

③ Raymond Williams, *The Long Revolution*, New York: Broadview Press, 2001, p.305.

众心理和当时当地的社会状况,个人的亲身体验无疑是至关重要的。① 戴维斯在作品中通过对日常生活中普通男男女女的亲身经历、体验,他们的生活态度和价值观进行生动而准确的描述,呈现和表达了美国社会 19 世纪转型时期主要的情感结构。

在与历史进程互动的过程中,美国女性逐渐意识到自身的价值以及自身存在的意义,她们开始不断关注自我,寻找自我。在这个过程中,她们陷入迷茫,并在追求和迷失之间不断寻求个体的存在价值。戴维斯书写了一部 19 世纪美国女性发现自我、关注自我、寻找自我的奋斗和成长史,她清晰地记录了转型时期女性的日常生活感受和微妙复杂的情感在 19 世纪 60 年代、70 年代,以及 19 世纪最后 20 年的差异和历时性变化的轨迹。在其 60 年代的小说中,女性常常在来自社会与家庭的各种压迫下忍受不能独立、没有机会展现个性、无法发挥创造力和潜力的痛苦;到了 70 年代,这些曾经饱受压迫的女性人物以"新女性"的形象重新出现在戴维斯的小说里,她们开始在职业和社会生活中展现出非凡的能力和活力,然而女性的才华和能力却被看作是对中产阶级文化的威胁;70 年代后期,在经济萧条、战后重建等社会问题的重重阴影下,在女性要求更多地享有政治权利、参与公共事务的呼声中,戴维斯作品中的女性人物陷入了职业与家庭方面的困境和心理的窘境②;到了 19 世纪末,女性因自己的才能和智慧得到了社会的认可和尊重,然而,由男性话语主导的主流价值观对女性的期待仍然是扮演母亲和妻子的角色,女性内心和精神上的真正需求依旧得不到足够的关注和满足。

在 19 世纪,男性和女性的活动范畴和价值截然不同,男性主要活跃于政治和经济领域,并且与过去男人通过家庭和社区来确立自己的身份不同,在 19 世纪,工作(work)或劳动(labor)成为男人自我定义的关键因素。如果一个男人没有某项工作(business),他的生活也没有了实质或意

---

① 赵国新:《情感结构》,见赵一凡、张中载、李德恩主编:《西方文论关键词》,外语教学与研究出版社 2006 年版,第 433 页。

② Jean Pfaelzer, *Parlor Radical:Rebecca Harding Davis and the Origins of American Social Realism*,Pittsburgh:University of Pittsburgh Press,1996,pp. 12 - 13.

义。① 戴维斯塑造了形形色色从事不同职业的男性人物:饱受精神和肉体双重摧残的移民劳工、激进的改革者、不切实际的乌托邦主义者、一夜暴富的图书出版商、为了"进步"不择手段的"自造男人"、在内战中杀死朋友的牧师、杀死主人的黑奴等等。作者通过对这些男性人物的经历和日常生活体验的书写,展示了那个时代的历史风貌和社会矛盾。从他们的身上,我们也看到了转型期社会普遍存在的孤独、困惑、压抑、焦虑与绝望情绪。

威廉斯认为,对情感结构某些要素的探索只能通过精密的语言分析进行,情感结构最通常的存在证据就是文学作品中的传统表现手法。当环境或处境发生变化时,一个词的能指与所指之间的联系变得不再确定,这就使被经历的东西与清晰的表达之间产生了距离。② 作家总在不断寻找准确的词汇、语言和方式来缓解表达与经验之间的张力。"在工业革命之后,根据可资利用的由各种概念和语言构成的明确表述来理解某种经验的可能性被根本改变了"③,浪漫主义和感伤主义显然已无法准确地表达那些被洞察和感知到的新经验。为了准确表达新经验,传达自己对新时代的精准印象,戴维斯不断寻找和尝试新的文学形式和表现手法。

F. O. 马西森将 19 世纪 50 年代称为"美国的文艺复兴"时期。在这一时期的美国文学体系中存在着两种相互竞争的文学传统:一种是以爱默生(Ralph Waldo Emerson, 1803—1882)、霍桑(Nathaniel Hawthorne, 1804—1864)、梅尔维尔(Herman Melville, 1819—1891)、梭罗(Henry David Thoreau, 1817—1862)和惠特曼(Walt Whitman, 1819—1892)为代表的男性作家传统④;一种是以苏珊·博格特·华纳(Susan Bogert Warner, 1819—1885)和范妮·菲恩(Fanny Fern, 1811—1872)为代表的女性作家

---

① Anthony E. Rotundo, *American Manhood: Transformations in Masculinity from the Revolution to the Modern Era*, New York: Harper, 1993, p. 168.

② 雷蒙德·威廉斯:《政治与文学》,樊柯、王卫芬译,河南大学出版社 2010 年版,第 157—158 页。

③ 雷蒙德·威廉斯:《政治与文学》,樊柯、王卫芬译,河南大学出版社 2010 年版,第 162 页。

④ 马西森在《美国的文艺复兴:爱默生和惠特曼时代的艺术与表现》(1941)中,将这五位男性作家列为"美国的文艺复兴"时期的文学大师。

传统①。尽管两种传统有着明显的差异,但二者都是在19世纪50年代不断膨胀的文学市场之下,对越来越难以理解的现实的逃避,它们都统一在"浪漫主义"的知识分子运动之中。②然而时代变了。资本主义时代是一个要"摧毁一切神圣的残余,把世界从错误和迷信中解放出来,使它成为一个可以被科学说明、衡量,挣脱了一切旧式的、神秘的、神圣的价值的客体"③的大革命时代。它是一个去神圣化的、由因果关系统治的、科学的、秩序井然的、没有奇迹和先验存在的世界。在这个世界里,个人经验逐渐取代集体的传统经验成为现实的权威仲裁者。

因此,与浪漫主义和感伤主义文学不同,戴维斯的作品更加侧重当下和现实。她竭力寻找新的准确的语义符号捕捉和描绘美国社会生活中的新经历和新体验,传达她对新时代的个人感受和独特领悟。在戴维斯看来,现实生活中不只有"微笑的方面",还有各种各样的艰辛、痛苦、卑劣、不平等。"进步"的车轮正在碾压当下普通人的生活,使他们活成了"醉酒后的笑话"。她清醒地指出,田园牧歌式的农业文明正在全面崩溃,我们要面对新时代,认识新的生活现实:"绿色的田野和阳光早已成了旧梦、残梦"④,"要深入日常生活,深入到粗鄙的美国生活中,看一看它真正的样子"⑤。在小说《玛格丽特》中,戴维斯还发出了反叛浪漫主义的宣言:"我的故事十分粗糙、普通,正如我说的——只是一两个人的简单勾画,这种人你每天都能看到,有时你称他们'人渣',——是一段乏味、朴素的散文,

---

① 弗雷德·路易斯·佩狄(Fred Lewis Pattee,1863—1950)在《五十年代的女性文学》(1940)一书中指出,在内战前的美国文学领域中,占主导地位的是苏珊·博格特·华纳和范妮·菲恩等女性作家,爱默生和霍桑等人仅处于从属地位。这是因为女性作家和她们的作品在文学市场上更为成功。

② 迈克尔·达维特·贝尔:《文学职业化的背景》,见萨克文·伯科维奇主编:《剑桥美国文学史》第二卷,史志康等译,中央编译出版社2008年版,第74—76页。

③ 詹明信:《晚期资本主义的文化逻辑》,张旭东编,陈清侨等译,三联书店2013年版,第228—229页。

④ Rebecca Harding Davis, "Life in the Iron Mills", in Tillie Olsen (ed.), *Life in the Iron Mills and Other Stories*, New York: The Feminist Press, 1985, p. 12.

⑤ Rebecca Harding Davis, *Margret Howth: A Story of To-day*, New York: The Feminist Press, 1990, p. 6.

这样的人你从任何一个仓库或后街小巷里都能辨认出来"①；另外，"如果说我小说里的人物在你看来十分粗鄙，我又能怎么办呢"，"我必须按照他们本来的样子来描绘我生活的那个特别的联邦州里的人们"②。"今天的故事"这一标题表明戴维斯决心摒弃以往使用来自《圣经》、神话、传奇故事和历史记录的情节和题材的这一传统做法，从当下的现实生活中汲取材料。

任何叙述者都面临着选择，从无数事实中做出选择——他（她）要展现什么，省略什么。而这种选择，无论是有意识的还是无意识的，都不可避免地反映了叙述者本人的立场。作为中产阶级知识女性，作为 19 世纪美国一系列重大历史事件的亲历者和见证人，为了传达自己对新时代的独特经验和反思，戴维斯决定讲述真相：工业化的真相、内战的真相，在时代巨变的旋涡中痛苦挣扎的普通男男女女的生存真相。

首先，戴维斯细致地展示了 19 世纪美国社会的真实环境。在一些早期作品中，戴维斯对 19 世纪美国东部工业小镇里的环境做了细腻的描摹。受到严重污染的小镇里阴云密布，无处不在的烟尘和各种恶臭如影随行，挥之不去。这样的场景使人不寒而栗。被烟雾笼罩的工业城市里，街道上堆满垃圾，散布着黑水坑和粪坑，并且随处可以看到来自其他国家的欧洲移民行色匆匆的身影。这些背井离乡的移民被迫撕裂了自己与传统生活的联系，经受着无止境的剥削和利用，每日奔波在黑暗简陋、阴森如地狱的工厂和兽穴似的"家"之间。此外，在《大卫·冈特》（"David Gaunt"，1862）等内战小说里，戴维斯展现了南北战争时期弗吉尼亚山区的真实环境：漫长的冬夜、黯淡的星光，以及包围着刺骨的寒冷的砖房、马厩、鸡舍、谷仓等等，无处不透露着战争的冷酷，衬托着战争带给百姓的痛苦和凄怆。在《离开大海》等作品中，读者看到了新泽西沿岸地区的萧索和荒凉。在短篇小说《在火车站》（"At the Station"，1888）中，戴维斯细致地描绘了北卡罗来纳州一个普通得不能再普通的小火车站附近的日常生

---

① Rebecca Harding Davis, *Margret Howth: A Story of To-day*, New York: The Feminist Press, 1990, p. 6.

② Rebecca Harding Davis, *Margret Howth: A Story of To-day*, New York: The Feminist Press, 1990, p9. 104 – 105.

活场景。

其次,戴维斯创造了许多与自己的文学主题相一致的个性鲜明的人物形象。这些人物都来源于粗鄙的现实生活,他们是对浪漫主义文学善恶分明的"脸谱式"人物创作模式的回应,也是戴维斯为了配合主题和环境寻找新的表达方式的结果。这些人物既呈现了人性的复杂性与多样性,又彰显了作为个体的人的独特个性。粗鄙的美国现实生活中有相貌平平的家庭妇女、受到压榨的工人、娼妓、精神病人、受到种族与阶级双重压迫的混血儿,以及其他一些生活在社会边缘的醉生梦死、举止粗野的男男女女。戴维斯正是根据现实生活中的原型创造了这些人物,并赋予他们独特的个性以展现人类情感与动机的多样性和复杂性。戴维斯对人物的个性化塑造突出表现在她给人物取的名字上。小说家通常依照日常生活中给特殊个人取名的方式给自己作品中的人物取名,以表明其人物是当代社会环境中一个特殊的个人。① 小说人物的名字也通常蕴含着作者对现实和当代生活的强烈暗示。例如戴维斯将移民劳工的生存境况强烈地暗示在休·沃尔夫的姓氏"Wolfe"上。"Wolfe"使人联想到"wolf"(狼),进而联想到弱肉强食的丛林。这些移民劳工在野蛮残酷的环境中艰难求生,仅能勉强满足自己的生存欲望。"Wolfe"暗示我们,休被剥夺了更高层次的追求和发展的权利,其生存已经被迫下降到了动物本能欲望的层面。

最后,模仿现实的语言是戴维斯找到的另一种有效表达方式。作家和哲学家一样,总是竭力想要找到恰当的词语来描述那些新融入他们意识中的东西。为了表现经验的真实,戴维斯在作品中使用了欧洲移民、奴隶、有文化的黑人、新英格兰渔民等不同群体使用的多种土话和方言。方言是具有原型意义的生命样态的标志,它就像化石一样,存留着一个群体的生命痕迹与情感印记②,方言也是对日常生活的最真实展示。戴维斯用被奴役和被压迫者的语言报告日常生活的现实。从纺织厂女工的方言对

---

① 伊恩·P·瓦特:《小说的兴起——笛福、理查逊、菲尔丁研究》,高原、董红钧译,三联书店1992年版,第11—12页。

② 梁鸿:《妥协的方言与沉默的世界——论阎连科小说语言兼谈一种写作精神》,载《扬子江评论》2007年第6期,第37页。

话中,我们窥见了她们所生活的独特世界,体察到了她们的痛苦和辛酸。此外,为了使自己的描述与所要传达的观念或实际要描绘的事物相符合,让读者完全清楚描写对象的特殊性,戴维斯使用了一些特殊或专有词语。例如《铁厂一生》中的"korl"一词。"korl"指铁矿石炼过后残留的灰渣。对于灰渣的概念,人们更常使用的是"slag",然而叙述者却用了一个对于多数人来说十分陌生,甚至在普通字典里找不到的专有名词,因为"我们这里的人就叫它'korl'"①。这是居住在工业城市里的人或者了解工厂的人才会有的特殊经验,"korl"还是主人公休的雕塑材料,休正是用这种又轻又脆弱,并且苍白多孔的"废料"塑造了他的杰作"the korl woman"。在笔者看来,"korl"传达的是新兴工业城市里的一种新的生活经验。同时它也记录了一种处境:废渣的物质性特征——轻、脆弱、苍白、多孔——象征的正是移民劳工被边缘化的、无足轻重的、精神饥渴的生存境况和生活现实。

詹明信将文学语言和科学描述中产生说明性词汇的时代称为"现实主义"时代,它让人们感受到的是历史的真实。② 正是在环境的详细展示、人物的个性化塑造以及现实语言的模仿中,戴维斯找到了新的文学样式和表现手法——现实主义。

除了现实主义之外,戴维斯的早期作品中还包含自然主义文学的一些议题。路易斯·巴德认为,在达尔文出版《物种起源》之前,美国最大胆的小说家们(如梅尔维尔)就已经觉察到了启迪达尔文的一些观念,例如,"人类行为的动机更多地是出于本能而非智慧,身体的需要可能会征服良知,生命是不确定的过程而不是通向救赎的道路,在具体的无法摆脱的环境中食物以一种迷人但有时严酷的方式塑造着生物体"③。《铁厂一生》中休的"堕落"和毁灭,《妻子的故事》("The Wife's Story")中女主人公海丝特(Hester)遗传了家族的自私基因而"自食恶果",人们被严酷的生存

---

① Rebecca Harding Davis, "Life in the Iron Mills", in Tillie Olsen (ed.), *Life in the Iron Mills and Other Stories*, New York: The Feminist Press, 1985, p. 24.

② 詹明信:《晚期资本主义的文化逻辑》,张旭东编,陈清侨等译,三联书店 2013 年版,第 231 页。

③ 路易斯·巴德:《美国背景》,见唐纳德·皮泽尔主编:《美国现实主义和自然主义:豪威尔斯到杰克·伦敦》,张国庆译,武汉大学出版社 2009 年版,第 26 页。

环境或残酷的战争唤醒了兽性,等等,都表明戴维斯已经意识到了遗传和环境在人的生命过程中、在人性的建构中发挥的神秘力量。真实生活中常常被人们忽视的苦难,形形色色正在忍受剥削和压迫的人,人性在环境作用下暴露出的卑劣和邪恶,在戴维斯对乞丐、妓女、醉汉、精神病人等边缘人群的生活描绘中得到了呈现。戴维斯的部分早期作品也因此染上了阴郁甚至绝望的色彩。

第二章　美国工业化
进程中的情感结构

　　工业化是一把双刃剑,工业主义①带来了令人陶醉的进步,同时它也带来了环境污染、贫富差距扩大等严重的社会问题,并埋下了美国南北战争的种子。按照威廉斯的观点,文学作品是对社会现实反映最及时的媒介,敏锐的作家往往能较早地觉察和捕捉到新的情感结构正在形成的征兆。在惠灵长大的戴维斯是最早近距离观察、记录、书写和反思工业化后果的美国作家。当时社会主要的情感结构在戴维斯的作品中集中表现为作家的实际生活体验与中产阶级意识形态之间的对立。戴维斯清晰地记录和表达了工业主义带来的新型可怕体验以及日常生活中的普通人在工业化和城市化进程中的真实经历与感受。

　　威廉斯认为,情感结构最通常的存在证据就是文学作品中的传统表现手法。当环境或处境发生变化时,一个词的能指与所指之间的联系变得不再确定,这就使被经历的东西与清晰的表达之间产生了距离。② 作家总是在不断地寻找准确的词汇、语言和方式来缓解表达与新经验之间的张力。因此与一个特定时期的情感结构密切关联的就是这个时期的艺术和文学作品的形式与表现手法。如前所述,工业革命之后,根据可资利用的由各种概念和语言构成的明确表述来理解某种经验的可能性被根本改变了,浪漫主义和感伤主义显然无法准确地表达那些被洞察和感知到的新经验。因此戴维斯需要不断试验新的文学形式和写作手法来呈现动荡

---

　　①　"工业主义"一词为英国思想家卡莱尔所首创,在《旧衣新裁》(*Sartor Resartus*,1833)中,卡莱尔第一次提出并定义了"工业主义"这个概念。

　　②　雷蒙德·威廉斯:《政治与文学》,樊柯、王卫芬译,河南大学出版社 2010 年版,第 157—158 页。

不安的工业社会场景,描述人们在工业化和城市化进程中,在内战期间的各种经历、体验和感受。

本章第一节和第二节以《铁厂一生》为例,探讨戴维斯建构小说文本权威的叙事策略及其自然主义书写,第三节和第四节以《玛格丽特》为例,探讨戴维斯描绘日常生活的现实主义文艺观和小说中的情感结构要素。笔者在绪论中已经提到,《铁厂一生》无论是在叙述形式上还是在文学主题上都激起了批评界的广泛争论,对这部小说的研究已取得丰硕的成果。本书对《铁厂一生》的探讨主要集中于两点:一是以女性主义叙事学的视角探讨《铁厂一生》的叙事策略,认为戴维斯的叙事方式和策略是女性作家在特殊历史条件下努力建构叙事文本权威的结果;二是探讨《铁厂一生》中的"自然主义"。目前学界对于戴维斯的早期小说是否是美国自然主义文学的萌芽和雏形这一问题存在分歧和争议,笔者亦将就这一问题提出自己的思考。对于戴维斯的第一部长篇小说《玛格丽特》,本书主要考察戴维斯描绘日常生活的书写理念和小说中所包含的情感结构要素。

第一节　叙事文本权威的建构

在美国 19 世纪中期,以埃德加·爱伦·坡(Edgar Allan Poe, 1809—1849)、霍桑和梅尔维尔为代表的男性作家努力通过撰写传奇摆脱英国文学的影响,建构独特的美国民族文学。传奇的作者在处理作品的形式和素材方面有更多自行取舍、灵活虚构的权利。例如,霍桑常常将自己置于编辑的位置上,让这个"编辑"来解释篇幅中的大部分内容是怎样为作者秘密掌握的,并提供证据证明叙述内容的可靠性。与传奇不同,现实主义小说更加注重细节的真实。《铁厂一生》是美国现实主义文学兴起的一座里程碑。为了建构书写现实的权威,戴维斯在《铁厂一生》中创造了一个性别模糊的叙述者,并通过叙述者与受述者直接对话、模仿现实的语言、巧引卷首语等策略建构叙述者的话语权威,从而进一步建构叙事文本的权威性。

一、性别模糊的叙述者

关于《铁厂一生》中叙述者的性别和身份,有三种不同的意见。Hood(1995)、李宛霖(2013)、Pfaelzer(1996)等学者认为小说中的叙述者是女性。在 Pfaelzer 看来,叙述者是一位像读者一样有闲暇,并且被局限在阶级和空间里的女性。第二种观点认为故事的叙述者是男性,持这种观点的学者主要是 Shurr。在 Shurr(1991)看来,叙述者就是小说中的一个人物,是被德博拉偷了钱包的米切尔(Mitchell)。而 Curnutt(1994)和 Gatlin(2013)等学者则认为叙述者的性别是模糊的。笔者同意第三种观点,认为《铁厂一生》中叙述者的性别是模糊不明的。并且戴维斯有意模糊了叙述者的性别,从而进一步隐藏自己的性别。这样做的目的是使读者将作品与作者的个人生活分开,根据作品本身的特点来判断文学作品的价值[1],避免读者带着对女性作家的偏见和刻板印象来评判作品。这一点可以从戴维斯的早期作品均为匿名发表这个细节上得到印证。在 19 世纪,女性进入文学领域出版作品时,多使用男性笔名或匿名发表作品,这是因为这种出版方式可以保护女性作者,使她们在作品出版后避免受到嘲讽,同时避免因使用"非女性"的表达而受到谴责。[2]

叙述者通过与受述者直接对话建构了自己的话语权威。"一个阴天:你知道一个工业城镇在阴天的时候是什么样子吗?"[3]这种直接向受述者提问的方式,立刻将读者带入故事中。与此同时,叙述者"我"确立了与受述者之间的对立关系,叙述者"我"的权威也同时被建构起来。"我"知道,"你"并不了解工业城镇是什么样子的,而"我"现在就在一个工业城镇的

---

① Arielle Zibrak,"Writing Behind a Curtain: Rebecca Harding Davis and Celebrity Reform",*ESQ: A Journal of the American Renaissance*,Vol. 60,No. 4,2014,pp. 522 – 556.

② Rosemarie Zagarri,"The Postcolonial Culture of Early American Women's Writing",in Dale M. Bauer and Philip Gould (eds.),*The Cambridge Companion to Nineteenth-Century American Women's Writing*,New York: Cambridge University Press,2001,pp. 19 – 37.

③ Rebecca Harding Davis,"Life in the Iron Mills",in Tillie Olsen (ed.),*Life in the Iron Mills and Other Stories*,New York: The Feminist Press,1985,p. 11.

一座旧房子里,"我"对这里的环境非常熟悉,因此"我"有资格带"你"来了解一下这个"你"不熟悉的甚至闻所未闻的世界。在《铁厂一生》的前四段中,叙述者14次直接向受述者"你"发话,全知的叙述者直接站在受述者的面前与之进行面对面的直接交流。

罗宾·沃霍尔(1986)认为,通过直接对话,叙述者与受述者建立了直接的个人联系,叙述者直接向广大读者群发话,把小说人物当作历史中的个人加以讨论,导引着受述者的感悟归依。这种叙事手法往往能够填平严格意义上的文学再现文字和严肃陈述话语之间的沟壑。① 卡恩(1995)认为,叙述者与受述者直接对话的方式使叙述声音听起来带有某种控诉、责备的感情色彩,并由此产生了一种轰炸式的效果,能直接刺激、作用于读者,吸引读者进入叙述者的故事里。② 与盖斯凯尔夫人的《玛丽·巴顿》(1848)、斯托夫人的《汤姆叔叔的小屋》(1852)、乔治·艾略特的《亚当·彼得》(1859)等女作家作品中的叙述者不同的是,《铁厂一生》中的叙述者不是用朋友式的介入和加强语气来称呼"你",而是使用了一种对立的、奚落的和指责的语气。

叙述者"我"就是当下现实中的一个活生生的人,是一个对环境、对时代、对故事中的人物无所不知的"权威"。接下来,戴维斯通过对叙述者的视觉、触觉、嗅觉和听觉等一系列感官体验细致逼真的描绘,呈现了受到重度污染的工业城市里的环境。读者丝毫不会怀疑叙述者的权威性。因为很明显,作为目击者和知情人,"我"所说的一切都是"我"的亲眼所见和切身体会。"它使我透不过气"的表述使读者也仿佛感受到了令人窒息的环境氛围。叙述者的声音中透露着不容置疑的权威性和优越感,这使读者对于叙述者的描述确信不疑。在读者看来,一切都是确凿可靠的。

戴维斯通过建构叙述者"我"的权威,真切地表达了工业化给人们带来的令人不安、压抑和窒息的可怕体验。

---

① 苏珊·S.兰瑟:《虚构的权威——女性作家与叙述声音》,黄必康译,北京大学出版社2002年版,第103页。

② Richard A. Hood, "Framing a 'Life in the Iron Mills'", *Studies in American Fiction*, Vol. 23, No. 1, 1995, p. 73.

二、模仿现实的语言

按照威廉斯的观点,当环境或处境发生变化时,词的能指与所指之间的联系变得不再确定,这就使被经历的东西与清晰的表达之间产生了距离,要缩短这个距离就"有一个意识的过程"①。作家总是在不断寻找准确的词和语言来试图清晰地表达他们想要传达的观念,以此来缩短表达与新经验之间的距离。洛克(1997)认为,语言的使用目地是传达人们对于事物的所有知识,这就意味着语言要与所传达的观念或实际要描绘的事物相符合,而这一点对于现实主义小说来说尤为重要。因此,为了传达个人实际的特殊经验,使读者完全清楚自己所描写的对象的特殊性,小说家常致力于寻找与实际事物相符的语言。在《铁厂一生》中,为了让叙述更加逼真,更加接近读者的想象,戴维斯分别在三个不同的叙事框架中使用了三种不同风格的语言。

在叙事框架最外层,叙述者"我"使用的是中产阶级的语言,因为叙述者的言说对象是受过教育的中产阶级和文化精英阶层读者②,因此,为了让那些不在工业城市里生活的读者在"不知不觉"中了解一个他们不熟悉的环境和他们不了解的底层劳工群体,作为"向导"和"翻译"的叙述者使用的是让"我"的言说对象感到熟悉而又亲切的语言。

在"我"的故事中,在德博拉的故事框架里,戴维斯使用的是移民的方言。与其他的文学形式相比,语言对于现实的参考功能在小说中体现得更加明显,语言也是对日常真实的最充分展示,而这一点在方言的使用上体现得最为明显。深夜十一点钟,一群衣不蔽体、喝得醉醺醺的纺织厂女工刚刚从工厂下班,她们一路跌跌撞撞,正要去参加一场舞会,好再"喝个痛快",而她们的一个同伴还没有干完活儿,仍然在工厂里加班。这里有一段粗俗的方言对话描写,生动地再现了19世纪美国纺织厂里的移民女

---

① 雷蒙德·威廉斯:《政治与文学》,樊柯、王卫芬译,河南大学出版社 2010 年版,第 158 页。

② Ellery Sedgwick, *A History of the Atlantic Monthly, 1857—1909: Yankee Humanism at High Tide and Ebb*, Amherst: University of Massachusetts Press, 1994, p. 40.

工们的生活,揭露了当时女工真实的生存境况和凄惨处境。这段对话中隐含着一个独特的世界,只有近距离观察过,甚至经历过这种生活的人才能懂其中的辛酸与痛苦。方言在 18 世纪后期进入美国文学,人们用美国本土的粗俗语言来描述"扬基"(Yankee)的特征,内战前就有作家用方言来描绘日常的现实。① 戴维斯的作品中出现过欧洲移民、奴隶、有文化的黑人、新英格兰渔民等群体的土话和方言。在这些方言中隐含着 19 世纪美国转型时期人们的生活处境和日常生活感受。这些方言的出现也反映出美国社会的人口构成正在发生变化的事实。

叙事框架的最里层是休·沃尔夫的世界。休的语言十分复杂。语言是人独特的技艺,正是语言将人从决定性的符号、从不可言说之物、从主宰大部分生命的沉默中解救出来。② 然而在大部分时间里,休是沉默的。当他终于有了言说的机会,可以谈论和表述自己的"艺术"时,他却困惑地说不清楚。布迪厄认为,语言不仅是一种交际工具,而且是一种象征性暴力符号,它标志着更深层次的经济权力关系,语言的运用是在社会语境控制下的一种文化上的特殊行为,是一种在特殊话语场景中做出的特殊选择。布迪厄将人的语言能力分为技术语言能力(technical linguistic capacity)和合法使用能力(statutory capacity),"合法使用能力"指的是有权讲话的能力,"缺乏合法讲话能力"或者说缺乏话语权的言说者实际上是被要求有这个能力的社会领域排斥在外的,或者只能是装聋作哑的……③在笔者看来,休的沉默正是"缺乏合法讲话能力"的体现,它的背后隐藏的是由不平衡的经济关系而导致的巨大阶级差异。此外,休在面对不同的言说对象时,使用的是不同风格的语言:在与来到工厂参观的中产阶级访客对话时,他说着结结巴巴的方言;而当他面对德博拉时,说的竟是和访客们一样的"普通话"。在笔者看来,休矛盾的语言表达是他人格分裂的外在表现。休出现人格分裂的原因,是他想成为"另一个人"的理想与生活

① Sharon Harris,*Rebecca Harding Davis and American Realism*,Philadelphia:University of Pennsylvania Press,1991,p. 38.
② 乔治·斯坦纳:《语言与沉默:论语言、文学与非人道》,李小均译,上海人民出版社 2013 年版,第 5 页。
③ 赵杰、刘永兵:《语言·社会·权力——论布迪厄的语言社会观》,载《外语学刊》2013 年第 1 期,第 3—4 页。

在社会底层的现实之间存在巨大鸿沟。

随着时代的发展,语言也在不断变化。在威廉斯看来,语言的变化并非表现在拼写和语法上,而是表现在人们的表达方式、语言习惯或风格的变化上。可以说每一代人都有自己的语言,有属于自己时代的习语(idiom of the period)。语言中的这些变化折射的是人们思想、精神和情感等方面的无意识变化①,也就是情感结构的变化。语言的变化在文学作品中体现得最为明显,因此人类文明和社会最重要的发展和变化往往被记录在文学作品中。

三、卷首引语中的权威

使用卷首引语是在 19 世纪的英美作家中普遍流行的做法。女作家对于卷首引语有着特殊的偏爱。兰瑟认为女作家常常将卷首引语当作一种手段,借以显露她们的博学,增加小说的思想和道德的分量,同时也为她们的文本立场平添外部的权威力量。②

戴维斯在《铁厂一生》的开头也使用了一段引语:

Is this the end?
O Life, as futile, then, as frail!
What hope of answer or redress?

这段引语来自英国诗人丁尼生(Alfred Tennyson, 1809—1892)的《悼念集》(In Memoriam)。虽然戴维斯使用了一对引号,使这段文字看起来"浑然一体",然而事实上它们并非是对原文的直接引用。引语中的第一句"Is this the end?"是《悼念集》诗 12 第 4 节的最后一句。原诗中的"Is this the end?"重复了两次。引语中的第二句和第三句来自《悼念集》的诗

---

① Sean Matthews, "Change and Theory in Raymond Williams's Structure of Feeling", *Pretexts : Literary and Cultural Studie*, Vol. 10, No. 2, 2001, p. 185.

② 苏珊·S. 兰瑟:《虚构的权威——女性作家与叙述声音》,黄必康译,北京大学出版社 2002 年版,第 109 页。

56,分别是诗 56 中最后一节的第一句和第三句。诗 56 最后一节原诗如下：

O life as futile, then, as frail!
O for thy voice to soothe and bless!
What hope of answer, or redress?
Behind the veil, behind the veil.

生命是多么徒劳而脆弱！
啊,但愿你的声音能安慰我！
哪儿能找到回答或补救？
唯有在通过了帷幕之后。

——飞白译

如萨特所言,每一件事物都是作者操纵的表现信号。将戴维斯的引语和《悼念集》的原文进行比照后,我们不禁产生这样的疑问:戴维斯为什么摘取了这几句话作为小说的卷首语？她为什么将诗 56 的第二句"啊,但愿你的声音能安慰我"和第四句"唯有在通过了帷幕之后"去掉,而只保留了第一句和第三句？ 作者这样处理,用意何在？

卷首引语是对话性质的,它通常会与小说中的戏剧性事件构成某种张力。戴维斯描绘的世界是一个令人绝望的世界,以休为代表的移民劳工——这些"徒劳而脆弱"的生命——永远也无法逃脱被大历史碾压的命运悲剧。从他们类似"兽穴"的家和休与狼"wolf"同音的姓氏"Wolfe"可以看出,这些工人的生存已经被迫下降到了动物的层面。在这样的世界里,没有人能得到真正的安慰。休曾经试图走进教堂,渴望从上帝那里得到些许慰藉。但是教堂可不是为休这个阶级的人准备的①。休听不懂基

---

① Rebecca Harding Davis, "Life in the Iron Mills", in Tillie Olsen（ed.）, *Life in the Iron Mills and Other Stories*, New York: The Feminist Press, 1985, p. 48.

督教改革者说的那些"炽热的、光灿灿的话"①,他自然无法从神那里得到安慰,更无法通过宗教获得救赎。在笔者看来,对这一句诗的删改细节传达的是移民劳工对现实的绝望情绪。"如何解决,如何补救?"对于这个问题,作者没有回答。《悼念集》原诗中的回答"唯有在通过了帷幕之后"一句被去掉了。这是因为"我不敢将这个秘密说出来",这个可怕的问题是"不可说的"(dumb)。② 阶级分化严重、贫富差距扩大等社会问题是由社会制度造成的。"通过帷幕"就意味着变革社会制度。这是资产阶级和包括戴维斯在内的中产阶级不愿意甚至害怕触碰的一个问题。因此当来到工厂的资产阶级访客读懂了休的雕像"the korl woman"脸上的"可怕问题"时,所有人都感到"烦扰"(troubled),所有人都三缄其口。工厂主的儿子科尔比说,(对于这些问题)"我根本就不想","所有的社会问题都和我没有关系"③。

这段被改头换面的卷首引语让我们看到了当时中产阶级主要的情感结构:在对被压迫者的同情与对其暴力的恐惧之间摇摆不定。一方面,他们批判工业主义,认为社会制度不公正,同情劳工和其他边缘群体的遭遇;另一方面他们又表现出无能为力的冷漠态度。他们的灵魂深处是惧怕社会变革的。"通过帷幕"意味着社会变革,这是他们不愿意看到的,因此对于这一问题他们避而不谈。戴维斯将原诗中的"通过帷幕"一句删掉,表现的正是中产阶级对于社会变革隐隐恐惧的心态。

女作家在创作初期往往会处于一种对男性话语权威既依赖又排斥的矛盾状态④。《铁厂一生》中的这段卷首引语正是女性作家对男性话语权威既依赖又排斥的矛盾心态的体现,戴维斯虽然引用了丁尼生的诗句,但是她不但"肢解"了原诗,还将原诗中四音步抑扬格 ABBA 诗节的韵脚、格

---

① Rebecca Harding Davis,"Life in the Iron Mills",in Tillie Olsen (ed.),*Life in the Iron Mills and Other Stories*,New York:The Feminist Press,1985,p.49.

② Rebecca Harding Davis,"Life in the Iron Mills",in Tillie Olsen (ed.),*Life in the Iron Mills and Other Stories*,New York:The Feminist Press,1985,p.14.

③ Rebecca Harding Davis,"Life in the Iron Mills",in Tillie Olsen (ed.),*Life in the Iron Mills and Other Stories*,New York:The Feminist Press,1985,p.35.

④ 苏珊·S.兰瑟:《虚构的权威——女性作家与叙述声音》,黄必康译,北京大学出版社 2002 年版,第 43 页。

律,以及标准的四行一诗节都做了改写。作者这样处理是为了配合叙述者与受述者直接对话的叙事模式。兰瑟(2002)认为,无论是叙事结构还是女性写作,其决定因素都不是某种本质属性或孤立的美学规则,而是一些复杂的、不断变化的社会常规。

首先,要创作一部描绘日常生活、书写现实的小说,戴维斯面临的最主要的难题是如何将异故事的叙述声音权威化,以此来化解"知"与"评"、"展示"与"讲述"、再现与意识形态之间的矛盾。一方面,现实主义叙事要求文本像一面镜子,作家要显现出"事物本来的样子";而另一方面,作家又要展示出事物应有或不应有的样子,必须"参与人类共同情感深处的秘密"。这种表现与评价之间的矛盾在叙事形式上造成了一种十分敏感的不稳定现象:模仿逼真的幻觉干扰了主观判断的叙事声音。忠实再现"事物本来的样子"意味着叙述者表面的缺席。与此同时,使文本前后保持连贯一致的重任也落在了叙述者的肩上。叙述者不仅要从美学角度,还要在意识形态方面对纷杂多样的内容进行整合和协调。因而现代现实主义小说采用了古典现实主义小说的叙事结构,其单一的、故事外的和公众的叙述声音,也就是虚构世界唯一的协调者。因此叙述者在话语层次上高于小说人物,与广大的受述者即读者息息相关,如果受述者解读正确,则将与叙述者分享其"新知"与境界。这样的叙述者无所不知,明断是非,具有无可比拟的权威性。因此,戴维斯创作了一个全知型的叙述者,这样既协调整合了纷杂多样的信息,又在最大程度上树立了叙述者的权威,成功化解了现实主义小说自身固有的矛盾,进一步建构了叙事文本的权威。

其次,《铁厂一生》的叙述策略与戴维斯"初涉文坛的女性作家"这一身份密切相关。鲁滨逊认为,女作家一方面处于以男性为中心的话语秩序之内,另一方面又因其主体位置在这种排挤女性的话语秩序中无法实现而处于这种秩序之外。但也正是这种边缘的处境,使女作家得以进行自我表述。这种既内在又外在的双重创作位置也使其作品具有一种双重性。① 因此作为女性作家,戴维斯不可避免地使用了所谓的"女性技巧"——叙述者与受述者直接对话,并通过这种"吸引型"的评论来影响读

---

① 申丹、韩加明、王丽亚:《英美小说叙事理论研究》,北京大学出版社 2005 年版,第 286 页。

者的感情。

叙事策略是文本的修辞特征,而修辞策略是作者对历史文化语境的回应。一部作品所使用的叙事策略既受到特定的社会历史环境的制约,也受到作者主观因素的影响,是客观与主观两方面因素相互作用的结果。

第二节　戴维斯的自然主义书写

本小节以《铁厂一生》为例,探讨戴维斯作品中的"自然主义"。自然主义书写是戴维斯建构工业化现实的重要途径。只有自然主义的语言,才能言说工业化背景下的穷人故事。① 在对乞丐、妓女、醉汉、精神病人等边缘群体的生活进行的描绘中,我们看到了真实生活中常常被忽略的苦难,以及人性在环境作用下暴露出来的卑劣和邪恶。从情感结构的角度来看,自然主义传达的是被中产阶级主流意识形态所忽视或遮蔽的经验。因为自然主义和它所书写的现实经验刺激了中产阶级的情感,撕破了他们的道德面具,因此自然主义小说在诞生之初受到了激烈的批评、否定和排斥。

一、争议

戴维斯的早期小说《铁厂一生》和《玛格丽特》中是否有美国自然主义文学的萌芽和雏形? 对于这一问题,学术界尚存争议。

一部分学者已经接受了这样的观点,即戴维斯是美国自然主义文学的先驱,她的早期作品是美国文学自然主义的源头。如文学史家 Bernard Bowron(1990)认为,"戴维斯是工业主义文学的开拓者……,她对当代社会问题的密切关注是美国文学自然主义兴起的源头"②;Gilbert 与 Gubar

---

① Sara Britton Goodling,"The Silent Partnership:Naturalism and Sentimentalism in the Novels of Rebecca Harding Davis and Elizabeth Stuart Phelps",in Mary E. Papke (ed.),*Twisted from the Ordinary:Essays on American Literary Naturalism*,Knoxville:University of Tennessee Press,2003,p. 2.

② Jean Fagan Yellin, "Afterword", in Rebecca Harding Davis, *Margret Howth:A Story of To-day*, New York:The Feminist Press,1990,p. 274.

（1985）指出，"在法国作家爱弥尔·左拉出版了被称为'自然主义'小说的作品大约六年之前，一个三十岁的弗吉尼亚人就出色地描绘了环境决定论的社会经济暗示"①；Sharon Harris（1991）则指出，《铁厂一生》的主人公休的故事是美国文学中最早的"自然主义"书写，戴维斯在小说中使用的一些写作手法、创造的一些意象都为日后的自然主义作家提供了参照和借鉴。例如在《铁厂一生》中，戴维斯描写了在工厂和类似兽穴的家之间日夜不停地"流动的工人"，而人类颠沛流离是美国自然主义作家作品，尤其是德莱塞《嘉莉妹妹》（Sister Carrie，1900）的一个中心意象。戴维斯对女主人公德博拉的"左拉式描写"，对米切尔冷冰冰的看客心理的剖析，对遗传了父辈的生活方式和思维方式的工人的细致刻画，对资本家将语言当作工具并通过控制和操纵语言来剥削工人这一现实的揭露等等，都是典型的美国自然主义文学的表现主题和创作方式。此外，在小说中推动情节发展的铁既是工业化的标志和象征，又是制造锁住休的镣铐的材料和休自杀的工具，它的作用与《麦克提格》（McTeague，1899）中的金子、《嘉莉妹妹》中的摇椅、《红色勇敢勋章》（The Red Badge of Courage，1895）中亨利的伤疤等典型自然主义象征是一样的，它的创造表明戴维斯与美国自然主义文学有着深厚的渊源和密切的联系。William Dow（2003）也将《铁厂一生》看作美国自然主义文学的起源。另外，Sara Britton Goodling（2003）认为，感伤小说是美国自然主义文学的源头，在与感伤主义的搏斗竞争中，自然主义诞生了。Goodling 还将《铁厂一生》和《玛格丽特》看作感伤主义与自然主义争斗较量的战场，认为它们是美国最早的自然主义小说。

对于上述观点，Jean Pfaelzer 持反对意见。在 Pfaelzer（1996）看来，尽管戴维斯探讨了遗传、种族、经济因素、性别和环境对人物的作用和影响，戴维斯早期小说中的人物也确实在由各种恶毒的必然性因素构成的世界中受着环境的制约，然而这些理由并不足以将戴维斯的早期作品打上自然主义标签。这是因为，首先戴维斯作品中的人物践行的是现实主义作家对自由意志和理性决择的承诺，人物的行动有意义，是情节的一部分。

---

① Sandra M. Gilbert, Susan Gubar, *The Norton Anthology of Literature by Women: The Traditions in English*, New York: W. W. Norton & Company, 1985, p. 903.

其次,休和德博拉都具有强烈的自我意识,他们有选择和拒绝的能力,而在自然主义文学中,人物往往完全受控于恐惧、饥饿和性本能。再次,Pfaelzer 认为,休和德博拉表现出的反抗精神是自然主义文学中的人物绝对不会具有的。最后,与自然主义作家竭力使用科学般客观准确的叙述手法的做法不同,戴维斯通过带着同情口吻的叙述激起读者的道德回应,而道德指示是诺里斯、克莱恩等自然主义作家努力回避的。

笔者认同 Harris 等人的判断,认为《铁厂一生》和《玛格丽特》等小说是美国自然主义文学的源头和雏形。然而笔者并不认同 Harris 列举的琐碎"证据"。在笔者看来,将《铁厂一生》界定为自然主义小说的最根本原因在于:戴维斯清晰地展示了主人公休在遗传因素和经济环境两个强大力量的作用下堕落与毁灭的过程,而生物和环境决定论正是自然主义文学的根本和核心要素。在下文中,笔者将以《铁厂一生》为例,探讨戴维斯的"自然主义"书写。笔者将首先论述休如何在遗传因素的作用下,在经济环境的逼迫下一步步堕落,并在偶然因素的影响下迅速坠入毁灭的深渊。然后通过文本的细读和对比,探讨戴维斯作品中的"自然主义"与德莱塞、克莱恩、诺里斯等后来的自然主义者的"自然主义"书写有什么不同,并分析其不同的原因。

二、休的堕落

无论是在全神贯注地倾听、试图弄懂科尔比等人的谈话内容时,休·沃尔夫脸上"更像一个沉默的毫无希望的动物"的表情,还是他用灰渣塑造的雕像脸上显露出的像"饥饿的狼"一样的神情①,都表明休已经堕落到了动物的生存层面。戴维斯将休的堕落暗示在他的姓氏"Wolfe"上。"Wolfe"使人联想到"wolf"——狼,进而联想到弱肉强食的丛林。这些移民劳工在野蛮残酷的环境中艰难求生,仅能勉强满足自己的生存欲望。现代心理学认为,生存欲望,包括食欲、性欲和安全欲是人类最基本的欲望,人类由此升华出种种意愿、意图、志向和理想;人类区别于动物的本质

---

① Rebecca Harding Davis, "Life in the Iron Mills", in Tillie Olsen (ed.), *Life in the Iron Mills and Other Stories*, New York:The Feminist Press, 1985, pp. 30 – 32.

特征就在于,人能够在生存欲望的基础上升华出更高级的要求,从而达到对生存欲望的超越。① 换言之,人除了有生存欲望之外,还有发展的欲望,也就是我们通常所说的精神追求,这是人性区别于动物性的主要标志。然而"Wolfe"这一姓氏暗示我们,休被剥夺了更高层次的追求和发展的权利,被迫下降到了动物的生存层面。

在戴维斯看来,导致休堕落的原因主要有两个:其一,就像他的父亲和其他工人一样,休的生活轨迹、他的命运和结局早已被写进了他的血液和基因里,而一个人的基因密码是由他的阶级地位决定的;其二,引起并加剧了阶级分化和矛盾,使休生活在水深火热之中的决定性力量是经济因素。

戴维斯十分相信遗传的力量,认为遗传基因不仅决定了人的外貌(脸型和身材)、生活方式与思维方式,还左右着人的命运,预定了人的结局。因而,休和他的父亲一样是炼铁厂的搅炼工,沃尔夫父子也和他们所属的那个阶级的人一样,有着固定的生活模式:

> (他们)表情迟钝麻木,弯着腰低着头,经受着无所不在的痛苦和奸诈的磨砺;他们的皮肤、肌肉乃至整个身躯都被罩在灰尘和烟垢之下。晚上,他们伏在沸腾的大锅上劳作,通宵达旦;白天,他们栖身在兽穴似的家里,醉生梦死,胡作非为。从生到死,他们呼吸的空气充满了烟雾、油垢和烟尘——灵魂和肉体的毒药。②

此外,他们干着"永无休止的苦力"劳动,"住在像狗窝一样的房间里,吃着恶臭的猪肉和蜜糖,喝着只有上帝和酿造者才知道是什么的东西,偶尔因为醉过了头在监狱里过上一晚"③。

---

① 王汶成:《文学及其语言》,人民出版社 2012 年版,第 178 页。

② Rebecca Harding Davis, "Life in the Iron Mills", in Tillie Olsen (ed.), *Life in the Iron Mills and Other Stories*, New York: The Feminist Press, 1985, p. 12.

③ Rebecca Harding Davis, "Life in the Iron Mills", in Tillie Olsen (ed.), *Life in the Iron Mills and Other Stories*, New York: The Feminist Press, 1985, p. 15.

不仅如此,这个阶级的人的结局也是注定了的:做完一辈子的肮脏苦力劳动后,他们就会被草草地放进某处泥泞墓地的某个穴洞里。这些在充满烟雾和恶臭的空气中、在泥泞和肮脏的环境里生活了一辈子的工人,死后也呼吸不到新鲜的空气,接触不到绿色的田野。

是什么决定了休的阶级地位,并使这个阶级的人们在社会最底层过着最下等的生活,使他们的身体和精神承受着无尽的痛苦和摧残?

对于这个问题,戴维斯的回答是经济因素。资本家与工人阶级之间的经济关系决定了他们之间的权利关系,并在两个阶级之间设下了一道不可逾越的鸿沟。在《铁厂一生》中,工厂主利用阶级特权规定了一套占统治地位的经济话语(economic discourse),使语言成了工厂主维护自身权益、控制和操纵工人的重要工具。在这套话语体系中,工人被称为"hands"(手)。手是肢体的一部分,一名工人就是一个"帮手",这样的措辞有力地揭示了人的身体和商品价值之间的对立,一名工人被当作一件能创造价值的"商品",它所暗示的含义是:这些缺乏理智和情感、没有发言权(voice)和适当行为准则(discipline)的工人是愚蠢的、暴力的、自我毁灭的。戴维斯敏锐地洞察到了经济、权利与话语之间的关系。戴维斯对于语言的看法与布迪厄的语言社会观不谋而合。

布迪厄(2001)将人的语言能力分为技术语言能力和合法使用能力:前者主要指对词义的正确理解和使用能力,属于语言学范畴;后者主要指有权讲话的能力,即有话语权,属于语言社会学范畴。在布迪厄看来,整个社会是一个通过语言进行象征性交换的市场,它所体现的是话语权与语言资本之间的关系。语言本身就是权利关系的一种工具和媒介,它的使用过程隐含着一种权利支配关系。工厂主的儿子科尔比的话也印证了这一观点。科尔比的父亲通过控制工人的选票操纵了工人的话语权,从而实现了对工人的压榨和剥削。因而,休是沉默的,他实际上是被剥夺了语言的"合法使用能力"(即话语权)的言说者。休的"被去权"(disempower)和"被沉默"背后隐藏的是不平衡的经济关系,而这种不平衡的经济关系也是让休身处绝境、使其堕落并最终毁灭的根源。

对于已经堕落的休来说,毁灭是必然的。但是一个偶然因素加速了休毁灭的进程,这个"偶然"因素来自"走上歧途"的黛布①。当黛布听说钱能治愈世界上的一切疾病时,她偷了米切尔的钱包并把钱交给了休。在黛布看来,只要有了钱,她深爱的休就能"逃出去"过另一种生活,甚至可以"像国王一样走路!"②休最开始并没想把钱据为己有,但平时低声下气的黛布这一次似乎变得异常敏锐和坚定,休拒绝要钱之后,黛布将钱偷偷放进了休的口袋里。休发现钱并打算把钱还回去时,失望的黛布痛苦地叹着气说:"留下它是你的权利"!"权利"这个词仿佛被施了魔法般一下子击中了休的灵魂。梅医生也说过同样的话——他的权利③,这个词瞬间变成了狂热的魔鬼口中不断叨念的咒语,在休的耳边响个不停,最终将休仅存的一点道德意识彻底击碎。就这样,被饥饿和对自由的渴望折磨得快要发疯的休,拿了钱——吃了"禁果",成了被夏娃诱惑而堕落的亚当。

尽管 Harris 列举了许多细节和证据来说明《铁厂一生》与美国自然主义文学的渊源,但在笔者看来,能表明"休的故事"是美国文学中最早的自然主义书写的关键在于,戴维斯清晰地展示了休在其无法理解的、无法控制的强大力量的作用下堕落,并在偶然的外力因素的刺激下迅速毁灭的过程。休是遗传基因和经济环境作用下的牺牲品,他最终只能以自杀的方式强行摆脱自己毫无希望的人生处境。戴维斯十分超前地为男主人公和小说设计了一个绝境,而这种绝境到 19 世纪后期才开始为许多作家所广泛采用。④

---

① 黛布(Deb)为德博拉的昵称,"Deb"的小写形式"deb"在美国俚语中指"歧途少女"。参见陆谷孙主编:《英汉大词典》(第 2 版),上海译文出版社 2007 年版,第472 页。

② Rebecca Harding Davis, "Life in the Iron Mills", in Tillie Olsen (ed.), *Life in the Iron Mills and Other Stories*, New York:The Feminist Press,1985,p.43.

③ Rebecca Harding Davis, "Life in the Iron Mills", in Tillie Olsen (ed.), *Life in the Iron Mills and Other Stories*, New York:The Feminist Press,1985,p.45.

④ 乔纳森·艾阿克:《叙述形式》,见萨克文·伯科维奇主编:《剑桥美国文学史》第二卷,史志康等译,中央编译出版社 2008 年版,第728 页。

三、戴维斯的"自然主义"书写

戴维斯的"自然主义"书写与诺里斯和德莱塞等自然主义作家的"自然主义"不同,这种不同主要体现在人物、叙述立场和小说结局三个方面。

首先,戴维斯小说中的人物具有自由意志和强烈的自我意识,他们有理性决策和拒绝的能力,而后来的自然主义作家笔下的人物往往完全受控于恐惧、饥饿以及性本能,他们在一些势不可挡的神秘力量面前是无能为力的。另外,戴维斯塑造的人物所具有的反抗精神也是 19 世纪末的自然主义小说里的人物所没有的。[①] 休接受了德博拉偷来的钱并且认定拥有它是自己的权利,瘦弱得像只小猫一样的休被关进监狱时突然像猛虎一样两次试图越狱逃走,这些情节都体现了休的反抗精神:尽管休的生存已经堕落到了动物的本能欲望层面,但他仍然渴望改变,渴望逃离绝境。

其次,戴维斯小说中的叙述者与后来的自然主义作家小说中的叙述者有着完全相反的叙述态度和立场。戴维斯采用的是吸引型(engaging)叙述方式,其目的是引起读者的共鸣,使读者同情小说中的人物,同时激起读者的道德回应。而后来的自然主义创作者往往采用疏远型(distancing)叙述方式,并常常通过讽刺或漠视来巩固"自我"与"他者"(小说中的自然主义人物)之间的距离和界线。[②] 如此一来,戴维斯作品中的叙述者往往带有同情的口吻和强烈的个人感情色彩,而诺里斯和克莱恩等作家创作的叙述者竭力使用科学的、客观的叙述,并努力回避道德暗示。

最后,戴维斯的小说多采用结婚或者是一家团聚的结局。即便故事以主人公的死亡结束,读者也总是能看到希望。例如在《铁厂一生》中,休死后被一位素不相识的贵格会妇女埋葬在一个有温暖的阳光和清新的空气的小山坡上。休终于摆脱了令人窒息的煤烟与肮脏的泥淖,他终于可以"休息"了。而德博拉也成了一名虔诚的贵格会教徒,这暗示我们这个

① Jean Pfaelzer, *Parlor Radical:Rebecca Harding Davis and the Origins of American Social Realism*, Pittsburgh:University of Pittsburgh Press, 1996, pp. 34 – 35.

② Malcolm Cowley, "Naturalism in American Literature", in Stow Persons (ed.), *Evolutionary Thought in America*, New Haven:Yale University Press, 1950, p. 332.

诱惑了休并使他坠入毁灭深渊的"歧途少女"得到了救赎。这样的结局使戴维斯的"自然主义"书写失去了人们所熟悉的美国自然主义文学的视野。① 而德莱塞和诺里斯等自然主义者的世界观核心是悲观的决定论。因此他们的小说竭力避免天真、救赎或改变等因素或暗示出现,即小说通常在无尽的绝望中落下帷幕。

在笔者看来,出现以上不同的主要原因是:1861 年当戴维斯凭借《铁厂一生》进入文坛时,达尔文的进化思想在美国还未被广泛接受。尽管《物种起源》已于 1860 在美国出版,然而对于当时的人们来说,接受达尔文的进化思想并不是一件轻松容易的事,尤其是对于小说家或者有坚定宗教信仰的人来说更是如此。直到 19 世纪 70 年代初期,达尔文的进化思想才成为人们在学习之外阅读的内容和谈论的话题。② 随着达尔文主义的逐渐渗透和科学思维的发展,美国新一代的年轻作家——此时已经基本丧失了神学的精神支柱——越来越感到自己是由无法预料的化学元素和反应组成的生物,漂泊在一个由无法确定的自然力量所控制的世界中。他们也越来越被左拉的文学态度所吸引:小说家就是观察家与实验家的合体,应从怀疑出发,通过观察和实验,探究人物如何对环境做出反映。③于是,达尔文主义和科学思维的发展这两个因素在文学中造成了最为阴郁的世界观。④ 自然主义者否定了理智能够拯救人类的乐观信仰,因而,笼罩着这些自然主义者的作品的是无可救药的悲观和绝望。

而在戴维斯的小说里,我们更多地看到的是奥古斯特·孔德(Auguste Comte,1798—1857)的影响。孔德的哲学是达尔文主义之前最重要的一

①　Sara Britton Goodling,"The Silent Partnership:Naturalism and Sentimentalism in the Novels of Rebecca Harding Davis and Elizabeth Stuart Phelps",in Mary E. Papke(ed.),*Twisted from the Ordinary:Essays on American Literary Naturalism*,Knoxville:University of Tennessee Press,2003,p. 15.

②　路易斯·巴德:《美国背景》,见唐纳德·皮泽尔主编:《美国现实主义和自然主义:豪威尔斯到杰克·伦敦》,张国庆译,武汉大学出版社 2009 年版,第 23 页。

③　左拉:《实验小说论》,李天纲主编,张资平译,上海社会科学院出版社 2017 年版,第 14—23 页。

④　罗德·霍顿、赫伯特·爱德华兹:《美国文学思想背景》,房炜、孟昭庆译,人民文学出版社 1991 年版,第 277 页。

个哲学体系。[①] 他试图用"以人性为上帝,以科学为基础的新型神学"来调和科学与宗教之间的矛盾。孔德将人类的智力(mind)分为三个阶段:神学阶段(或独裁阶段)、形而上学阶段(或思辨阶级)和实证阶段(或科学阶段)。当人类智力发展到科学阶段时,人们抛弃了前两个阶段的迷信观点以及各种没有根据的假设和神秘主义,用可证实和可预测的精确术语来解释人在宇宙中的地位。从孔德对人类智力的三阶段设想中我们不难看出,在孔德看来,人类的智力总是向着更加高级、更加完善的阶段发展,而科学是人类探索神学知识的高级阶段,因此,人们的斗争也终将有乐观的结局。孔德的思想影响了戴维斯。在《铁厂一生》中,尽管休的生存堕落到了动物层面,并且偶然的外在因素加速了他的毁灭,但我们仍然看到了世界的希望。休的埋葬地暗示他将有美好的来世。德博拉也通过宗教获得了救赎。从德博拉由一个"歧途少女"到走上救赎之路的过程中,我们看到了戴维斯对人类结局的乐观态度。在小说《玛格丽特》中,戴维斯也表达了这种乐观情绪:"今天虽然看不到明天——由满足和权利构成的世界——的征兆,但明天就在那儿。"[②]

戴维斯对于种族和阶层的看法,以及小说人物表现出的自由意志则来自进化论的先驱和"社会达尔文主义之父"赫伯特·斯宾塞(Herbert Spencer, 1820—1903)。[③] 斯宾塞将进化论应用于社会学,尤其是教育和阶级斗争上,同时还支持"平等自由定律",这也是自由意志论的基本原则:在不侵犯别人权利的前提下,任何个体都可以根据自己的选择做事。在塑造人物时,戴维斯十分强调血统和阶级:来自下层阶级的人物,血液中总是带着家族遗传的缺陷和劣根性,他们总是沿着属于他们那个阶级的人的生活轨迹过着最下等的生活,然而尽管休和德博拉无法决定自己

---

① 罗德·霍顿、赫伯特·爱德华兹:《美国文学思想背景》,房炜、孟昭庆译,人民文学出版社1991年版,第178页。

② Rebecca Harding Davis, *Margret Howth: A Story of To-day*, New York: The Feminist Press, 1990, p. 4.

③ Sara Britton Goodling, "The Silent Partnership: Naturalism and Sentimentalism in the Novels of Rebecca Harding Davis and Elizabeth Stuart Phelps", in Mary E. Papke (ed.), *Twisted from the Ordinary: Essays on American Literary Naturalism*, Knoxville: University of Tennessee Press, 2003, p. 12.

的命运,但是他们仍然有自由意志,有选择和拒绝的权利,只不过他们的选择总是在环境的裹挟下滑向更加堕落的深渊。

综合以上论述,笔者认为《铁厂一生》是美国自然主义文学的源头和雏形。戴维斯通过休在遗传基因和经济环境的强大力量作用下堕落并走向毁灭的过程表达了生物和环境决定论的观点。同时我们也看到,戴维斯的"自然主义"书写和我们所熟知的19世纪末20世纪初的自然主义作家们的"自然主义"书写是不同的,这种不同主要体现在人物、叙述者的叙述立场和小说的结局三个方面。

无论是现实主义还是自然主义,其作品都给人一种置身其中的真实感。读者从阅读的直接感受和情感认同中把握了工业主义带来的新的可怕体验。

第三节　描绘日常生活的现实主义文艺观

本小节以《玛格丽特》为例,讨论戴维斯描绘日常生活的现实主义书写理念和文艺观。

对日常生活的关注是威廉斯思想的核心。在威廉斯的思想中,文化是一个向日常生活开放的持久发展过程,在这个过程中,传统与当下、个体与社会、个体与个体等不断交流、对话,呈现一种走向"共同"的趋势,因而"文化是日常的"。① 威廉斯特别强调和突出普通人在文化中的"主体"地位。按照威廉斯的观点,每一代人都有自己独特的情感结构,而"一代人"显然包括日常生活中的普通男男女女。一个时代的情感结构固然主要凝聚在由文化精英所创造的文化艺术文本中,但值得注意的是,正是因为文化精英将个人经验与普通的公众经验有效地融合在了一起,他们所创造的文本才能够凝聚某一个特定时期的情感结构。作为一位现实主义者,戴维斯从创作之初就注重于对普通民众日常生活的密切关注和表达。如实描绘日常生活,按照现实生活中人们本来的样子塑造人物正是戴维斯的书写理念。戴维斯的小说正是她将强烈的个人经验与日常生活中普

---

① 刘进:《文学与"文化革命":雷蒙德·威廉斯的文学批评研究》,巴蜀书社2007年版,第88页。

通男男女女的共同经验融合在一起的结晶。

在戴维斯对美国社会转型期人们日常生活的现实书写中,凝聚着当时美国社会主要的情感结构。戴维斯通过书写 19 世纪美国东部工业城市的日常社会现实,通过记录日常生活中简单、普通的事物,通过对平凡甚至丑陋的边缘化人物进行个性化塑造,呈现了工业化社会的场景,表达了工业主义带来的新的可怕体验和人们的独特反应。

在处女作《铁厂一生》中,戴维斯就表明了自己描绘日常生活的书写理念和决心:"我要你们收起厌恶的情绪,别在乎干净的衣服,和我一起——来这儿,到浓烟里,到泥淖和令人作呕的恶臭中。"①从这句话中读者得到了这样的暗示:我们即将看到彼时美国社会现实中最肮脏、丑陋和粗鄙的一面。在小说《玛格丽特》中,戴维斯进一步阐明了自己描绘日常生活的现实主义文艺观:"我要你们深入日常生活,深入到粗鄙的美国生活中,看一看它真正的样子。我想有时候我们并没有看到现实生活中蕴含的新的可怕暗示。"②"新的可怕暗示"就是人们在工业化和城市化进程中的新的"共同经验"。

一、19 世纪转型期美国的日常生活现实

年少的戴维斯在阅读霍桑的几则短篇小说时第一次发现了日常生活的魅力和美。她在《闲言碎语》中记录了自己当时的惊喜与兴奋:

> 它们当中并没有迷人的对话,但是在字里行间,我在日常生活中每天都能见到的普通人和事突然有了一种神秘和魅力,我第一次发现它们也属于骑士、朝圣者和魔法的世界。③

---

① Rebecca Harding Davis,"Life in the Iron Mills",in Tillie Olsen(ed.),*Life in the Iron Mills and Other Stories*,New York:The Feminist Press,1985,p.13.

② Rebecca Harding Davis,*Margret Howth:A Story of To-day*,New Tork:The Feminist Press,1990,p.6.

③ Rebecca Harding Davis,*Bits of Gossip*,New York:Houghton Mifflin,1904,p.30.

对戴维斯"描绘日常生活"的现实主义文艺观的形成具有重要影响的还有她的母亲雷切尔。雷切尔是戴维斯的启蒙老师,经常给女儿讲述自己早年在阿拉巴马州的种植园里生活的情形。在这些带有去神话色彩的南方故事中,南方种植园里的妇女们并非像北方的女人们想象的那样过着充满诗情画意的、令人羡慕的生活。雷切尔讲述的故事让戴维斯意识到现实生活远比想象中的更加严峻。

在戴维斯的童年时期,美国还是一个农业国。随着工业资本主义的蓬勃发展,美国社会发生了不可逆转的变革。这种变革影响着经济、政治、文化和社会生活的各个方面。美国东北部地区迅速形成了复杂的现代社会经济体制,成为拥有众多的人口、举足轻重的制造业和利润丰厚的商业农场的发达地区。作为最早发展工业的地区之一,惠灵渐渐由一个宁静的村庄转变为一座喧嚣的工业城市,这个转变过程正是美国工业化进程的一个缩影。

从小在惠灵长大的戴维斯对世界正在发生的变化有着更加深刻的切身体会和感受。这个有着强烈好奇心和敏锐洞察力的聪慧女孩,站在自己房间的窗前,凝视着窗外瞬息万变的世界,体验和感受着由社会变革引起的普通美国人价值观和生活方式的改变:身外之物已经从一件可以随时丢弃的轻飘飘的斗篷变成了一只铁笼,积累财富成了美国人生活的重心。然而当时多数美国人还没有认清现实:在刚刚过去的几十年里,以马萨诸塞州和新罕布什尔州康科德的青年为代表的美国民众,正处在清教热情衰落后的信仰真空中,当爱默生带着以奔放的热情和高度的理想主义为特征的超验主义站在美国人面前时,他便成了精神饥渴的美国人的精神领袖。人们开始沉浸在超验主义不切实际和盲目肤浅的乐观与幻想中,这令戴维斯十分痛苦。她希望通过写作刺破超验主义华丽虚伪的泡沫,告诉人们真相:"绿色的田野和阳光早已成了旧梦,成了残梦。"①

感伤主义和浪漫主义的文学传统及表现手法显然无法满足戴维斯表现现实、传达现实经验的要求。在《玛格丽特》第五章的开头,戴维斯宣告了她对浪漫主义情节和人物的抵制。戴维斯将写作比作绘画,认为浪漫

---

① Rebecca Harding Davis,"Life in the Iron Mills", in Tillie Olsen (ed.),*Life in the Iron Mills and Other Stories*,New York:The Feminist Press,1985,p.12.

传奇的世界是用鲜艳绚丽的颜料绘出的图画。在那个世界里,人们通过布琳达①的蓝眼睛能看到一切神圣的美德和世俗的恩赐。在那个世界里,善与恶泾渭分明,每一个人都是他所归属的那个阶级的典型和样本:女主人公除了拥有头衔和美德之外,大多还有一个三音节(three-syllabled)的名字,她常常穿着永远不用洗的白裙子,随时准备脱离重重险境,走进幸福美满的婚姻;贵族们长着高高的额头和冷峻的蓝眼睛;农民要么是扎着干净的围裙、满怀感恩之情的老妪,要么是皱着阴郁的眉头在山洞里谋反的叛乱者。

戴维斯指出:

> 我从来就没有去过那样的地方,我没有那么幸运。……我生活在平凡的日常生活中。
>
> 我一生中还从来没见过一个彻头彻尾的圣人或者罪人。②

因此,“我的调色板上只有灰暗的颜料”③,而且,她强调:

> 我的故事十分粗糙、普通,正如我说的——只是一两个人的简单勾画,这种人你每天都能看到,有时你称他们“人渣”,——是一段乏味、朴素的散文,这样的人你从任何一个仓库或后街小巷里都能辨认出来。④

戴维斯知道对于19世纪60年代的读者来说,他们所期待的仍然是色彩鲜艳的精致的田园诗、满怀激情的心灵、先知性的言辞,或是从老朋友

---

① 布琳达(Belinda Portman),玛丽亚·埃奇沃思(Maria Edgeworth,1767—1849)的小说《布琳达》(*Belinda*,1801)中的人物。

② Rebecca Harding Davis,*Margret Howth:A Story of To-day*,New Tork:The Feminist Press,1990,p.102.

③ Rebecca Harding Davis,*Margret Howth:A Story of To-day*,New Tork:The Feminist Press,1990,p.101.

④ Rebecca Harding Davis,*Margret Howth:A Story of To-day*,New Tork:The Feminist Press,1990,p.6.

的口中说出的一些或者哀婉或者有趣的话……换言之,当时的读者们期待的依旧是浪漫的逃避主义。① 然而戴维斯认为,这是不符合现实经验的,在现实生活中,根本就不存在善恶界线分明的人。

因此戴维斯坦率地告诉读者:我的故事里出现的都是十分平凡和普通的生命,"如果说我小说里的人物在你看来十分粗鄙,我又能怎么办呢","我必须按照他们本来的样子来描绘我生活的那个特别的联邦州里的人们"。②

在这里,戴维斯明确指出:一方面,她的小说取材于日常生活,是对现实中的人物的忠实描绘,这是对浪漫主义文学习以为常地运用来自《圣经》、神话、传奇故事和历史记录等的传统题材和情节这一习惯做法的摒弃;另一方面,她的风格是灰暗、乏味和朴素的,故事是粗糙和普通的,人物是粗鄙的。以上这些特点都与浪漫主义文学的"鲜艳绚丽"大相径庭。

戴维斯描绘日常生活的现实主义文艺观主要表现在作者用朴素甚至粗鄙的语言和诚实坦率的表述建构 19 世纪转型期美国社会的现实,表达日常生活中的普通男男女女在当时当地的真实的日常体验和感受。对于当时的普通美国女性来说,她们面临的首要难题是生存,她们需要的是食物,而不是成为诗人。因此,小说中的玛格丽特只有在日常生活中,从贫穷的家里那些朴素破旧的日常用品中才能看到美和希望。

二、日常生活中的普通人

戴维斯描绘日常生活的诗学理念集中体现在玛格丽特和混血儿洛伊斯(Lois Yare)两个女性人物身上。作者正是在平凡的普通人身上发现了日常生活本身的审美价值。

玛格丽特是一个相貌平平的姑娘。为了供养贫穷的父母,她来到诺尔斯医生(Dr. Knowles)的毛织品厂里当了一名记账员。上班的第一天刚

---

① Sharon Harris, *Rebecca Harding Davis and American Realism*, Philadelphia: University of Pennsylvania Press, 1991, p. 63.

② Rebecca Harding Davis, *Margret Howth: A Story of To-day*, New Tork: The Feminist Press, 1990, pp. 104 – 105.

好是玛格丽特的二十岁生日。玛格丽特从头到脚没有一点儿吸引人的地方:毫无光泽的皮肤、没有光彩和精神的眼睛,就连她的头发也没有一点儿光泽。简单、安静、忧郁、纯洁的玛格丽特穿着粗糙的褐色衣服。[①] 她从不表达自己的想法,没有清晰的判断力,也从来没有因某种突如其来的激情而心潮澎湃。玛格丽特对于未来和自己将要面对的生活心知肚明。她很清楚,自己的余生将要在永远做不完的苦差事中度过,也许在没有做完所有的工作之前,她就已经变老了。她还会像机器一样,最后精疲力竭。像别的女孩儿一样,玛格丽特也梦想过拥有甜蜜的爱情和美满的婚姻,但残酷的现实使她清醒。对于她来说,婚姻只是一件奢侈品,挣钱糊口才是她的当务之急,才是她穷尽一生要为之奋斗的事情。在玛格丽特眼里,生活就是这样,不会有什么更好的事情发生了,所以对于这一切她并不在意。[②]

尽管玛格丽特常常因孤独和渴望而感到痛苦,但是她的心中仍然有希望。玛格丽特的希望来源就是厨房里的日常家务(做饭)和贫穷简陋的家中的日常生活用具。裂缝的炉子和一排稀疏的调料盒给了玛格丽特莫大的安慰;霍斯家的餐桌小巧、整洁,粗糙的白桌布上没有银器和瓷器,有的是琥珀色的咖啡、乔尔[③]捕的一条不太肥的鱼、母亲做的面包、金色的黄油——所有这一切都能让玛格丽特感受到美和愉悦。当玛格丽特将最后一道菜摆到餐桌上时,她脸上泛起的红晕和心中燃起的希望温暖照耀着这些日常用品!霍斯家的房子虽然十分老旧,但是这里充满了欢笑和满足。无论是在哪一个民族,厨房里的灶火油烟、锅碗瓢盆、柴米油盐中都隐藏着这个家庭的成员共同的、最为深刻的关于幸福的记忆。

在《玛格丽特》中,作者采用了全知叙述方式,即通过一个全知全能的叙述者来讲述个人的历史和经验。全知叙述是传统现实主义小说最给力

---

① Rebecca Harding Davis, *Margret Howth : A Story of To-day*, New Tork : The Feminist Press, 1990, pp. 22 – 23.

② Rebecca Harding Davis, *Margret Howth : A Story of To-day*, New Tork : The Feminist Press, 1990, pp. 10 – 20.

③ 乔尔(Joel),玛格丽特家的黑奴。

的一种叙事策略,对于推动美国现实主义文学的发展具有重要意义。① 从全知型叙述者的叙述中,我们知道了人物的生活细节和心理细节。正是在日常生活的细节中,人物的地位和处境、人生观和价值观、其微妙而复杂的情感世界被一点一点地透露出来。叙述者还暗示:有关玛格丽特的一切都既寻常又普通,很多女人都像玛格丽特一样,为了父母放弃了自己的生活和对幸福婚姻的幻想。玛格丽特工作的毛织品厂也没什么特别,近几年它生产的产品都销往了印第安纳州。玛格丽特工作用的记账本就更加普通了,这是美国西部的工商业小镇里常见的东西。通过对平凡普通的毛织品厂女工和其日常生活中的琐碎细节的描写,戴维斯建构了在工业化和城市化进程中新出现的一种生活经验,而这种新的"共同经验"正是建构在"日常生活"的基础之上的。

混血儿洛伊斯是另一个集中体现了戴维斯日常美学思想的人物。感伤主义通常用残疾人物(disabled figures)来引起人们的同情。按照常理说,因工厂的机器致残,外貌丑陋、智力低下的洛伊斯本应该是一个被边缘化的形象,因为在当时特定的历史和社会背景下,身为一个混血儿、一个曾在工厂里工作的童工、一个女人,她本应受到种族、阶级和性别的多重歧视与剥削,属于边缘群体中的边缘人。然而令我们意外和吃惊的是,这样一个人物却得到了小说中所有人的怜悯、同情、体恤和照顾:玛格丽特、黑奴乔尔、激进的改革主义者诺尔斯医生、为了成功不惜一切代价的"自造男人"霍姆斯等等,甚至连霍斯夫人——她已经习惯在自己与"那个阶级"的人之间树起一块盾牌——也对洛伊斯格外同情和照顾。这不能不说是一件十分反常的事。

尽管贫穷卑微,但是洛伊斯总是保持衣着整洁,时刻维护自己的尊严。此外,洛伊斯还是一个正直、勇敢、善良的女孩儿。当她发现自己刚出狱不久的父亲再一次犯罪——放火焚烧霍姆斯的工厂时,洛伊斯没有丝毫犹豫地挺身跑进火场救下了霍姆斯,而自己却因此受了重伤,不久后就去世了。洛伊斯用自己的生命将基督之爱传递给了周围的所有人。Yellin(1990)认为,洛伊斯是美国文学史上一个全新的女性形象。与以往

---

① Sharon Harris,*Rebecca Harding Davis and American Realism*,Philadelphia:University of Pennsylvania Press,1991,p. 110.

文学作品中出现的混血儿不同,洛伊斯不是"蓄奴制的悲惨牺牲品",也不是白种男主人性侵的牺牲品。洛伊斯是一个自由的黑白混血儿,她是工业化的受害者。尽管洛伊斯的身体和大脑遭到了残害,但她的心灵是纯洁的。洛伊斯是穷人和富人、黑人和白人、工人和农民、好人与坏人的中介(mediator),是基督教的信念、希望、仁爱、超越等一切价值的体现和化身。正是这些价值和美德,使人们看到了整个国家和民族得到拯救的希望。洛伊斯也因此成了小艾娃和汤姆叔叔的合体。①

戴维斯在写给《大西洋月刊》的主编菲尔茨的一封信中道出了她塑造洛伊斯这一人物的用意:"即使是'洛伊斯'也不沉默,生活中最卑劣、最卑微的事物也传达了一种'世界的声音,每一种声音都是有意义的'。"②

玛格丽特和洛伊斯这两个女性形象在美国文学史上是前所未有的。戴维斯通过这两个源于19世纪转型期美国社会的普通女性形象传达了工业主义带来的一种前所未有的新的生活体验和感受。玛格丽特孤独、饥渴的心灵和洛伊斯残缺的身体都表明工业化正以前所未有的力量摧残人的身心健康和人性。另外,戴维斯通过这两个人物也传达了一种信心:尽管日常生活中这些平凡卑微的生命身上没有耀眼夺目的光彩,他们也常常被人们所忽视甚至遗忘,但正是这些平凡普通的个体,让人们看到了美和希望。

三、日常的审美特性

这一小节探讨的问题是:是什么因素促使工商业城镇的日常街景、小农场主家的厨房、城市里的边缘群体——仓库里的搬运工、自由的黑人、罪犯、混血儿等等,成为了中产阶级知识女性戴维斯观察、书写、思考的焦点和审美对象?

艾尔弗雷德·卡津认为,美国早期现实主义者普遍有一种平民主义

---

① Jean Fagan Yellin, "Afterword", in Rebecca Harding Davis, *Margret Howth: A Story of To-day*, New York: The Feminist Press, 1990, p. 285.

② Jean Fagan Yellin, "Afterword", in Rebecca Harding Davis, *Margret Howth: A Story of To-day*, New York: The Feminist Press, 1990, p. 287.

情结,他们都不知不觉地表达了平民主义思想。① 作为一名 19 世纪的作家,戴维斯的经验是与 19 世纪的美国密切相关的。在笔者看来,戴维斯描绘日常生活的现实主义文艺观既有其深刻的历史渊源,也包含个人的主观因素,是主观与客观作用下的产物。

德勒兹和瓜塔里用一种形式上类似柏拉图式神话般的历史"叙述"模式来诠释社会和历史阶段:在造化之初,世界上的一切皆没有形态,只有某种"原始的流",就像一条只向前流动的河,没有任何规划,也没有任何物种;在这股"原始的流"被组织起来后,人的生命和人类社会出现了,此时开始有了某种物质的、形象的、感性的观念的对立,这一时期被称为"规范形成"(coding)时期,对应人类社会的最初阶段,即部落社会或原始共产主义社会时期;随后,在原始社会的规范基础上,又出现了大量规范,它们连同原始规范被重新组织成了一套等级森严的体系,于是人类社会进入第二个阶段——神圣帝国时代,这个阶段被称为"过量规范形成"(over-coding)时期;在前两个阶段结束之后,人类社会进入了一个摧毁一切神圣的残余,把世界从错误和迷信中解放出来,使它成为一个可以被科学说明、衡量,挣脱了一切旧式的、神秘的、神圣的价值的客体的大革命时代,也就是资本主义时代。②

在资本主义时代到来之前,大自然基本上是"完整不变"的,《圣经》、传奇故事和历史记录就构成了人类关于大自然的全部经验,于是作家接受了他们所处时代的普遍认识前提,习以为常地运用传统题材和情节。然而,资本主义蓬勃发展的 19 世纪是一个"非神圣化"的、科学的、秩序井然的世界,是由因果关系统治的、没有奇迹和先验存在的世界,个人经验日益取代集体的传统经验,成为现实的权威仲裁者。在这样一个要把"较早的、充满神秘的、异质的宇宙归纳为一个同质的、不断延伸的、可以衡量的、可见的暴政"③的时代背景下孕育而生的现实主义,其最显著的特征就

---

① 魏燕:《艾尔弗雷德·卡津》,译林出版社 2012 年版,第 112—118 页。

② 詹明信:《晚期资本主义的文化逻辑》,张旭东编,陈清侨等译,三联书店 2013 年版,第 227—229 页。

③ 詹明信:《晚期资本主义的文化逻辑》,张旭东编,陈清侨等译,三联书店 2013 年版,第 229 页。

是排斥神话故事、虚无缥缈的幻想、不可能的事物和纯粹偶然的非凡事件。因此,现实主义文学主张摒弃取自神话、历史、传说或先前的文学作品中的题材或情节,真实地再现当代生活中的"现实",并以此来传达通过知觉得到的个人领悟。个人经验和个人领悟都是独特的、新鲜的。换言之,现实主义就是一个展示特定的个人在特定的时间和空间上获得的特定经验的综合体。而现实主义小说家的任务就是使用与其表现对象相一致的"恰如其分"的语言,传达他对人类经验的精准印象,建构一个他所认知的、所了解的现实世界。

在惠灵长大的戴维斯对美国的工业化、城市化进程有着更加深刻的切身体会。她敏锐地洞察到了这样一个事实:当下几乎所有人的生活方式在或大或小的程度上都可以被描述为从传统的、农业化的生活方式向现代的、工业化的生活方式转变。文学是对时代和社会变化回应最及时的媒介之一。工商业城市的日常街景、被工业化重塑的城市空间、新的城市表情、城市里平民的生活环境和工作环境、边缘人群的生活和情感因此都自然而然地成为敏感的戴维斯观察、思考和书写的对象。

审美是在理智与情感、主观与客观的对立统一中认识、理解、感知和评判世界上的存在。从哲学的角度来看,审美是个体性的和主观性的,但同时它也反映了客观因素对人们心理的作用和影响。由此,审美是因时代、因环境、因人而异的。按照卢卡奇的美学思想,审美反映并不是直接存在的现实的简单再现,在审美中,基本对象(与自然界处于物质交换中的社会)与产生着自我意识的主体的关系包含着再现与主观态度、客观性与倾向性的不可分割的同时性。这两种因素的同时存在使每一件艺术作品都有不可替代的历史性。[①] 由此可见,戴维斯的现实主义文艺观是历史性的因素和个人主观意识因素同时作用的结果,是在特定的历史时期具有独特个性的作家与社会经济、政治、文化等诸多因素全方位互动的结果。

日常之物和日常生活中的普通人虽然谦卑平凡,但是其唤起的感受让戴维斯喜悦,并启发了她的灵感。戴维斯也用这些平常之物和平凡之

---

① 李霞:《个性化的日常生活如何可能——赫勒日常生活理论研究》,人民出版社 2011 年版,第 35 页。

人留住了时代的记忆、生活的记忆。在琐碎平淡的日常生活细节书写中，戴维斯将她强烈的个人经验与普通公众的"共同经验"有效地融合在一起，正因如此，她所创造的文本才凝聚了 19 世纪美国由农业文明向工业文明转型时期社会的主要情感结构。

第四节 "失败之作"中的情感结构

当代学者 Harris 和 Yellin 都认为，《玛格丽特》并不是一部成功的小说。Harris（1991）认为，从艺术角度看，这部小说完全是一部失败之作，它硬生生地将"满溢的阳光"插入尖锐的现实主义之中。Yellin（1990）则认为戴维斯在创作《玛格丽特》时经历了一个"自我分裂"的痛苦过程：一方面她竭力使小说满足《大西洋月刊》的主编詹姆斯·菲尔茨的要求和预期，迎合读者的品位；另一方面，她又渴望坚持自己的艺术主张。最后的结果是，小说成了一部典型的在男性干预下被"女性化"了的文学作品，作品自身的力量也因此受到了削弱。Yellin 对小说皆大欢喜的大团圆结局尤其耿耿于怀：社会问题竟变成了精神问题，而公共问题成了私人问题，除了洛伊斯之外，所有人都过上了富裕幸福的生活。①

Pfaelzer 的观点与上述两位学者不同。Pfaelzer 倾向于将小说中的种种不一致（inconsistency）和前后矛盾（contradiction）看作是戴维斯的一种写作策略。她认为《玛格丽特》表达了，同时也压制了戴维斯试图只用一种文学形式来表达自己日益增长的对社会的愤怒之情的独创欲望。在由浪漫主义向现实主义转型的过程中，作者的创作需要从"自负的崇高"向一种能够表达"个人与全面展开的工业化社会互动"的文学形式转变，戴维斯在面对转变过程中的社会压力时，选择借助情感话语（affectional discourse）和"仁慈与爱"的语言（the language of "mercy and love"）来讲述关于"今天"的故事。② 因此，为现实主义小说找到一个大团圆结局，在文本

---

① Jean Fagan Yellin, "Afterword", in Rebecca Harding Davis, *Margret Howth: A Story of To-day*, New York: The Feminist Press, 1990, p. 287.

② Jean Pfaelzer, *Parlor Radical: Rebecca Harding Davis and the Origins of American Social Realism*, Pittsburgh: University of Pittsburgh Press, 1996, pp. 55 – 59.

中使用多种离题的模式来表现女性作者对于女性该如何在当时的社会环境里生存的看法,这并不能说是"败笔"。

笔者认同 Pfaelzer 的观点。在笔者看来,《玛格丽特》是文学传统转型时期一部非常具有代表性和典型性的作品。这部小说中的种种"矛盾""不一致"和"不连贯",表达的正是内战初期美国东部工业城市里人们正在经历的、变动不居的、还未成形的各种复杂情感和体验。

在下文中,笔者将针对前面几位学者讨论的问题提出自己的看法和理解。

首先,Yellin 认为《玛格丽特》是戴维斯对男性话语权威妥协的结果,是女性作家作品被迫"女性化"的一个典型例子。然而在笔者看来,戴维斯在创作过程中对小说所做的修改(包括题目、人物命运、小说结局等等),更确切地说是"市场化"的结果。

其次,Harris 和 Yellin 认为小说的大团圆结局十分失败,针对种种社会问题和弊端,戴维斯提出的解决方案是精神(宗教)革新,这实在让人大跌眼镜。对于这一问题,笔者认为,戴维斯显然是受到了当时的社会思潮,尤其是卡莱尔的"社会理念"的影响:在一个大熔炉式的社会图景已经初步形成的工业城市里,依靠什么能维系社会,将不同的社会群体连在一起?戴维斯给出的答案是利用精神和信仰的纽带建立一个情感共同体。另外,从情感结构的视角来看,在这种大团圆结局中实际上隐藏着当时社会的主要情感结构。

最后,针对小说中出现的诸多矛盾和前后不一致的现象,笔者的看法是:《玛格丽特》是一个"混合体"(amalgam),在这个混合体中,我们看到了传统思想的危机、新旧思想的交锋、新旧表现手法的较量,以及其他一些带有不确定性的因素。在阅读小说的过程中,我们切身体会到了当时的人们正在经历和体验的由社会转型引发的阵痛,这是那个时代的人们正在经历的一种"共同经验"。《玛格丽特》包含了"变化着的情感结构"的所有要素。从这个意义上说,《玛格丽特》非但不是一部失败之作,反而有它独特的价值。

一、市场化的《玛格丽特》

Yellin 在1990年再版的《玛格丽特》编后记中,详细记述了戴维斯创作和出版这部小说的整个过程。为了让小说顺利出版,戴维斯做了许多妥协和让步,对原稿做了大量修改。修改的内容包括小说的题目、情节、人物命运和小说的结局。戴维斯甚至将小说中对天气的描述也做了修改,为的是使她的描述符合新英格兰人对中西部地区天气的印象。

戴维斯交付第一稿时,小说的题名是《聋的和哑的》(*The Deaf and the Dumb*)。但是菲尔茨拒绝了这一稿,因为他认为小说太过阴郁。

在给菲尔茨的回信中,戴维斯写道:

> 生活或音乐有着怎样神圣的意义,我通过那些"可怜的少数人"了解了——恐怕我只能机械地重复他们的痛苦而不加任何意义。我开始写小说时,本想让它在满满的阳光中结束——以此来说明即使是"洛伊斯"也不沉默,生活中最卑劣、最卑微的事情也传达了一种"世界的声音,每一种声音都是有意义的"。她的生活和她的死亡是全书唯一忧郁的线索。但是"史蒂芬·霍姆斯"的形象源于生活,我急切地想指出他这般贪婪的后果,结果就变成了您所抱怨的阴郁。①

在这封信中,戴维斯道出了自己的写作意图,也明确表达了她书写日常生活的诗学思想。戴维斯原本也想写一部结局让人愉快的小说,然而可想而知,对工业化现实的描绘和书写本身就注定了小说的阴郁色调和结局。但是为了让小说能够顺利出版,戴维斯承诺做出修改:

> 我想请教您,如果我按照原来的想法修改您是否能接受。让她的人物形象和死亡的结局保留(您看,我也不能把所有的都

---

① Jean Fagan Yellin, "Afterword", in Rebecca Harding Davis, *Margret Howth: A Story of To-day*, New York: The Feminist Press, 1990, pp. 287 – 288.

舍弃），让剩下的画面沉浸在温暖健康的阳光中。一个"完美的六月天"。您是否可以告诉我那就是您拒绝这一稿的唯一原因——就是这个让您觉得阴郁吧？霍姆斯这个人物是否会让您的读者厌烦呢？我是指，在粗鄙的日常生活中长大，以及费希特哲学对一个白手起家的自造男人的影响——按照我的想法。

……我能再试一次吗，您还会让我成为撰稿人吗？如果我还能为您写作，下一次我写得更长一些如何呢？我感到很受约束，我们西部人喜欢空间——您知道的……①

于是，戴维斯改变了原来的写作计划，几乎满足了菲尔茨所有的修改要求。1861 年 10 月到次年 3 月，《玛格丽特》匿名连载在《大西洋月刊》上，并在 1862 年 2 月由蒂克纳与菲尔茨出版社出版。从小说的创作、修改和出版的整个过程中，我们也看到了一个年轻女作家的不自信和写作之初的艰难处境。

戴维斯一心想写一部关于"今天"的真实历史，然而这一计划必然会因触及禁忌话题而流产。这是因为，小说家的实际生活体验与中产阶级的意识形态是对立的。尽管《玛格丽特》最后顺利出版并且获得了成功，但是戴维斯对修改后的作品显然并不满意。

这部小说让我失望，我恐怕您也不会喜欢。它给人的感觉就像让别人嚼碎的苹果皮。

我不喜欢用玛格丽特作书名，她是一个彻头彻尾的败笔，另外，她也不是小说的核心，但是如果您认为这个题目更合适，那就用吧。②

"嚼碎的苹果皮"这个比喻表明，在戴维斯看来，自己的小说已经变成

---

① Jean Fagan Yellin, "Afterword", in Rebecca Harding Davis, *Margret Howth: A Story of To-day*, New York: The Feminist Press, 1990, p. 288.

② Jean Fagan Yellin, "Afterword", in Rebecca Harding Davis, *Margret Howth: A Story of To-day*, New York: The Feminist Press, 1990, pp. 289 – 290.

了一个粗糙嫁接的"大杂烩"。正如 Yellin 所指出的那样,小说在情节、故事框架、结构、时间、故事发展等许多方面都出现了前后不一致和矛盾的现象。Yellin 认为《玛格丽特》在菲尔茨的干预下被"女性化"了。因为传统女性小说的基本模式,通常是一个"好女人"拯救了一个有瑕疵的英雄,而不是男主人公葬身火场,留下女主人公一个人照顾赤贫的父母,并且和激进的改革主义者一起工作。①

对于 Yellin 的观点,笔者不以为然。在笔者看来,更确切地说,《玛格丽特》的修改过程是一个"市场化"的过程,"女性化"只是一个表象,其背后的真正决定性因素和推手是市场。

19 世纪上半叶,美国的图书出版业发生了剧烈的变化。1790 年美国第一部著作权法通过后,文学作品成了一种"财产",写作也逐渐成为一种职业。在 19 世纪 20 年代至 40 年代,美国图书出版业迅速发展,其结果是出现了一批美国本土作家,并且这些作家还造就了真正的本土文学的读者。在这个过程中,文学作品变成了商品。到了 19 世纪 40 年代,美国作家已经开始有了比较稳定的市场。19 世纪 50 年代开始,对文学资产的投资、生产、宣传、销售以及作者和出版商利益的合理分配等环节都渐趋成熟。由于出版商接过了作品的投资权,于是他们开始加强对作家的控制。他们根据自己对什么书畅销、什么书滞销等方面做出的预测给作家施加压力,迫使作者们依照他们对大众口味的揣测从事创作。即使作家不理会来自出版商的压力,他们也有理由按照大众的口味创作文学作品。美国的期刊出版业在 19 世纪上半叶也取得了令人瞩目的成就。1857 年创刊的《大西洋月刊》是针对文化层次和审美素养更高的读者创办的"高质量刊物",它通常将刊物内容当作文化本身来展现,其管理者也因此享有其他机构的编辑所不及的威望。无论是图书还是期刊,它们的绝大多数读者都是女性。特别是到了 19 世纪 50 年代,女性为图书和期刊销售数量的显著增长做出了重要贡献。在 19 世纪的美国文学市场,一个作家如果

---

① Jean Fagan Yellin, "Afterword", in Rebecca Harding Davis, *Margret Howth: A Story of To-day*, New York: The Feminist Press, 1990, p. 291.

想成为畅销书作家,那么他就要使自己的作品符合女性读者的口味。① 卡莱尔曾在《英雄和英雄崇拜》(*Heroes and Hero-Worship*)一书中感叹:现代作者的"重要性"仅体现在图书市场上,要不然,"他就会成为社会的弃儿,像野蛮的以斯梅拉达一样,四处流浪"。②

不难看出,在 19 世纪中期,无论是出版商和期刊的编辑,还是作者本人,都会尽量使作品符合大众的口味和审美需求。正是在市场力量的作用和影响下,《玛格丽特》中的女主人公成了标题人物,小说结尾也变成了更受女性读者青睐的大团圆结局。Harris 和 Yellin 等学者都不无惋惜地认为,如果没有菲尔茨的干涉,戴维斯的第一部小说极有可能成为美国最早、最优秀的一部现实主义/自然主义杰作。然而在笔者看来,被市场化的《玛格丽特》反而更有价值,它不仅让我们看到了 19 世纪由浪漫主义向现实主义过渡时期的美国小说的形态,作家经历文学传统的转型和写作手法的变迁时的各种困惑、不确定和焦虑,同时也折射出了 19 世纪中叶美国文学市场发展的真实状况。

二、信仰共同体

一些当代学者认为,在《玛格丽特》中,戴维斯针对由工业化引发的种种社会问题和矛盾提出的解决方案是精神(宗教)革新,而不是经济改革,这实在让人无法接受。在他们看来,这也是小说"失败"的一个主要原因。然而,笔者对此有不同的看法。对于这个问题,我们要考虑到戴维斯中产阶级知识女性的身份,以及 19 世纪中叶美国流行的社会思潮。

工业革命、贸易扩张、政治改革、科学进步和移民潮等变化和运动改变了 19 世纪美国的社会面貌,美国文人也一直在不断反思身边那些令人困惑的变化。《玛格丽特》就是戴维斯——一个中产阶级知识女性与她所生活的时代全方位互动的结果。在小说中,自从玛格丽特的父亲老霍斯

---

① 迈克尔·达维特·贝尔:《文学职业化的背景》,见萨克文·伯科维奇主编:《剑桥美国文学史》第二卷,史志康等译,中央编译出版社 2008 年版,第 11—73 页。

② 乔纳森·艾阿克:《叙述形式》,见萨克文·伯科维奇主编:《剑桥美国文学史》第二卷,史志康等译,中央编译出版社 2008 年版,第 708 页。

失明后,诺尔斯医生每天都到霍斯家与老霍斯进行长谈和辩论。戴维斯通过老霍斯(主张专制统治的守旧派)和诺尔斯医生(乌托邦主义者、激进的改革派)两人之间的对话和争辩为读者展开了一个空间和平台,在这个平台上,19世纪中叶流行于美国各个阶层和社会群体的哲学思想、社会思潮,以及各种各样的改革方案和设想悉数登台亮相。

从小在惠灵长大的戴维斯敏锐地意识到,在工业化和城市化进程加速与深化、大量移民涌入、阶级分化和贫富差距逐渐加大等力量的共同作用下,美国"大熔炉"的社会图景已经基本形成。在工业城市里,在一个生活着奴隶、逃亡者、自由的黑人、工人、农民、移民等等多个群体的社会里,以怎样的方式维系社会,才能将这些不同的社会群体连在一起? 戴维斯认为钱不能解决问题,真正能解决这一迫切问题的是精神纽带——"基督之爱"。作为一个在19世纪三四十年代成长和受教育的中产阶级知识女性,尽管戴维斯批判"超验主义"的虚伪和不切实际,但是她的思想仍不可避免地受到了超验主义的影响①,或者说受到了那个时代的思想和价值的影响。而深深地影响了每一代超验主义者尤其是爱默生的卡莱尔,就主张用"软"的纽带——爱,将人们连成一个整体。

卡莱尔在《旧衣新裁》中指出,将人们连成一个整体的"无形纽带"有两种:一种是将人类拴在一起的"铁链",是人类生存的必要条件;另一种是"软"的纽带,也就是爱。这种"无所不包的爱"是"神圣、神秘而又牢不可破的"纽带,依靠它,人与人的灵魂便能紧紧系在一起,构成一个神秘的整体。卡莱尔格外看重宗教在社会维系中所起的作用,因为在他看来,精神纽带是伦理纽带存在的前提,唯有人们的灵魂相互融为一体,才有可能出现所谓的"团结、相互的爱和社会"。② 在一个病入膏肓的工业化时代,在一个人们只关心物质存在而忽略了精神存在的时代,信仰显得尤为重要。人们需要有新的信仰,否则会继续停留在"混乱、苦闷和精神错乱"的状态之中。年轻人更应如此,他们必须为自己找到一个信仰对象,否则就

① 芭芭拉·L.派克:《超验主义》,见萨克文·伯科维奇主编:《剑桥美国文学史》第二卷,史志康等译,中央编译出版社2008年版,第364—377页。

② 转引自乔修峰:《卡莱尔的"社会理念"》,载《外国文学评论》2012年第1期,第83—88页。

会毫无信仰地生活。"神已从世界上消失;而他们——在灵魂痛苦的叫喊中——必须像真正创造奇迹的人那样,再一次使奇迹发生。"尽管现实前景暗淡,但并不是没有希望,"善由恶而生;而只有可能出现的善才终有一天会实现。而且,只要我们环视四周,我们就会发现东方出现的道道曙光,天已经破晓,待时辰一到,天就要亮了"。①

在戴维斯的作品中,我们多次听到了卡莱尔思想的回声。例如,我们从休绝望自戕的悲惨命运中看到的是暗淡的、无法改变的现实,而在休死后充满阳光、新鲜空气的埋葬地又看到了天亮的曙光。在《玛格丽特》中,戴维斯用象征"基督之爱"的残疾混血儿洛伊斯这个人物,感化拯救了所有的人。这是戴维斯对卡莱尔社会理念的又一次回应。在戴维斯看来,在这样一个病态的社会,只有在"基督之爱"的基础上建构起信仰的共同体,才是美国民主的出路和国家未来的希望。我们更加熟悉的斯托夫人在《汤姆叔叔的小屋》中强调的也不是政治变革,而是道德的改变。② 可见,戴维斯的宗教革新设想事实上也是时代的产物。作为中产阶级知识女性,戴维斯具有这样的视野也是很容易理解的。另外,从情感结构的视角来看,戴维斯的宗教革新思想实质上是中产阶级针对严重的社会问题采取的一种缓和的解决方案。尽管以戴维斯为代表的中产阶层意识到了社会制度的不公正,并且也批判这种不公正的社会制度,但实际上他们的灵魂深处是惧怕变革的,因此他们在情感上需要找到相对缓和的途径来暂时解决现实的困境。

三、小说结局中的情感结构

《玛格丽特》在情节等方面的确有许多前后矛盾和不一致的地方,但笔者并不认为这是失误和败笔。从这些矛盾和前后不一致的细节中,我们可以看到当时社会的主要情感结构。在社会转型期,尤其是在美国南

---

① 芭芭拉·L.派克:《超验主义》,见萨克文·伯科维奇主编:《剑桥美国文学史》第二卷,史志康等译,中央编译出版社 2008 年版,第 367 页。

② 乔纳森·艾阿克:《叙述形式》,见萨克文·伯科维奇主编:《剑桥美国文学史》第二卷,史志康等译,中央编译出版社 2008 年版,第 713 页。

北战争爆发初期,一切都是不确定的,一切都还在变化、形成中。在记录和表达这一时期的新经验和复杂情感时,作家们所用的文学形式和表现手法也并非固定的,他们也还在不断地摸索。《玛格丽特》中融合了现实主义、自然主义、感伤主义、浪漫主义等多种文学表现手法,戴维斯还在现实主义中"硬生生地插进了感伤主义"的元素,这些都表明《玛格丽特》这部小说表现了当时社会的动荡不安,是19世纪美国社会转型时期新旧思想、新旧文学形式和表现手法争斗和冲撞的场所。

戴维斯在小说中搭建了一个各种思想对话和争辩的舞台。每一个人物都是19世纪中期美国社会中一个群体的典型代表。每一个人物,无论他(她)有多卑微,都代表自己的群体发出了声音,如:支持神权甚至独裁统治,仍然沉浸在对农业文明时代的回忆和幻想中,不愿面对现实的老霍斯;激进的改革派、乌托邦主义者诺尔斯医生;在粗鄙的日常生活中长大,深受费希特哲学影响,为了所谓的进步割舍亲情和爱情的"自造男人"霍姆斯;为了供养贫穷的父母离开家到工厂工作的玛格丽特;黑奴乔尔;在工厂里因机器致残的混血儿洛伊斯;尽管已经十分贫穷,但仍保留着根深蒂固的种族观念的霍斯夫人;等等。老霍斯失明的事实让我们看到了传统思想的危机,霍姆斯将婚姻当作筹码的行为让我们看到了当时美国社会的贪婪和无情,黑奴乔尔想要读书看报的意愿以及他对内战的看法让我们看到了正在慢慢觉醒的黑人意识,诺尔斯医生的乌托邦理想让我们看到了美国19世纪前叶的改革浪潮尚未完全消退……总之,《玛格丽特》准确地记录和清晰地表达了当时的现实生活中形形色色的普通美国人正在经历的复杂体验和真实感受。

《玛格丽特》是一个传统手法和新的表现手法竞争的场所。Goodling(2003)认为,《玛格丽特》是自然主义与浪漫主义交锋的竞技场。事实上,除了感伤主义和自然主义之外,小说中还包含着现实主义和浪漫主义的元素。戴维斯在菲尔茨的干预下对小说进行修改是一种不自信、不确定的表现。实际上,戴维斯自己也和其小说中的所有人物一样,对新时代充满困惑和迷茫,认为对于今天"我们什么都不清楚"。戴维斯将"今天"以to-day这种醒目的形式突显出来,暗示的就是她对时代的困惑。换言之,戴维斯对自己的作品,对于用怎样的形式才能准确表达出自己对时代的印象和经验,也是不自信和不确定的。一个有抱负的年轻作家写出的作品尤其能说明某一个特定时期的社会思潮,然而对于任何一个人来说,尤其对于年轻作家而言,找到恰当的新形式的过程不是一帆风顺的。在他(她)摒弃传统、寻找新的能够自由表达思想和新经验的表现形式和手法的过程中,他(她)也许会遭受失败。戴维斯的经历鲜活地表达了作者在寻找恰当的表现手法和表达方式时的迷茫和焦虑。

按照威廉斯的观点,语言作为一种表达手段,其变化折射的是人们在观念、思想和情感方面微妙的甚至常常是无意识的变化。在话语中或者在写作中的活的词语(the active word)无不指向当下。从《玛格丽特》中的鲜活语言,以及"reform"(变革)、"voice"(声音)、"progress"(进步)、"dumb"(失声的)、"to-day"(今天)等等暗示了时代特征的词语中,我们看到了19世纪美国社会转型期的价值观、人们的思维方式、时代的不安和焦虑、普通人不易被察觉的情感、人们在工业化和城市化进程中的复杂体验,以及正在显现和形成的社会意识。从这个意义上来说,《玛格丽特》并不是一部失败之作,这部小说鲜活地保存着美国社会转型期复杂多变的情感结构。

在威廉斯看来,情感结构最初的形成是因为有某种特定类型的张力。在得到清晰的表达和被经历的东西之间有一个意识的过程,情感结构的特征定位是不断对得到的清晰表达和被经历的东西进行对比,这种对比一定出现在这一意识的过程之中。作家在寻找清晰的表达方式表达新经验时,往往会出现力不从心的情况,有些经验必然得不到清晰的表达,或者作者会以缄默的方式处理。戴维斯在小说中常常使用的"沉默",以及她在很多时候表示自己也"不知道该怎么说",就是表达与经验之间存在张力的最有力证明。无论是小说中的人物还是戴维斯本人,都有词不达意的时候,这是因为作者还没有找到合适的方式来表达某种新经验。另外,情感结构的变迁不是"立竿见影"的,尽管每一代人的情感结构都是独一无二的,但是其独特的情感结构中有一部分是从上一代人那里"继承"过来的,这部分继承过来的情感结构可以追溯到上一代的社会和文化形态,这就意味着,与情感结构关联的艺术形式和手法都无法与上一代人所使用的艺术形式和手法完全断裂。这就是戴维斯的现实主义和自然主义书写中还夹带着感伤主义和浪漫主义元素、戴维斯给自己的现实主义小说硬生生地安上大团圆结局的原因。

　　本章主要考察了《铁厂一生》和《玛格丽特》两个文本。通过对文本的深入探讨和剖析,笔者认为,在新兴的工业城市里长大的戴维斯较早地觉察并捕捉到了"新的情感结构正在形成的征兆"。在对 19 世纪美国社会转型期工业化现实的书写中,为了准确传达她对时代的精准印象,戴维斯努力探索新的文学形式和表现手法,用自己独特的方式建构了美国 19 世纪的工业化现实,以及一个她所观察到的、所理解的,但还未被多数人所了解的现实世界。戴维斯用现实主义和自然主义等"新的"文学形式、表现手法、叙事策略和独特的表达方式,记录了工业主义带来的新的"共同经验",以及人们在工业化和城市化进程中的日常生活感受和真实体悟。

第三章　美国内战时期的情感结构

美国内战是两大经济体系长期争斗的总对决,也是美国进入转型期的标志性事件之一。生活在南方与北方边界的戴维斯是第一位近距离观察、记录和反思内战的美国作家,她用自己独特的方式和视角书写了当时的美国内战现实。美国内战时期的情感结构在戴维斯作品中主要表现为作家的实际生活体验与官方意识形态的对立。在官方意识形态中,南北战争是一场荣耀的军事冒险,奔赴战场的将士们是为了奴隶解放和国家前途而舍身赴死的英雄。然而眼睁睁地看着事件的发生和发展,切身体会着战争给普通平民带来了何种影响的戴维斯却指出,内战是一场"对与错交织缠绕"、只有死亡与绝望的毁灭性战争。戴维斯通过报告一种直接的经验,记录了恰好发生在她家门口的、与历史进程存在因果关系的重大灾难事件的部分真相。

戴维斯的内战小说数量不多,并且均为短篇,因而没有引起研究内战文学的学者们的关注。但在笔者看来,戴维斯的内战小说有其独特的魅力和价值。

首先,从内战爆发的第二年开始,戴维斯就在《大西洋月刊》上连续发表了几篇直接书写内战的中短篇小说。在给菲尔茨的信中,戴维斯表达了她希望自己的作品能够尽快发表的迫切愿望,因为她写的就是"今天的故事"。与克莱恩不同的是,戴维斯以一个眼睁睁地看着事件发生和发展的记者身份对内战进行"现场报道"。并且与报刊只关注战役本身的做法不同,她探寻战争背后以及围绕战争发生的人性故事。住在惠灵的戴维斯了解记者所不了解的东西,也切身体会着战争给百姓带来了什么样的影响。其次,生活在南方与北方的边界,戴维斯有机会近距离观察蓄奴制和战争。她的双重文化视角挑战了读者对蓄奴制、工业化和美国创造神话的简单臆断。在对待蓄奴制问题上,南方与北方都有各自老一套的陈旧观点,而戴维斯往往能一针见血地指出双方的弱点,也能够更加全面地看待事物。在戴维斯看来,无论是内战还是蓄奴制,都不是善与恶、黑与白、错与对之间简单的二元对立。因而戴维斯的内战叙事总是倾向于让人们看到事情的"另一面"。再次,与传统的内战文学关注领袖人物与主要的战役和战场不同,戴维斯关注的是被迫卷入战争的普通平民,是那些不为人知的、没有被记录过的地方以及平民百姓在内战中的经历。戴维斯的内战小说填补了关于内战的历史记录的空白。① 复次,在戴维斯的内战小说中,黑人发出了自己的声音,这在美国的内战文学中是不多见的。按常理说,蓄奴制的存废问题是南北冲突的焦点之一,美国黑人本应该成为内战小说关注和书写的对象。然而,作为重要角色的美国黑人在白人作家创作的内战小说中,往往被置于边缘化的地位,无论是在南方作家还是在北方作家的作品中,黑人都是沉默的、失声的。最后,戴维斯的内战小说用现实主义手法客观真实地表现了战争的野蛮和残酷,战争对社会生活和传统的破坏、对生命的践踏、对人性的扭曲,她的作品堪称美国反战文学的先声。另外,戴维斯的内战小说没有政治倾向和过强的意识形态色彩。作者站在生命和尊严等人类价值的高度反观、反思和反对战争。

本章围绕短篇小说《约翰·拉玛尔》("John Lamar", 1862)、《大卫·冈特》("David Gaunt", 1862)、《盲汤姆》("Blind Tom", 1862)、《保罗·布勒克尔》("Paul Blecker", 1863)和论说文《战争的残酷面孔》("The Mean Face of War", 1899)等文本展开分析和讨论,并通过对这些文本的细读和剖析考察戴维斯内战小说的特色和价值。戴维斯的内战小说记录和书写了另一种19世纪美国社会转型期的"共同经验",呈现和表达了在一个动荡不安的大环境里,生活在南方与北方边界地区的普通男男女女(联邦军官、士兵、黑人、种植园主、牧师、普通女性、贫穷的农民、失去儿子的父亲等等)在战争中的悲惨经历和痛苦感受。

---

① 关于内战的历史记载大都是围绕南北军力的交锋展开的。参见霍华德·津恩、安东尼·阿诺夫:《另一半美国史》,汪小英、邱霜霜译,浙江人民出版社2017年版,第141页。

第一节　解构战争的浪漫色彩

从 1860 年到 1877 年,由于政治、意识形态、蓄奴制经济与工业资本主义对立等原因,美利坚合众国是处于分裂状态的,"梅森—狄克逊线"成了划分北方自由州与南方蓄奴州的分界线。而生活在边界地区的人们对于合众国的"分裂"有着刻骨铭心的体会。从小生活在弗吉尼亚州边境的戴维斯,因此有机会近距离观察蓄奴制和内战。她极力反对将战争浪漫化的做法,主张呈现内战卑劣不堪的真实面目。

一、"我来自边境"

戴维斯的家乡惠灵位于西弗吉尼亚州的北部,处于阿巴拉契亚山脉地区。作为北美洲最早的殖民地之一,西弗吉尼亚地区有着十分悠久的历史。美国成为独立的国家后,西弗吉尼亚州隶属于弗吉尼亚州。当时弗吉尼亚州的东部地区主要发展种植园经济,因而蓄奴制盛行。而西部地区则以白人自耕农经济为主,黑奴的数量相对较少。随着西部地区工商业的发展和日益繁荣,其对自由劳动力的需求越来越大,因此吸引了大批来自德国和北爱尔兰等地的移民,这样一来,弗吉尼亚州西部地区的白人构成变得多样化。由于经济发展不平衡和社会构成存在差异,弗吉尼亚州的东部和西部两个地区一直矛盾重重。内战爆发后,双方的矛盾也彻底激化。1861 年 4 月 17 日,弗吉尼亚州议会决定脱离联邦,为此,弗吉尼亚州西部各县的代表分别于 5 月 13 日和 6 月 11 日召开了两次"惠灵会议",并在第二次惠灵会议上宣布自己为合法的弗吉尼亚州,建立了州政府和州立法机构。1861 年 10 月 24 日,西弗吉尼亚州正式成为独立州,并于 1863 年 6 月 20 日加入联邦。

戴维斯经历了弗吉尼亚州的分裂和西弗吉尼亚州成为独立州的整个过程。她对北方与南方的矛盾,也就是原弗吉尼亚州东部地区和西部地区的矛盾冲突有着强烈的切身体会。Pfaelzer(1995)认为,正是东部与西部、联邦与邦联、工业与农业的紧张对立促使戴维斯创作出了她最优秀的作品。

连接宾西法尼亚州西南和弗吉尼亚州西北边界的山区是一片与外界隔离的偏僻地带,生活在这里的居民在人口构成(有大量的苏格兰—爱尔兰移民)、宗教信仰、性格习惯和行为举止等方面与南方人和新英格兰人都不同。由于在阶级地位、生活方式和信仰等方面存在差别,这一地区的居民对于蓄奴制的看法和态度也是迥然不同、互不相让的。在内战前后,这里成为矛盾和冲突的旋涡中心。在每一个村庄,人们的观点都针锋相对。一般来说,年长的人站在北方联邦的一边,而年轻人多支持南方联盟①,彼时,朋友、兄弟甚至父子之间因意见不和而决裂的情况时有发生。就连南方联盟的总司令、南北战争中著名的战场指挥官罗伯特·爱德华·李将军(Robert Edward Lee, 1807—1870)也曾私下表示他并不认同南方诸州联盟,他的家里也有不少人支持联邦,但是在弗吉尼亚州加入诸州联盟后,他还是选择了为家乡而战。

Richard B. Drake 在《阿巴拉契亚历史》(*A History of Appalachia*)一书中指出:

> 在南部邦联边境的山区地带,战争带来了更具毁灭性的后果。不仅是社会分裂,双方的主要军队还在这里反复开战。尽管南部诸州的一些城市已被烧毁殆尽,在战争的最后几个月里还忍受着煎熬,但是在田纳西州东部、谢南多厄和南部其他山区,在双方反复交火的地方,被屠杀的人更多,受到战争危害影响的时间更长。②

例如,西弗吉尼亚州有一个叫罗姆尼(Romney)的地方,它原本是一个平静的村庄。内战期间,南北双方军队反复在罗姆尼交火,并交替占领这个地方。据统计,双方交替控制罗姆尼的次数多达五十次。可想而知,战争给南北边界地区的百姓带来了怎样的痛苦:"我们已经习惯了血的味

---

① Rebecca Harding Davis,"The Civil War",in *Bits of Gossip*,New York:Houghton Mifflin,1904,p. 109.

② Richard B. Drake,*A History of Appalachia*,Lexington:The University Press of Kentucky,2001,pp. 94 – 95.

道,就像西班牙竞技场上的斗牛一样。"①"家在弗吉尼亚州边境"的戴维斯有机会近距离观察战争,她对战争也有着比其他南方或北方的作家更加深刻的体会。她总能看到事物的两面,因此看待问题更加全面,对事物的判断也更加客观。戴维斯在《男人的权利》("Men's Rights",1869)一文中谈道:"我一直有个倔强的倾向,就是爱谈论问题的另一面。"②戴维斯的内战小说让我们看到,内战的现实远比想象中复杂,它绝对不是对与错、善与恶的简单的二元对立。戴维斯小说中的人物常常对南北双方抱有同样的同情态度,因为他们知道,双方同样痛苦,同样都在犯错。③ 而这种始终"看到问题的两面"的态度和原则也贯穿了戴维斯写作生涯的始终。

二、"我是来自日常生活的观察者"

1862 年 7 月,受詹姆斯·菲尔茨和妻子安妮邀请,戴维斯来到了美国文化中心波士顿,见到了阿尔科特、霍桑、爱默生、霍姆斯等文化名流。波士顿之行对戴维斯的思想和写作有着十分深远的影响。

戴维斯对爱默生、霍桑和其他"大西洋月刊"圈子里的文人(主要是超验主义者)的第一印象是:无论是走路还是讲话,他们都脱离了活生生的当下现实——脱离了人性。

　　　　他们以为自己引领了一个真实的世界,可事实上他们离真

---

　　① Rebecca Harding Davis, "Paul Blecker", in Sharon M. Harris and Robin L. Cadwallader (eds.), *Rebecca Harding Davis's Stories of the Civil War Era: Selected Writings from the Borderlands*, Athens: University of Georgia Press, 2010, p. 157.

　　② Rebecca Harding Davis, "Men's Rights", in Jean Pfaelzer (ed.), *A Rebecca Harding Davis Reader*, Pittsburgh: University of Pittsburgh Press, 1995, p. 343.

　　③ Rebecca Harding Davis, "Paul Blecker", in Sharon M. Harris and Robin L. Cadwallader (eds.), *Rebecca Harding Davis's Stories of the Civil War Era: Selected Writings from the Borderlands*, Athens: University of Georgia Press, 2010, p. 156.

实的世界很远,也永远看不到它真正的样子。①

而最让戴维斯难以忍受的就是这些文化精英对内战的看法和态度。几乎所有人都用相同的绷紧的高音调得意洋洋地谈论战争。在他们眼中,战争是"唯一的光辉之路","英雄们集结起来站成闪亮的一排,永远美丽的清晨之光洒在他们的白色盾牌上,照亮了他们的前程"。② 对这些人来说,奔赴战场的英雄是最英勇和出色的,他们为了解放黑人兄弟、为了国家舍身赴死。这是"他们"③的军队。

在霍桑家中,当阿尔科特再一次用夸大做作的陈词滥调赞颂战争时,戴维斯感到极其反感和失望。她在后来的回忆录中写道:

> 我刚刚从边境来到这里,我看到了真实的战争,看到了它的丑陋肮脏:北方联邦和南方邦联政府假公济私;爱国主义面具之下隐藏着恶毒的个人仇恨,到处是被点燃的房屋和愤怒的妇女;无论是南方人还是北方人,原本野蛮粗暴的变得更加野蛮粗暴,可敬的绅士堕落成了盗贼和酒鬼。也许战争是一个带着使命来的全副武装的天使,但是她却有着来自贫民窟的恶习。④

听着这个"准预言家"大谈特谈战争,戴维斯内心感到十分痛苦,因为她才是战争的目击者。而阿尔科特们对战争的了解就和她小时候在家里的樱桃树屋上对"高举大旗、昂首迈进雾茫茫的田地里的十字军军团"的幻想差不多——他们对战争一无所知。

"他们的观点总给人一种不真实的感觉,就像霍桑说的,离现实太遥远","他们的理论就像孩子吹的泡泡,飘在头上,颜色绚丽,然而气泡反射出的天空、大地和人都是扭曲变形的"。⑤

---

① Rebecca Harding Davis, *Bits of Gossip*, New York: Houghton Mifflin, 1904, pp. 32-33.

② Rebecca Harding Davis, *Bits of Gossip*, New York: Houghton Mifflin, 1904, p. 33.

③ "他们"指超验主义者或北方人,此处强调为笔者所加。

④ Rebecca Harding Davis, *Bits of Gossip*, New York: Houghton Mifflin, 1904, p. 34.

⑤ Rebecca Harding Davis, *Bits of Gossip*, New York: Houghton Mifflin, 1904, p. 36.

事实上,阿尔科特对于内战的看法是当时普遍流行于美国的一种观点。无论是南方人还是北方人,他们对内战的印象都是:来自每一个自由州或蓄奴州的英勇少年和高贵的老人为他们所热爱的伟大事业而战,而这场国家大动荡是纯粹的爱国主义、骑士气概和自我牺牲的结果。尽管从某种意义上来说,这是对的,然而戴维斯认为,她有义务和责任让后人了解一些历史学家们不会记录的真相,例如:士兵们像野兽一样在边界的山区里烧杀抢掠,他们甚至连妇女、孩子和老人也不放过;包括医生和牧师在内的很多人并不是为了所谓的"伟大事业"而参军,他们参军只是为了混口饭吃,为了在军队里挣到薪水,因为在战争年月,打仗是人们唯一的营生。

戴维斯在 1862 年 8 月 22 日写给好友安妮·菲尔茨的信中说:

> 这些日子对我们来说既悲伤又孤寂。战争的汹涌巨浪正向我们靠近。哦,安妮,如果能让你和每一个真正的女人了解我对战争难以抑制的厌恶之情,如果你能看到事情的另一面,看到双方的邪恶和暴虐,……很高兴你远离战争。我可以告诉你,我知道的事情会让你毛骨悚然。①

戴维斯迫切地想通过自己的真实经历和体验刺破内战表面的虚假幻象,她要告诉人们:人们的手上沾满了兄弟的鲜血才是当下的现实。"历史学家们不会告诉人们,悲惨、卑劣、痛苦成了这里每一个人的生活日常。尤其是在军队驻扎的地方,毁灭是绝对性的。"②因此,戴维斯的内战小说表现的不是英雄和领袖的"光辉业绩",而是生活在边境地区的普通百姓——被卷入战争的青年、贫穷的废奴主义者、失去理智的愤怒妇女、黑奴、天真无辜的孩子、游击队员、失去儿子的父亲、失去丈夫的年轻妻子——在战争中的种种悲伤遭遇和痛苦经历,是那些让人感到恶心、愤怒

---

① Jean Pfaelzer, *Parlor Radical : Rebecca Harding Davis and the Origins of American Social Realism*, Pittsburgh : University of Pittsburgh Press, 1996, p. 95.

② Rebecca Harding Davis, "The Civil War", in *Bits of Gossip*, New York : Houghton Mifflin, 1904, p. 116.

和惊骇的真相。戴维斯的内战书写表达的是作家真实的生活经验,而这种经验是被官方意识形态所忽视或遮蔽的。

三、"战争的残酷面孔"

李公昭(2009)认为,美国的内战小说大致可以分为两类:一类是"战争＋爱情"的浪漫故事,这类小说在美国风靡一时,占内战文学作品的大多数;另一类是用现实主义手法表现、反思和批判战争的作品,这类小说占内战文学的少数。而恰恰是占少数的这一类才是美国内战小说乃至美国文学的精华。戴维斯的内战小说客观真实地表现了战争的野蛮和残酷,表现了战争对社会生活和传统的破坏、对生命的践踏、对人性的扭曲,开创了用现实主义手法表现、反思和批判战争的先河。戴维斯的作品堪称美国反战小说的先声。

1899年,戴维斯针对美西战争发表了一篇题为《战争的残酷面孔》的论说文。在这篇文章中,戴维斯回忆了自己在内战期间亲身经历的几件小事。这些事情是研究战争的历史学家不会记录的,而戴维斯希望用自己在内战中的亲身经历和真实见闻提醒美国新一代的年轻人不要轻易被战争的华丽外表和爱国主义狂热情绪所迷惑,要看清楚战争的实质和本来面目。作为对其创作于60年代的内战小说的注解,这篇论说文再一次解构了内战的浪漫色彩:

> 无论如何,让我们近距离看一看战神的脸,看看他真正的样子。远远地看去,他高贵、富有英雄气概,但是走近他时,你就会看到他身上的丑陋污垢……①

戴维斯在文章中回忆了边界地区的一个古老沉寂的小镇在内战期间的遭遇。当时战争已经侵入和影响到了百姓生活的方方面面,社区分裂,几乎每一个家庭也都因成员政见不同而决裂。年长的人多支持联邦政

---

① Rebecca Harding Davis, "The Mean Face of War", in Jean Pfaelzer (ed.), *A Rebecca Harding Davis Reader*, Pittsburgh:University of Pittsburgh Press,1995,p.430.

府,而年轻人则纷纷加入邦联的军队。

小镇里有个存放烟草的仓库,内战之前,人们把仓库的二楼用作剧场或音乐厅。战争爆发后,宪兵司令将整幢楼征用并改成了监狱。监狱的看守全都是 60 岁以上的老人。他们是安静、诚实、虔诚的技师和商人,几十年来从没触犯过法律,也没犯过错。一开始,监狱是空的,老人们悠闲地抽着烟斗,互相讲述自己年轻时的故事。他们对军事和战争的概念是模糊的,直到有一天情况发生了变化:一次小规模的战斗过后,一些战俘被送进了监狱。

这些俘虏们一瘸一拐地经过小镇走向监狱。有的俘虏受了伤,其中一个伤势严重的还被抬在担架上。他的手耷拉在担架的一侧晃来晃去,那只皮开肉绽的手上的血迹已经干了。据说,还有一些人横尸在离小镇不远的山上。这个场景在小镇上造成了一个奇特的后果:愤怒和恶毒的激情很快充斥了镇里的每一个角落。女人们——平日里温和、纤弱的女人——发疯似的哭喊着跑出家门,尖叫着在街道上狂奔;男人们聚集在一起,尾随着伤员发出或惋惜或仇恨的喊叫声。血淋淋的画面扯掉了教育戴在人们脸上的文明面具,使人的残暴天性暴露出来。在那个清晨,人们之间的友谊和关爱突然消失得无影无踪,他们开始毫无理智地猜疑和仇恨彼此。虽然谁也不明白究竟是什么引起了战争,但是仇恨控制了每个人的大脑。他们开始恶毒地对待那些与自己意见不一致的人。对于很多人来说,他们的眼中没有对错,只有仇恨。那些看守监狱的老人们更是将战俘看成了自己的私敌,向走近监狱的犯人们射击。

戴维斯还讲述了一件看似微不足道的小事。一个周日的晚上,小镇居民先后听到了号角声和炮火声。有消息传来,说李将军的军队正在来小镇的路上。当时镇里没有联邦的驻军,于是向来循规蹈矩的居民们集合起来,扛上火枪,准备与南部邦联的军队一决胜负。队伍出发时,人们看到这些准备参加战斗的居民头发灰白,戴着老花镜摸索着进入黑夜。原来他们多是上了年纪的老人。队伍到达山区时,并没有发现南方军队,但令人惊愕的是,这些老人竟冲进附近的一个村庄里开火射击。他们还闯进村民家中抢夺一切能拿到手的东西——搅乳棒、摇椅、羽毛铺盖、缝纫机……有一个人还背了一只大铜壶。他们异常兴奋,一直喊着"抢!抢!战利品!"尽管上尉告诉他们这些村民都是贫穷的普通百姓,而且多数村民是效忠联邦的,并且命令他们放下东西,可是当队伍回到镇里时,很多人仍然大摇大摆地提着抢来的东西,还颇为自豪。他们都是教会的执事或者虔诚的基督徒。

是什么让原本善良、温和、本分的人们一夜之间丧失了理智,变成了疯子和强盗？是战争残暴狰狞的一面。它让人们看到了"平凡的死亡"与"痛苦而频繁的突然死亡"之间的差异,对这种差异的理解和认知扰乱了人们的心绪,唤醒了人的兽性。在笔者看来,失去理智、将一切文明和道德抛在脑后,是生活在南方与北方边界地区的普通百姓面对这场重大灾难事件的反应。戴维斯以小见大,通过记录被迫卷入内战的普通美国人的遭遇和痛苦经历还原了部分历史真相,解构了战争的浪漫色彩,让人们知道了真正的战争是什么样子的。

　　　一场战斗死几千人这样的消息对我们来说并没什么特别意味,不到一小时我们就把这事忘了。但是这些小事儿会跟着我们一起回家。当我们想起它们的时候,我们说:"那就是战争！"①

第二节　战争中的普通人

戴维斯的内战小说最鲜明的特色之一是作者将内战书写为"普通人的战争"。戴维斯的小说中没有英雄和领袖,她记录和书写的是生活在南方与北方边界地区被迫卷入历史进程的形形色色的普通人,以及他们在内战中的悲惨遭遇和痛苦感受。通过记录这些被裹挟进战争、被大历史无情碾压的普通人的经历,戴维斯表达了自己对这场战争的反思,解构了人们对内战的"大历史"幻象:内战是普通人(无论他支持南方还是北方)与历史的战争,它导致无数无辜百姓牺牲。戴维斯也用客观的表达拆解了西方理性主义框架内的"英雄史观",肯定了平凡个体的精神价值。

---

① Rebecca Harding Davis, "The Civil War", in *Bits of Gossip*, New York: Houghton Mifflin, 1904, p. 120.

一、拆解"英雄史观"

英雄和英雄崇拜(Hero-Worship)是一个古老的话题。在 19 世纪,无论是东方还是西方都普遍流行一种"英雄史观"。中国近代思想家梁启超认为:历史是英雄的舞台,舍英雄几无历史。① 西方世界对英雄和伟人的崇拜更是上升到了理性的高度。黑格尔在他的历史哲学话语体系中,用"世界精神"(或称"绝对精神""绝对理念")指代宇宙万物的内在本质和核心。这种"世界精神"是客观独立存在的,其实质是脱离了人并与客观世界相分离的一种逻辑思维。它是先于自然界和人类社会存在的永恒的实在,万物只是它的外在表现。按照黑格尔的观点,历史上一切向前进展的"精神"都是个人内在的灵魂,但它有不自觉的"内在性",要由那些伟大的人物(比如凯撒、拿破仑、亚历山大等)带到自觉。这些伟大的历史人物就是"世界精神的代理人",是"一个时代的英雄"。因为他们的特殊目的关联着"世界精神"意志所在的那些重大事件,所以他们可以对症下药,知道什么是时代需要的和正合时宜的东西。当这些伟人们毫无顾忌地专心致力于"一个目的"时,在他迈步前进的途中,不免要践踏许多无辜的花草,蹂躏好些东西。②

对美国超验主义运动产生了深远影响的英国思想家卡莱尔,其晚期社会研究著作中的主导性原则就是强硬的领袖原则。并且,身处 19 世纪英国资本主义工业文明时代的卡莱尔建构了自己的"英雄观"。面对资本主义发展引发的诸多社会问题,尤其是人们道德的堕落和信仰的缺失,卡莱尔迫切地期盼能有英雄来拯救社会:

> 世界的历史,人类在这个世界上已完成的历史,实际上是伟人们耕耘过的历史。他们是人类的领袖,这些伟大的人们,他们是芸芸众生竭力效仿的榜样和楷模,从广义上说,他们是创造

---

① 转引自李峰:《试析梁启超的"英雄史观"》,载《浙江学刊》1997 年第 1 期,第93 页。

② 黑格尔:《历史哲学》,王造时译,上海书店出版社 2006 年版,第 27—30 页。

者;我们在这个世界上所目睹的一切事物,都是被上天指派到这个世界里的伟人们思想的外部物质结果,是他们思想的实践和体现。整个世界历史的灵魂,可以恰当地说,是这些伟人们的历史。①

卡莱尔认为,工业文明时代是一个道德败坏、信仰缺失、人们陷入困惑和孤独的时代,这样的时代更加需要伟人——诚恳、仁爱、乐观、勇敢、睿智、有思想和想象力的英雄——来拯救世界。这些英雄就像来自天堂的火光,可以点燃希望,使时代和社会得救。

对英雄的崇拜和这种信念否定了每一个个体的历史参与价值,为人的内在不平等埋下了隐患。按照这种观点,人只有成为"英雄",相对于历史才有意义,否则便只能做灵魂领导者的"追随者"。相对于英雄来说,这些平凡普通的个体就显得微不足道,没有多大的价值了,那么这些平凡的个体和他们的幸福被牺牲或者被抛弃,也就不值一提了。

戴维斯毫不留情地拆解了这种英雄观。在戴维斯看来,那个时代是没有英雄和伟人的。在回忆录《闲言碎语》中,无论是林肯等政界精英,还是爱默生和霍桑等文坛泰斗,抑或是像弗朗西斯·勒莫恩(Francis LeMoyne,1798—1879)一样的废奴运动领袖和社会活动家,在戴维斯笔下都是普通人,而不是英雄或伟人。他们和普通人一样有脆弱的一面,也有不可理喻的缺陷。

因而戴维斯的内战小说不关注英雄和领袖,而关注那些被裹挟进战争中的普通美国人,如《约翰·拉玛尔》中的拉玛尔、多尔、贫穷的船夫戴夫,《大卫·冈特》中的冈特、老斯科菲尔德和帕尔默,等等。这些人既不是英雄,也不是任何意义上的典范或楷模。但在戴维斯看来,正是这些普通人实实在在地展现了人的价值和魅力,在这些普通人的身上闪耀着人性的光辉。这些微不足道的小人物身上真正体现着个体与"大历史"之间的冲突与对话,体现着时代思想的交锋。在笔者看来,正是戴维斯笔下的这些普通人和小人物——他们的生活和经历,他们的思想、情感、意识、心

---

① Thomas Carlyle, *On Heroes*, *Hero-Worship and the Heroic in History*, Oxford: Oxford University Press, 1935, p. 1.

理等方面的或明显或微妙、不易察觉的变化,让我们真切地看到了美国19世纪社会转型时期复杂的、变化不居的情感结构,以及人们对于在场的现实生活的真实体悟。戴维斯竭力想要传达给读者的是:日常生活中的这些平凡卑微的生命也有"世界的声音",尽管他们的声音也许很微弱,并且常常被人忽视和遗忘,但是每一道声音都是有意义的。正是他们,让这个时代的人得到了安慰,使人们看到了美和希望。正是在这些普通人的经历中,在他们的思想和情感、他们对现实的真实体悟中,凝聚着美国这段特殊历史时期的情感结构。

二、被大历史碾压的小人物

戴维斯的短篇小说《约翰·拉玛尔》于1862年发表在《大西洋月刊》上,是最早直接描写内战的文学作品。佐治亚州的种植园主、邦联军官约翰·拉玛尔在弗吉尼亚州边境附近被"猎蛇人"(Snake - hunters)①抓住,并被关进了一个由种植园临时改造成的简陋牢房里。而就在一年前,被联邦军队占领的这个种植园还属于他祖父。那时,拉玛尔还和自己的表亲们在这里闲游、打猎,度过了一段欢乐的时光。让他更加难以接受的是,负责看守牢房的联邦军官是他亲如兄弟的好朋友查利·多尔(Charley Dorr)。多尔还娶了拉玛尔深爱的表妹露丝(Ruth)。拉玛尔此次来弗吉尼亚州的目的就是想看看他日夜想念的朋友多尔,看看露丝和这片给他留下了无数美好回忆的种植园。而结果是拉玛尔竟然成了多尔的"阶下囚"!②

戴维斯还原了内战时期西弗吉尼亚州边界的真实场景。内战给生活在边界地区的百姓带来了毁灭性的灾难:"农田荒废,你的马或是牛,不是

---

① "猎蛇人"指由西弗吉尼亚州志愿者组成的步兵团,其成员有当地的流氓、土匪、逃兵、游击队员等。

② Rebecca Harding Davis, "John Lamar", in Sharon M. Harris and Robin L. Cadwallader (eds.), *Rebecca Harding Davis's Stories of the Civil War Era: Selected Writings from the Borderlands*, Athens: University of Georgia Press, 2010, p. 3.

被这支军队抢走,就是被另一支军队夺走。商店和工厂停业,生意关门。"①所谓的"为了真理""解放黑奴、维护联邦统一的伟大事业"已将人与人之间的亲情、友情、爱情纽带统统撕裂。

拉玛尔的祖父已经被"猎蛇人"残忍地杀害。祖孙俩曾经一起猎鹿的小山坡上现在竖起了成百上千的肮脏的黄帐篷。原本懒散怠惰的拉玛尔此时此刻在监狱中变得异常警醒和上进。除了遭受失去亲人朋友和爱人的痛苦外,使他脱胎换骨的另外一个重要原因是他的妹妹——12岁的弗洛伊(Floy)没有父母,只有他! 现在年幼体弱的弗洛伊正一个人在佐治亚州的家里"照管"着拥有三百个奴隶的种植园。为了自由,为了弗洛伊,拉玛尔决心越狱,逃回南方。拉玛尔对自己的越狱计划志在必得:不仅牢房十分简陋,而且看守他的哨兵在后半夜换岗时会睡觉,放松警惕;只要他离开这个小屋子,猎犬都拿他没有办法,因为他对这里的山水和一草一木都是那么熟悉;他的奴隶本也会助他一臂之力。然而,让拉玛尔做梦也没有想到的是,本在废奴主义者宣扬的自由的诱惑下背叛了他,将他杀死在了睡梦中。

拉玛尔是一个与大历史对话、对立,最终被大历史碾压的小人物。在拉玛尔准备越狱的这天晚上,多尔像往常一样来看他,试图说服他向联邦政府投降。拉玛尔与多尔的对话,是时代思想的一次交锋。拉玛尔指出,多尔所在的联邦政府一味地空谈宪法和权利,对现实视而不见,对如何解决奴隶问题也闪烁其词。多尔所谓的"为了真理的伟大事业"只是一个美好的幻象。理性主义的历史观常会制造这样的幻象:历史是按照整体的必然性原则前进的,个体的存在必须以整体的利益为宗旨,换言之,个体的偶然性必须服从于大历史的必然性。在这种大历史的宏大叙事中,个体的偶然价值被消解,而整体性被强加给每一个个体,变成这些个体的"虚假需求"。

事实上,戴维斯敏锐地洞察到了内战的实质,并借人物之口将它表达出来。在《大卫·冈特》中,联邦军官戴克(Dyke)在得知教区牧师大卫·冈特加入联邦军队,并带动了十几个人一起加入队伍时,说战争"是一门

---

① Rebecca Harding Davis, "The Civil War", in *Bits of Gossip*, New York: Houghton Mifflin, 1904, p.116.

肮脏的生意,我希望有些人的手别碰到它,能一直干净"①。而在保罗·布勒克尔看来,内战是一场"可怕的闹剧"。事实上,美国的南北战争不过"是一场经济制度的战争,是一场资产阶级革命,解放黑奴、维护统一等等只不过是解决经济制度矛盾,获取更大利益的手段和副产品而已"②。

拉玛尔对南部邦联军队里那些粗鲁傲慢的同僚同样没有好感。无论是对南方还是北方,拉玛尔都怀有敌意。作为一个个体,他需要的不是整体性的"虚假需求",也不是任何政权和秩序,他渴望得到的是亲情和友情,是个体的绝对自由。为了自由,他甚至可以杀死他至爱的朋友多尔。

拉玛尔的美好情绪总是和亲情、友情联系在一起。当他想起和祖父一起打猎、想起妹妹弗洛伊、想起好朋友多尔时,他的眼中便充满了温暖,脸上便洋溢着孩子般天真的表情。然而,拉玛尔对自由的追求,对亲情、友情、真挚的爱的渴望遭到了大历史的无情践踏。小说就此展现了个体偶然性与历史必然性的对话,所谓"大写"的历史及伟大的事业,不过是一个美妙的幻象。这个美妙的幻象掩盖着它黑暗的实质——将一个个本来拥有完整精神的人撕裂成为"历史碎片"。拉玛尔的悲剧也是每一个在战争中牺牲的平凡个体的悲剧。这些普通的个体成为宏大目标的陪衬和牺牲品。戴维斯借小人物被大历史碾压的悲剧表达了对战争的否定、对"大历史"的抗拒。

三、大卫·冈特的抉择

《大卫·冈特》同样于1862年发表在《大西洋月刊》上。和约翰·拉玛尔一样,标题人物大卫·冈特并不是小说的主人公,然而,作为个体的"人的魅力"、自由的价值以及平凡个体的精神完整性在这个人物的身上得到了集中表现。

冈特是弗吉尼亚州的一个年轻牧师。作为被裹挟进历史进程中的战

---

① Rebecca Harding Davis, "David Gaunt", in Sharon M. Harris and Robin L. Cadwallader (eds.), *Rebecca Harding Davis's Stories of the Civil War Era : Selected Writings from the Borderlands*, Athens : University of Georgia Press, 2010, p. 55.

② 李公昭:《美国战争小说史论》,北京大学出版社2012年版,第75页。

争事件的个体,冈特是不幸的。在社会转型时期的巨变带来的重重压力之下,35年来冈特一直与贫穷和诱惑做斗争。这使原本和善、天真、富有诗意的冈特变得敏感、抑郁,甚至失去了男性气概。突如其来的内战又雪上加霜地改变了冈特的正常生活轨迹,使这个饥渴的灵魂更加孤独。内心深处的各种矛盾和挣扎不断地折磨着冈特的肉体和灵魂。"大卫·冈特"这个名字本身就是一个矛盾集合体。"大卫"是《撒母耳记》中著名的战斗英雄,他以弱胜强,战胜了巨人歌利亚,并成为古以色列国的第二代国王;而"Gaunt"这一姓氏的小写形式"gaunt"意为"枯瘦的、憔悴的",与大卫王强健、勇武的形象形成鲜明的对比。用"大卫"与"冈特"这一组合为人物命名,戴维斯意在暗示:在当下的现实生活中,人们正承受着令人难以想象的巨大压力。为了"保持灵魂正确"[①],冈特加入了联邦军队,并亲手射杀了支持南方邦联的老斯科菲尔德。而老斯科菲尔德不仅是冈特深爱着的女孩多德(Dode)的父亲,还是这个世界上唯一在意和关心冈特的人。

冈特的经历让我们再一次看到了大历史的无情。内战在人们的心中被建构成"神圣的伟大事业",这项"伟大事业"的一个"美好的目标"是解放黑奴,实现人人平等。然而在现实中,神圣美好的目标只不过是人们世俗欲望的体现。实际上,这个"美好的目标"的实现会是一个永无完结的过程,它将始终作为一种理想被悬置,而个体的被损害则成为一种事实性存在。于是所谓的"伟大事业"变成了戕害个体的借口。托尔斯泰说,那些操纵国家政权的人"坚信自己可以知道未来社会应当是什么样子"。"他们打仗,抢掠财产,把人关进监狱,杀人,为的是要建立一种在他们心目中能使人们生活幸福的社会制度。……这样的人在生活中一味服从自己的欲望、自己的推断和社会的暗示,却从不去考虑自己的人生使命以及人真正的幸福是什么;就算他们考虑过,也只会断定这些都无从得知。这些人对什么是个人的幸福一无所知,却在想象中自以为知道,自以为确切无疑地知道,为了整个社会的幸福需要怎样做。正因为他们自以为确切

---

① Rebecca Harding Davis, "David Gaunt", in Sharon M. Harris and Robin L. Cadwallader (eds.), *Rebecca Harding Davis's Stories of the Civil War Era: Selected Writings from the Borderlands*, Athens: University of Georgia Press, 2010, p. 35.

无疑地知道这些,所以为了获取这种他们所理解的幸福,做下了许多连他们自己也承认的恶劣行径,暴力,屠杀,死刑。"①由此,大卫·冈特成了世俗的工具,而被他杀死的老斯科菲尔德以及其他无数死于战争的无辜百姓则成了战争的祭品。被世俗的"碎片化"事件所操控的冈特,其精神完整性遭到了无情的践踏,成为大历史"美好的目标"的牺牲品。

戴维斯的可贵之处在于,她没有一味地呈现大历史的无情,而是通过冈特的经历进一步探索了"人的魅力",以及每一个平凡个体的精神自由的价值。

历史进程作为一种客观存在,拥有不可抗拒的强大力量。"大历史"往往用它的整体幻象堂而皇之地对个体加以迫害。当个体试图参与到历史的创造中时,便会发现个体的意愿往往与总体的意愿相违背,由此,始终处于偶然状态的个体做出的任何选择都与历史的必然性形成对峙,然而这并不意味着个体的选择是毫无意义的和没有价值的。

在小说中,大卫·冈特一共做了四次重要抉择。第一次,身为牧师的冈特选择加入联邦军队,拿起武器"为了上帝和我的权利"而战。尽管他对自己的选择也怀有疑虑,但是在万分紧迫的情势下,他顾不了那么多了。第二次,在加入联邦军队的当夜,冈特就参加了偷袭邦联军队的战斗。当联邦军官戴克发现老斯科菲尔德正要赶去给邦联的军队通风报信时,他命令冈特开枪射击。冈特扣动扳机,射杀了老斯科菲尔德。对于冈特来说,做出这样的抉择是异常艰难和痛苦的。因为老斯科菲尔德是这个世界上唯一关心和在乎他的人。另外,冈特深爱着老斯科菲尔德的女儿多德,尽管多德爱的是联邦军官帕尔默(Douglas Palmer),但多德也是唯一有可能给他爱的女人。他深知,自己的抉择将在他和多德之间挖下一道永远无法逾越的鸿沟。第三次,帕尔默在战斗中受了重伤,奄奄一息,冈特救了他。尽管冈特恨帕尔默,并且他知道,救回帕尔默意味着他将永远失去多德,但是他仍然选择救助帕尔默,并为多德和帕尔默主持了婚礼。最后一次,冈特选择远离战场,离开家乡去西部,在斯普林菲尔德的医院里为患者服务,继续做他认为是"保持心灵正确"的事情。戴维斯的

① 转引自王志耕:《与大历史的"一个人的战争"——再论〈静静的顿河〉》,载《外国文学评论》2012年第4期,第146—147页。

作品中到处隐含着"西部经验"。"去西部"和 19 世纪英国小说中常见的"移民海外"一样,是人们解决现实经验与伦理道德冲突的简易方法。面对严重的社会问题,中产阶级没有总体有效的解决方案,只能用一些权宜之计暂时摆脱现实的困境。

冈特是一个具有完整精神的人,始终做着自己认为正确的事情。从他身上我们看到了平凡个体的"人的魅力"。冈特加入联邦军队并非为了荣誉,而是为了自己的信仰,为了自由和权利。冈特有能力伤害却选择不伤害自己怨恨的帕尔默,不但救了他,还为他和多德真诚地祈祷,这是真正的善良。从冈特离开家乡到西部的医院里救助患者的选择中,我们看到了高贵无私的爱。老斯科菲尔德的死,让我们看到了大历史对个体选择的置疑和无情践踏。但同时,通过客观的表达和"人性"话语,戴维斯也让我们看到了这些通过抗拒历史而追求人的精神完整性的普通人的可贵品质和个体精神自由的价值。

第三节 死亡的体验

死亡历来是哲学、宗教和文学领域的一个焦点和议题。死亡是一种普通的生命现象,却以一种粗暴的方式出现在书写战争的文学作品中。作为一名情感细腻的女性作家,作为内战的亲历人和目击者,戴维斯使用直接书写、间接书写和亲历书写三种策略来处理死亡这个议题,并通过书写人们对死亡的种种体验,传达了自己对战争和死亡的独特思考。

一、直接书写

直接书写,即作者直接描写或者再现死亡的场景。戴维斯在小说中分别呈现了平民百姓的个体死亡场景和战场上士兵的集体死亡场景。

在《约翰·拉玛尔》中,支持联邦的游击队"猎蛇人"抓住拉玛尔后,故意将他带到他祖父被杀害、被草草掩埋的地方。他们之所以这么做,是因为拉玛尔的祖父是被支持诸州联盟的游击队"伐木工"(Bush-whack-ers),也就是拉玛尔的"自己人"杀害的。在祖父被杀的那块土地上,拉玛尔看到了一摊血迹,祖父苍老的双手还露在地面上。离那儿不远的篱笆墙的缺口处还有一些没有被掩埋的尸体,有几个是"伐木工"的。其中还有一个小女孩的尸体,那张小脸上的酒窝还清晰可见,尽管她已经死了数日。一个"猎蛇人"甚至把小女孩的头发当作战利品!这个叫杰西·伯特的女孩是渡船夫的小女儿,她过去每天都到拉玛尔的祖父家里取牛奶。拉玛尔不知道"她又是为哪一方而死的"[1]。

"猎蛇人"和"伐木工"是南方和北方军队在弗吉尼亚地区实施抢劫和谋杀的工具,组织的成员多是土匪、流氓、逃兵以及亡命徒。单单是这些游击队员对弗吉尼亚地区百姓的侵扰和伤害便已罄竹难书。内战史学家詹姆斯·麦克弗森(James McPherson)估计,大约有 5 万平民死于内战。[2] 戴维斯用一个年迈的老人和一个天真无辜的孩子两个普通百姓的个体死亡,从侧面衬托出了战争的邪恶本质以及它的残酷和暴虐。

除了个体死亡的事件外,戴维斯还再现了集体死亡的场景。戴维斯对集体死亡的再现和描绘,并不是聚焦于惨烈的战斗场面——死亡的过程,而是关注战争的灾难性后果——死亡的结局。

1861 年至 1865 年,在美国内战期间罹难的士兵人数估计有 62 万之多,这大致相当于美国独立战争、1812 年战争、美墨战争、美西战争、第一次世界大战、第二次世界大战,以及朝鲜战争中美国殉难士兵人数的总和。[3] 战亡与人们所熟知的自然死亡的方式不同,战争将无数年轻健康的生命大规模地、快速地摧毁。

发表于 1863 年的长篇小说《保罗·布勒克尔》是戴维斯对谢南多厄(Shenandoah)、里士满(Richmond)、哈珀斯费里(Harper Ferry)和弗雷德里克斯堡(Fredericksburg)等地刚刚结束的几次战斗的迅速回应。戴维斯作品中呈现的集体死亡场景尤其令人难忘和震撼。

1862 年 6 月 25 日到 7 月 1 日期间,南北双方的军队为争夺里士满进

① Rebecca Harding Davis, "John Lamar", in Sharon M. Harris and Robin L. Cadwallader (eds.), *Rebecca Harding Davis's Stories of the Civil War Era: Selected Writings from the Borderlands*, Athens: University of Georgia Press, 2010, p. 4.

② 德鲁·吉尔平·福斯特:《这受难的国度:死亡与美国内战》,孙宏哲、张聚国译,译林出版社 2015 年版,序言第 4 页。

③ 德鲁·吉尔平·福斯特:《这受难的国度:死亡与美国内战》,孙宏哲、张聚国译,译林出版社 2015 年版,序言第 3 页。

行了一连串的混战。戴维斯用文本再现了战斗结束后里士满压抑的、令人窒息的气氛：

> 一个炎热七月的夜晚，里士满连续七天的大屠杀刚刚发生不久。你记得在那之后的几周里，空气是如何的死气沉沉，带着令人窒息的热气吧？——好像大地听到死亡的猛烈浪潮也张开了嘴。对于死亡，从来没有人确切地谈论过——只是窃窃私语——即使是嘶哑的私言耳语也很快就销声匿迹了。那时，我们已经渐渐地习惯了血的味道，在南方在北方都是如此，就像西班牙竞技场上的斗牛。①

在每一次战斗中究竟死了多少人，没有人知道。人们对此缄默不言，"也许，最好我们不知道！"我们在字里行间似乎真切地感受到了当时当地的空气中弥漫着的血腥味道。

> 田地里肮脏不堪，处处是火药、烂泥——谷子被大炮的轮子、士兵的炊具盒压平，从饭盒里还不时落下几滴威士忌、一些撕碎的肉。远处，在一些没犁过的犁沟里，堆着十几、上百，也许是上千具无用的尸体，死亡的人数还在不断增加。②

在内战时期，很多时候尸体数量多少成为衡量战斗胜利与否的标准。指挥官将己方的伤亡人数与敌方的伤亡人数进行对比，以此作为判断战斗胜利或失败的重要依据。战死士兵的尸体，往往会被生者像处理牲畜

---

① Rebecca Harding Davis,"Paul Blecker", in Sharon M. Harris and Robin L. Cadwallader（eds.）, *Rebecca Harding Davis's Stories of the Civil War Era: Selected Writings from the Borderlands*, Athens: University of Georgia Press,2010, p. 157.

② Rebecca Harding Davis,"Paul Blecker", in Sharon M. Harris and Robin L. Cadwallader（eds.）, *Rebecca Harding Davis's Stories of the Civil War Era: Selected Writings from the Borderlands*, Athens: University of Georgia Press,2010, p. 166.

一样对待,它们"一堆一堆,就像死鸡一样"①被铲进沟里。在戴维斯的叙述中,我们看到并感受到了战争中的集体死亡以一种令人心痛的方式践踏着死者的尊严,拷问着生者的人性。

几个月后的弗雷德里克斯堡战役结束后,小说的主人公布勒克尔到战场上寻找自己的朋友丹尼尔。"他每迈出一步都十分艰难,因为他不想踩在死人的身上:这些尸体堆在一起,人们移动伤员时将它们扔到一边。"②戴维斯没有对遍布战场的血肉模糊的尸体进行细节上的描述,但是"他每迈出一步都十分艰难"足以让读者感受到大规模的集体死亡给人带来的震撼和压抑感。

戴维斯虽然没有直接描写惨烈的战斗场面,但是她对死亡的描写、对死亡气氛的渲染,更增加了死亡本身带来的震撼力和感染力,同时也让我们更加深刻地体会到了什么叫命如草芥。在战斗中,死亡士兵的尸体被随意丢弃、抛掷、践踏。他们死亡的状态和事实几乎无人关注,甚者连他们是谁都无人知晓,也没有人在意。这些绝大多数信仰宗教的士兵也不会有像样的葬礼,甚至连是否能得到安葬都很难说。戴维斯对集体死亡的书写让我们看到,在战争的灾难面前,人毫无尊严,人的生命也毫无价值可言。戴维斯"煞费苦心",采用直接书写死亡的叙事策略营造和渲染死亡的真实性,用无数无名士兵的死亡建构了一个与读者对话的平台,让"沉浸其中"的读者面对确凿的死亡事实反思生命的尊严,以及关于生存和死亡的真相。

二、间接书写

间接书写死亡,即描述小说人物对自己可能即将到来的死亡的想象和预设,以及他(她)对死亡的认知与思考。死亡都是由他人来见证和表

---

① 德鲁·吉尔平·福斯特:《这受难的国度:死亡与美国内战》,孙宏哲、张聚国译,译林出版社 2015 年版,序言第 8 页。

② Rebecca Harding Davis,"Paul Blecker",in Sharon M. Harris and Robin L. Cadwallader(eds.),*Rebecca Harding Davis's Stories of the Civil War Era:Selected Writings from the Borderlands*,Athens:University of Georgia Press,2010,p.190.

述的,人并不具有亲历或陈述自己死亡的能力或可能性。然而在战争年代,与个人相关的一切都处于不确定的状态,尤其对于战场上的士兵来说,生命随时可能在一瞬间灰飞烟灭。因而,奔赴战场的军官或士兵常常思考自己的生命将会以何种方式结束,并为自己可能到来的死亡做好准备。

保罗·布勒克尔是联邦军队的一名军医。"战争为医生和牧师这两个职业提供了广阔的销路和市场"①,这一句话道尽了作者对内战的"大历史"假象的抗拒和讽刺。布勒克尔在谢南多厄的战斗中负伤,被送到哈珀斯费里的战地医院里疗伤。布勒克尔伤势很重,且失去了一只眼睛。创伤使他感到自己已经靠近了死亡的边缘。然而让我们感到惊讶和意外的是:死亡的阴影并没有给布勒克尔带来恐惧和悲伤。他想的不是等待他的命运,不是他"将要死去"这个事实,而是他未来的妻子格蕾·格尼(Grey Gurney)。布勒克尔甚至常常憧憬一种前所未有的美好生活,想到这些,他反而感到满足和欣喜。

> 他的大脑被一种几乎从未有过的生活画面点燃,那种生活就像古老神祇的美酒。尘世的生活变得清澈透明,他厌倦了微不足道的词语和想法,他此刻离事物的内在真理更近了。……自然给死亡的边界送来了平静,对生活真谛的宁静信任——她一向仁慈。②

在对布勒克尔可能到来的死亡的描写中,没有浓郁的死亡悲情,也没有任何紧张的气氛。这里的死亡不代表人生的结局,而只是主体的一种人生选择,其意义所指,是介于过去与现在、记忆与憧憬之间的停留。事实上,在笔者看来,布勒克尔对于死亡的回应是被裹挟在时代剧变潮流中

① Rebecca Harding Davis,"Paul Blecker", in Sharon M. Harris and Robin L. Cadwallader (eds.), *Rebecca Harding Davis's Stories of the Civil War Era：Selected Writings from the Borderlands*, Athens：University of Georgia Press,2010,p. 157.

② Rebecca Harding Davis,"Paul Blecker", in Sharon M. Harris and Robin L. Cadwallader (eds.), *Rebecca Harding Davis's Stories of the Civil War Era：Selected Writings from the Borderlands*, Athens：University of Georgia Press,2010,p. 158.

的主体陷入困惑与迷惘的一种表现。这个主体既是指小说中的人物布勒克尔,也指作者戴维斯本人。

善终(Good Death)是19世纪中期美国文化中的一个核心理念,也是基督教实践的核心①。死亡的重要意义在于它有绝对的永恒性。世界上的一切都变幻莫测,然而人在坟墓中的状态却是永恒不变的。同时人们也认为,一个人的死亡方式是他既往生命的缩影,也预示了他永远的生命品质。通过一个人的死亡能瞥见他的未来,他死时的品质特征将会在他获得新生时重现在他的身上。狄尔泰说:"归根到底,从生到死,这一关联最深刻而普遍地规定了我们此在的感受,这是因为那由死而来的生存的界限,对于我们对生的理解和评价,总是具有决定性的意义。"②因此,信仰宗教的士兵们(无论他信奉的是天主教、犹太教还是基督教)都十分在意自己的"死亡时刻",每一个希望得到救赎的人都认真为这一刻做准备。

布勒克尔并不信仰上帝。这就意味着他并没有对宗教意义上的善终的期待。可是他对死亡的态度、对宁静美好生活的憧憬都表明他又十分渴望得到救赎。布勒克尔深爱着格蕾,在伤势严重有可能死去的时候,他想的也是格蕾,因为在布勒克尔的眼里,只有纯洁虔诚的格蕾才能够使自己得到救赎。布勒克尔曾称呼格蕾为尤娜(Una),而尤娜是斯宾塞的长诗《仙后》中代表救赎力量和真理的美丽女子。布勒克尔始终认为,和纯洁的格蕾结婚,自己就能得救。

布勒克尔不信仰宗教与其渴望得到救赎之间的矛盾,一方面表明死后世界的存在与性质问题是信教者和不信教者共同关注的一个话题。无论是对自己的死亡感到焦虑的士兵,还是揣测他们命运的亲人,对人们来说,这都是一个迫切需要解决的问题。另一方面,在笔者看来,布勒克尔的矛盾心理也折射出了主体的困惑与迷惘。19世纪中期,美国社会正经历着前所未有的剧烈变革,面对突出其来的种种变化,日常生活之中的普通人迷失了自我,不知所措。他们的信仰已经动摇。他们开始质疑传统

---

① 德鲁·吉尔平·福斯特:《这受难的国度:死亡与美国内战》,孙宏哲、张聚国译,译林出版社2015年版,序言第4页。

② 参见《傅永新:海德格尔的死亡哲学》,www.360doc.com/content/07/0602/10/13604_533962.shtml

的善恶观念和价值观,不确定自己的行为是否正确,更加不确定自己此在的命运。他们心灵饥渴、精神贫乏,对未来充满疑虑并感到不安。然而尽管人们对上帝、对一切的价值都产生了怀疑,但他们无法彻底清除自身文化基因中关于上帝和"救赎"的想象和预设,仍然渴望有一种无所不能的强大力量使自己得救。布勒克尔将代表纯洁的格蕾想象成了那种强大的力量,他对家的渴望也增进了我们对战争死亡的认知和理解。布勒克尔常常无意识地说"我那时在家里",可是很快他就意识到他"从没有过家"。① 家在美国19世纪的死亡传统中居于核心地位:家人操办死亡仪式,关注即将逝去亲人的舒适度和需要,见证死亡,判断死者的灵魂状态,定义死者逝后的永恒状态。然而,布勒克尔却没有家。是社会转型和时代的巨变将布勒克尔抛到了赤裸裸的残酷现实中。

通过对死亡的间接书写,戴维斯寻找到了一种合适的途径来传达社会转型时期人们的困惑、迷惘、矛盾、怀疑、渴望等诸多的复杂情感、体验和感受。一度徘徊在死亡边缘的布勒克尔也让我们对战争时期人们的生存有了更加深刻的理解。

三、亲历书写

遗书或遗言是临终者在生命终结之前的最后言说。在小说中,遗书或遗言是一个独特的道具,它增强了生与死之间的关联,降低了死亡带来的突兀感和偶然性,使人对死亡产生了一种亲历的感受。由于小说中的人物和小说的读者在看到遗书或听到遗言的时间和内容上是一致的,因此遗书或遗言带来的这种亲历性感受,既属于小说人物,也同时属于小说的作者和读者。让小说中的人物和小说的读者"亲历"死亡的意义在于:它使遗书主人的死亡在人物、作者和读者间造成了一种叙事空隙,并在作者投射、人物体验与读者感受之间形成了一种感知的统一。

在《约翰·拉玛尔》中,在睡梦中梦想着逃回家中和妹妹弗洛伊团

---

① Rebecca Harding Davis,"Paul Blecker", in Sharon M. Harris and Robin L. Cadwallader(eds.), *Rebecca Harding Davis's Stories of the Civil War Era*:*Selected Writings from the Borderlands*, Athens:University of Georgia Press,2010,p.166.

聚的拉玛尔被自己的奴隶本杀死。昏迷中的拉玛尔不时说着要"水"。水是生命之源，拉玛尔想要水，他迫切地渴望生存，因为他是那么渴望自由和亲情，他年幼的妹妹只有他一个亲人了。当拉玛尔最后睁开眼睛，认出了身边的多尔时，他对多尔说："解开我的大衣，查利。是什么让我这里感到这么紧？"[1]此时，拉玛尔称呼查利·多尔为"查利"，而不是"多尔"——此前在监牢中对话时，这两个曾经亲如兄弟的好朋友只是互相称呼对方的姓氏"拉玛尔"和"多尔"，而不是彼此的名字或昵称。这说明，不同的立场使他们之间的隔阂已经达到了无法弥合的程度。称呼别人的名字而不是姓氏是一种平等的表现和象征。在拉玛尔临死之时，他再次像从前一样称呼他的朋友为"查利"，这意味着，在死亡面前，人人都是平等的。此外，死亡也消除了人世间的分歧、对立、矛盾，以及人与人之间的所有障碍。

在拉玛尔迅速失去清醒的意识的时候，他开始胡言乱语："两点钟，本，老伙计！我们今晚就自由了！"事实上，这个时候本并没在他旁边。激进的废奴主义者戴夫试图安慰即将死去的拉玛尔。拉玛尔此时已经出现了幻觉，他以为是妹妹在和他讲话。"是的，弗洛伊。她说了什么？……我忘了。晚安，吻我吧，弗洛伊。"当拉玛尔的灵魂要离开他的肉身时，山里传来了本狂野的充满仇恨的笑声，听到本的笑声，拉玛尔苏醒过来。他竟然还坐了起来。"是本，"他缓慢地说。此时，拉玛尔的眼睛中没有一丝痛苦。在拉玛尔生命的最后时刻，他用全部的力气问了一个十分令人痛心的问题："这样做好吗？"（Was this well done?）随后，拉玛尔咽下最后一口气。[2]

拉玛尔的临终"遗言"使小说中的人物，特别是废奴主义者戴夫受到了极大的震撼。让他没有想到的是，奴隶主拉玛尔居然和自己一样信仰上帝，更加让他没有想到的是他要解放的奴隶本居然像动物一样血腥残

① Rebecca Harding Davis，"John Lamar"，in Sharon M. Harris and Robin L. Cadwallader（eds.），*Rebecca Harding Davis's Stories of the Civil War Era：Selected Writings from the Borderlands*，Athens：University of Georgia Press，2010，p. 22.

② Rebecca Harding Davis，"John Lamar"，in Sharon M. Harris and Robin L. Cadwallader（eds.），*Rebecca Harding Davis's Stories of the Civil War Era：Selected Writings from the Borderlands*，Athens：University of Georgia Press，2010，pp. 22 – 23.

暴地杀死了自己的主人。"这样做好吗?"拉玛尔说出的最后的这句话一直萦绕在戴夫的脑海里。已经成为生活日常的内战在戴夫的思想里突然变得异常可怕,他对自己解放黑人兄弟的"正义事业"产生了怀疑。拉玛尔的"遗言"也让小说的读者亲历了他的死亡。想象着拉玛尔的死亡场景,读者感受到了戴维斯在书写"遗言"时所投射的其对内战的亲身体验和反思。

遗书或遗言作为死者与他人的最后一次沟通,或者说作为死者留在人世的最后印记,也具有重要的世俗意义。人之将死,其言也真,"灵床是内心的察觉者"①。死者最后的言说是其生命意义的回显,也是对生者的指引。它所传递的教诲将变成不绝于耳的勉励,也将成为始终维系生者和死者之间联系的纽带。

在《保罗·布勒克尔》中,布勒克尔见证了联邦军官丹尼尔·麦金斯特里(Danial McKinstry)上尉的"死亡时刻"。麦金斯特里在战斗的前一天给女主人公格蕾的妹妹利齐(Lizzy Gurney)写了一封遗书。他将信放在营地帐篷中自己毯子的袋子里。想到在一团糟的营地里遗书很可能会遗失,于是麦金斯特里在将死时用最后的气力断断续续地向布勒克尔口述了他的遗言:"……告诉她……告诉她,做一个纯洁忠诚的人。我可爱的小女孩儿,利齐——妻子。"麦金斯特里挣扎着用死亡之前的最后一口气对布勒克尔说:"我想——假期来了,对于我们。但是上帝是知道的。好吧!"②布勒克尔在沉默了许久之后,将这个真正的骑士和高贵的绅士埋葬了。麦金斯特里死后,为了遵从他的"教诲","做一个纯洁忠诚的人",利齐不顾世俗的重重阻碍,冒着被逐出教会的风险做了一名歌剧演员。利齐这样做使格蕾摆脱了要养活和照料一家老小十口人的奴役,成全了格蕾与布勒克尔的"完美婚姻"。在利齐看来,这是上帝对她的召唤,这也是她唯一的爱人麦金斯特里的指引。

---

① 德鲁·吉尔平·福斯特:《这受难的国度:死亡与美国内战》,孙宏哲、张聚国译,译林出版社 2015 年版,序言第 8 页。

② Rebecca Harding Davis, "Paul Blecker", in Sharon M. Harris and Robin L. Cadwallader (eds.), *Rebecca Harding Davis's Stories of the Civil War Era: Selected Writings from the Borderlands*, Athens: University of Georgia Press, 2010, p. 194.

作为临终者在生命终结之前的最后言说,遗书是作者书写死亡的一个重要工具。它让故事中的人物和小说的读者同时产生了对死亡的亲历感受。它在教诲和指引小说人物行为的同时,也使读者感受到了作者投射在死亡中的思想和情感。就像拉玛尔和麦金斯特里一样,战场上的绝大多数士兵在死亡时没有亲人在场,他们的临终遗言也无法亲口说给自己的亲人。事实上,许多士兵因为死得过于突然,没有机会留下遗言,也没有人记录或倾听他们的遗言。而这些客死他乡的士兵们留在家中的亲人就被剥夺了这种引导,被剥夺了生者与逝者之间的纽带。这给临死的士兵和他们的家人都带来了无法言说的痛苦。

内战是 19 世纪中期每一个美国人都在经历的一场巨变和一种"共同经验",它既是宏观意义上的时代巨变,也是微观范围内一个个体从生到死,或者一个个家庭家破人亡的巨变。作为内战的亲历人和目击者,情感细腻的戴维斯用直接书写、间接书写和亲历书写三种策略处理死亡这个古老的话题,用死亡建立了过去与现在,以及人与人之间的纽带,在传达她对战争和死亡的独特感受和思考的同时,也使读者跨越了阶级、种族、性别和时间的界限,体会到了一种难以形容的悲痛。

第四节　黑人的声音

造成内战的因素很多,也十分复杂,它涉及政治、经济、社会和文化等诸多方面。蓄奴制的存废之争无疑是引发战争的重要因素之一。蓄奴制是 19 世纪美国南方与北方各种矛盾和冲突的焦点之一,也是直接引发南北战争的导火线。美墨战争(1846—1848)之后,美国获得了加利福尼亚(下加利福尼亚半岛仍属墨西哥)、内华达、犹他的全部地区,以及科罗拉多、亚利桑那、新墨西哥和怀俄明的部分地区。美国领土的西扩对北方的资产阶级和南方的种植园奴隶主都产生了极大的吸引力。新加入联邦的地区是否应推行蓄奴制?在这一问题上南方与北方产生了严重的分歧:南方的奴隶主希望将蓄奴制扩张到西部,而北方的资产阶级则极力反对并限制蓄奴制向西扩张。

19 世纪 50 年代,双方的矛盾进一步激化为政治危机,亲蓄奴制的一方和主张废除蓄奴制的一方都各执己见。1850 年《妥协法案》的颁布暴露了联邦的深层危机,这种危机在国势扩张之后变得清晰。革命传统和蓄奴制之间的火药味使战前的各种政治和文化矛盾冲撞不断,也给政治和文学提供了两相邂逅的平台。最终,这场聚焦于蓄奴制的限制与反限制的斗争激化,导致了南北战争的爆发。

换言之,南北战争的爆发和蓄奴制有着密切的联系。然而,让我们感到意外的是,美国的内战文学作品很少提及黑人问题。本应成为被关注和书写对象的黑人,在白人作家创作的内战小说中往往被置于边缘化的位置。无论是在南方作家还是北方作家的作品中,黑人都是沉默的、失声的。丹尼尔·艾伦(Daniel Aaron,2003)认为,蓄奴制使美国内战缺少了那种能赋予战争某种"神圣"使命的高尚理由,因此也无法出现"史诗般的人物"或产生伟大的小说。蓄奴制和种族问题也让当时的许多作家对内战保持沉默。

生活在南方与北方的边界的戴维斯,对蓄奴制与内战之间的联系看得更加清楚。在戴维斯的内战小说和论说文里,奴隶问题始终和内战纠缠在一起。弗吉尼亚州是一个蓄奴州,但戴维斯是一个坚定的废奴主义者。换言之,戴维斯本质上是一个南方人,然而她的废奴信念却是与北方一致的。同内战一样,在作者眼中,蓄奴制的问题不存在对与错、好与坏、善与恶之间的简单二元对立。另外,笔者认为值得特别强调的是,在戴维斯的作品中,黑人第一次发出了声音,甚至在《约翰·拉玛尔》中,黑奴本还成了小说的主人公。尽管戴维斯无法清除自己思想中对黑人的种族偏见,但她对黑人进行了比较客观的描写。

戴维斯的作品像化石一样,封存了内战前后一段鲜活的美国记忆。在戴维斯的作品中,我们看到了19世纪中期美国的政治、社会思潮以及当时的文学作品针对内战和蓄奴制等问题的各种争论。同时,我们也看到了19世纪中期内战前后美国社会主要的情感结构:白人对于黑奴暴乱和弑主的担忧与恐慌,人们对于解决奴隶问题的思考,白人深入骨髓的种族观念,废奴主义者并不坚决的废奴态度和立场,等等。在戴维斯的小说中,我们还看到了更加接近现实的黑奴形象,以及作者戴维斯——一个了解事实真相的中产阶级白人知识女性对于如何解决奴隶问题的独特思考。

一、"三宝"和"汤姆叔叔"——内战前白人作家笔下的黑人形象

"三宝"①和"汤姆叔叔"分别是内战之前拥护蓄奴制与主张废除蓄奴制的白人作家笔下的典型黑人形象。

在威廉·吉尔摩·西姆斯②、纳撒尼尔·贝弗利·塔克③、约翰·彭德尔顿·肯尼迪④等为南方和蓄奴制辩护的作家笔下,黑人"大多温顺、满足于现状、逆来顺受、懒惰、没有理想、缺乏独立性、对主人百依百顺但又狡诈"。

> 因此,只有在蓄奴制下的这些"傻宝"才能生存。他们认为,黑人是一群永远长不大的孩子。不仅黑人个人,而且整个黑人种族都是"未成年的"、"孩子气的"、"像动物一样的"。他们认为,如果黑人不能很好地管理自己,那么未经黑人的同意,对其进行管理是理所当然的。黑人像一个永远处于被监护地位的孩子,而白人是其最好的监护人。⑤

---

① 原文为"sambo",指北美的黑人,带有强烈的贬义色彩。本文采用了"三宝"这一译法,此外还有"傻宝"等译法。

② 西姆斯的大部分作品以独立战争为背景。他借用历史小说为南方和蓄奴制辩护。在西姆斯看来,懒惰、缺乏思考能力、乐观、忠诚、富有激情是黑人的天性,黑人不但能为主人看家护院,还是主人的心腹。只有在蓄奴制的庇护下,这些懒惰的、不负责任的、充满孩子气的黑人的身体健康才能得到保证,其心智也会得到提高,如此黑人会变得越来越乐观。

③ 塔克认为,黑人与白人之间已经形成了一种十分坚固的纽带:黑人为白人提供服务,白人为黑人提供保护,黑人对白人的依赖和忠诚将永远存在。

④ 肯尼迪的代表作是一系列以《燕子粮仓》(Swallow Barn)为题的关于弗吉尼亚生活的短文。这些文章也是为南方辩护的最有影响力的文学作品。在肯尼迪笔下,黑人天性简单,缺乏思考能力,易于满足,就像无助的孩子,需要白人来为他们指路、获取生活必需品。

⑤ 张立新:《文化的扭曲:美国文学与文化中的黑人形象研究(1877—1914年)》,中国社会科学出版社2007年版,第2页。

上述对"三宝"形象的描述折射出了这一时期亲蓄奴制白人对黑人的看法。在他们看来,黑人脾气好,温和驯顺,笨拙懒惰,只有在白人"家长"的管理下才能生存。"三宝"的形象使白人为蓄奴制的合法性找到了合理的依据。白人理直气壮地宣称他们是通过某种"人类的共识",通过大自然"不言而喻"的定律来维护蓄奴制的社会秩序的。在这些白人眼中,民主理想与蓄奴制并不相悖,二者可以互相包容,因为他们建立了缜密周详的哲学和科学体系,论证出黑人与白人不同,由此理直气壮地将黑人踢出民主生活之外。值得注意的是,这些以文学描述的方式捍卫南方蓄奴制的人都远离南方奴隶的日常生活。他们为蓄奴制所做的辩护常常是与明显残酷的现实截然相反的。在他们的眼里,种植园是连接黑人与白人的共同的纽带,在这个纽带的维系之下,黑人与白人可以和谐共处,共建美好生活。但是他们常常忽略了现实世界中奴隶主与奴隶间的冲突,以及奴隶主对奴隶身体和心灵的摧残。

"汤姆叔叔"是北方废奴主义者眼中的典型黑人形象。斯托夫人塑造了一个"完美的"基督教殉道者的黑人形象,这是一个与"三宝"完全不同的黑人形象。

首先,从外貌上看,汤姆"牛高马大,胸膛宽厚,肤色黝黑放光,长得十分健壮;脸上那地道的非洲人的五官,带着严肃、镇定和通晓事理的表情,又透出深深的善良和仁慈。凡举手投足,都表露出某种自尊和高贵,然而又不乏谦恭和以心换心的淳朴"[1]。与"三宝"相比,汤姆不但不丑陋邋遢,还总是"穿戴得整整齐齐",身上没有半点牲口气味。"汤姆总是一套刷得干干净净的衣服,一顶海狸帽和一双锃亮的皮靴,袖口和领口也没有瑕疵,配上一副严肃而和蔼的油黑脸膛,在他那肤色的人当中,俨然一位古代迦太基的大主教,不由令人凛然敬佩之至。"[2]汤姆不仅仪表堂堂,他的身上还有一种过去文学作品中的黑人从来不曾有过的高贵和谦恭之感。

---

[1]　斯托夫人:《汤姆叔叔的小屋》,李自修译,中央编译出版社 2010 年版,第 18 页。

[2]　斯托夫人:《汤姆叔叔的小屋》,李自修译,中央编译出版社 2010 年版,第 152 页。

其次,最令汤姆的前主人谢尔比骄傲的是,汤姆是个精明能干的奴隶,而且汤姆还笃信基督教:"说实话,黑利,汤姆不比寻常;无论怎么说,肯定都抵得上这笔钱。他踏实可靠,又有本事,我整个庄园他都管理得有条不紊。""汤姆是个踏实虔诚、明白事理的好奴隶。他四年前在一次野营布道会上信了教,我相信他不是假装的。从那以后,我就把所有家产托付给他,钱财也好,房子也好,马匹也好,统统交给他管,允许他在这一带地方出出进进。无论什么事,我发现他总是忠心耿耿、老实厚道。"①谢尔比太太也称赞汤姆:"虽说是个黑人,可他心灵高尚,忠实可靠。到了紧要关头,他能为你卖命。"②

尽管精明能干的汤姆得到了主人的信赖,但是他从来不骄纵。"汤姆举止间,只是耐心忍受,毫无怨怼,露出一副心满意足的样子";"汤姆生来就有善良黑种人的温存而易受感动的天性"。③ 尽管斯托夫人也认为汤姆脾气温和、天性温驯、有孩子气,但这些都是黑人种族的优点,而不是奴隶主奴役黑人的借口。汤姆的死亡情节与耶稣受难和复活的细节有着惊人的相似之处。于是在斯托夫人笔下,懒惰狡诈的黑人奴隶成了种植园的保护者,一个基督殉道者。通过塑造"完美的"汤姆,通过赞扬汤姆的品行以及他对宗教的虔诚,斯托夫人想要表达的是:白人对黑人进行奴役是不公正和不道德的。

> 黑种人是来自世界上最灿烂辉煌的至上国度的异国人,他们在内心里澎湃着一种激情,追求所有美好、富丽和奇异的事物。但由于审美情趣没有受到熏陶,他们沉湎于这种粗放的激情时,才招致了相对冷静和准确的白种人的嘲讽。④

---

① 斯托夫人:《汤姆叔叔的小屋》,李自修译,中央编译出版社 2010 年版,第 1 页。

② 斯托夫人:《汤姆叔叔的小屋》,李自修译,中央编译出版社 2010 年版,第 28 页。

③ 斯托夫人:《汤姆叔叔的小屋》,李自修译,中央编译出版社 2010 年版,第 121—123 页。

④ 斯托夫人:《汤姆叔叔的小屋》,李自修译,中央编译出版社 2010 年版,第 138 页。

　　斯托夫人也是一个种族主义者,因此在塑造"汤姆叔叔"的形象时,她并没有试图论证黑人是与白人一样的、理应享有自由和平等的人,而是在认同黑人比白人低劣的前提下,试图说明黑人也有其自身的优点和美德,黑人在基督教的陶冶之下,也可以拥有尊严。在笔者看来,斯托夫人的初衷是值得肯定的。《汤姆叔叔的小屋》揭示出了一个充满着情感力量的道德真理①,斯托夫人试图以"汤姆勇敢地忍受悲惨的命运,以基督的牺牲精神和以德报怨的气度并以自我殉难的结局来引起白人的同情并唤起白人社会对黑人作为人而存在于美国社会的认同"②。然而我们也看到,与"三宝"一样,斯托夫人塑造的"汤姆叔叔"和其他的黑人形象并不是客观和真实的。斯托夫人对南方蓄奴制的直接体验仅来自于她 1833 年的一次短暂的肯塔基之行。因而,她的素材并不是直接来源于现实生活,而主要来自于宗教读物以及其他的一些废奴主义小说。另外,由于斯托夫人的家人和一些朋友与"地下铁路"③运动的成员有较多来往,因此,她的故事和素材也有一部分来自逃亡奴隶的叙述。④　无论是亲蓄奴制文学作品中的"三宝",还是废奴主义者作品中的"汤姆叔叔",他们的黑人形象都不是真实客观和可靠的。

二、被囚禁的美丽心灵——盲汤姆

　　首先需要指出的是,作为一个中产阶级白人,戴维斯并没有消除和摆

---

　　①　艾里克·J.桑德奎斯特:《扩张与种族的文学》,见萨克文·伯科维奇主编:《剑桥美国文学史》第二卷,史志康等译,中央编译出版社 2008 年版,第 287 页。

　　②　宫玉波、梁亚平:《殉难、复仇、融合——试评美国文学中黑人形象的嬗变》,载《外国文学研究》2003 年第 5 期,第 158 页。

　　③　"地下铁路"指 19 世纪美国废奴主义者把黑奴送到美国北方的自由州、加拿大、墨西哥等地的秘密通道。虽然官方只承认有六千人通过"地下铁路"逃离蓄奴州,但实际上仅 1810 至 1850 年间,逃离者便有三万到十万人之多。参见霍华德·津恩、安东尼·阿诺夫:《另一半美国史》,汪小英、邱霜霜译,浙江人民出版社 2017 年版,第 125 页。

　　④　艾里克·J.桑德奎斯特:《扩张与种族的文学》,见萨克文·伯科维奇主编:《剑桥美国文学史》第二卷,史志康等译,中央编译出版社 2008 年版,第 288 页。

脱种族主义偏见。在戴维斯小说中的叙述者眼中,黑人在某种程度上仍然是被"动物化"或者说是被"幼儿化"的"他者"。然而与"三宝"和"汤姆叔叔"的形象相比,戴维斯笔下的黑人形象更加真实和客观,也更加接近现实。

《盲汤姆》的主人公汤姆是一个天生眼盲并且有智力缺陷的小黑奴。他是一个被"动物化"和"幼儿化"的黑人形象。

> 这个男孩,每天在大太阳下爬来爬去⋯⋯这样的奴隶只能干农活⋯⋯到七岁时,汤姆在种植园里被当成了一个笨蛋,这也并非不公正,因为当时他的判断和推理能力只有四岁孩子的水平。他对主人家的一些家庭成员表现出像狗对主人一样的友爱情感,尤其是对奥利弗先生的一个儿子——对于来自这些人的哪怕是一点点的责备或表扬,他都极为敏感——他也像低等动物一样易怒,当他的激情被煽动起来的时候,他会口齿不清地连连叫喊。①

当盲汤姆坐在钢琴前演奏时,他"坐得距离钢琴足足有半码远,胳膊完全伸出去,像是用爪子抓食物的猿⋯⋯"②从戴维斯的描述中我们看到,汤姆不仅外貌类似猿,他的一些习惯和性情也十分接近动物。另外,汤姆只有四岁孩子的智商。戴维斯对小汤姆的外貌描述显然受到了美国19世纪美国流行的人种论观点的影响。

对盲汤姆"动物化"和"幼儿化"的描写折射出了戴维斯的种族主义偏见和19世纪美国流行的种族主义观点。然而戴维斯相较其他白人作家的超越之处在于,戴维斯明确地指出盲汤姆是一个被身体的囚笼困住的受害者,而将他关进牢笼的是罪恶的蓄奴制。"几代(黑人)的异端和蓄奴

---

① Rebecca Harding Davis, "Blind Tom", in Sharon M. Harris and Robin L. Cadwallader, *Rebecca Harding Davis's Stories of the Civil War Era: Selected Writings from the Borderlands*, Athens: University of Georgia Press, 2010, pp. 86 – 87.

② Rebecca Harding Davis, "Blind Tom", in Sharon M. Harris and Robin L. Cadwallader, *Rebecca Harding Davis's Stories of the Civil War Era: Selected Writings from the Borderlands*, Athens: University of Georgia Press, 2010, p. 92.

制几乎已将这样的孩子们遗传的才智和性情中的纯洁的痕迹清理得干干净净，——麻痹他们的大脑，使他们变得野蛮。"①换言之，在戴维斯看来，导致黑人低劣野蛮的根源是蓄奴制。

盲汤姆身上所具有的"野蛮"特征体现了当时白人世界对黑人的一种极具偏见的"共识"，尽管如此，在笔者看来，盲汤姆这一黑人形象在美国文学史上仍具有前所未有的意义和价值，这是因为作者戴维斯赋予了盲汤姆一颗追求美的心灵。

盲汤姆是一个音乐天才，有着极高的音乐天赋。第一次接触钢琴的汤姆就可以弹奏高难度的练习曲，并沉浸在自己演奏的美妙乐曲中。汤姆的记忆力十分精确，只听一遍就可以将一段长达十五分钟的乐曲一个音节不差地弹奏出来。在这一能力上，汤姆甚至超过了儿时的莫扎特。汤姆口齿不清，他自己发出的声音(voice)不和谐，并且只能在很小的距离内才能被听到，因此他常常被人忽视。可是汤姆弹奏的音乐却极富感染力，每一个听到的人都能感受到一种"难以言表的、得不到回应的痛苦"②。

几代黑人的痛苦境遇都浓缩在了盲汤姆被囚禁的身体里。黑人在白人世界的感受方式、他自我调整的行为、他寻找的补偿、他全部的感觉和行动方式，都要由他注定的被动性来解释。③就像汤姆自己发出的声音一样，黑人的声音不清晰，白人也几乎听不见。然而，尽管汤姆被困在身体的囚笼里，但他的灵魂是渴望逃离束缚、渴望自由的。音乐就是汤姆表达这种情感的工具和手段。他渴求自由的灵魂在音乐中找到了慰藉，"饱受

① Rebecca Harding Davis，"Blind Tom"，in Sharon M. Harris and Robin L. Cadwallader，*Rebecca Harding Davis's Stories of the Civil War Era：Selected Writings from the Borderlands*，Athens：University of Georgia Press，2010，p. 87.

② Rebecca Harding Davis，"Blind Tom"，in Sharon M. Harris and Robin L. Cadwallader，*Rebecca Harding Davis's Stories of the Civil War Era：Selected Writings from the Borderlands*，Athens：University of Georgia Press，2010，p. 88.

③ 西蒙娜·德·波伏娃：《第二性》Ⅱ，郑克鲁译，上海译文出版社2011年版，第83页。

折磨和痛苦的某种东西终于找到了它的食物"①。在这里,指代灵魂的"某种东西"(Something)戴维斯用了首字母大写的形式来表达。在笔者看来,这是作者给予黑人尊重和尊严的体现,戴维斯想用这种书写形式唤起白人对黑人尤其是他们的心灵和精神的关注。

除了追求美之外,盲汤姆还和白人一样有情感方面的需求。"从婴儿长成男孩儿,汤姆唯一需要的是空间,使他感到温暖的空间。"②盲汤姆对主人家里的一些家庭成员有着特殊的情感,对来自这些人的哪怕一点点的指责或表扬都极为敏感。这说明黑人的内心并不是像动物一样愚钝而麻木的,他们自尊又敏感,渴望得到别人的关注。"音乐天才"汤姆成了主人的赚钱工具,奥利弗先生带着他四处表演展示。汤姆每演奏完一段乐曲之后,不等观众做出反应,自己就先"猛烈地鼓起掌来,把高高举起的两只手重重地击在一起。然后他总是转向主人,期待主人赞许地拍拍他的头"③。

和白人一样,黑人也有追求美好事物的愿望和渴求。例如:《玛格丽特》中的黑奴乔尔渴望阅读,希望通过读书识字了解自身的处境和自己正在面临的危机,他甚至希望政府在蓄奴制问题上能采纳人民的意见;小说《保罗·布勒克尔》中,格蕾家年老的黑奴奥特(Oth)学会了编织,虽然患有严重的脊柱病,但他能够自立,格蕾一家搬到镇上的时候也要带上他,因为没有奥特,格蕾没有办法把家打理得井井有条;《约翰·拉玛尔》中的本渴望自由,也渴望亲情和爱情。无论是追求知识、自由、独立的人格,还是渴望亲情和爱情,总之,戴维斯笔下的黑人和白人一样,有着各种各样的情感需求和追求美好事物的愿望。

尽管和"汤姆叔叔"一样,"盲汤姆"的形象也隐匿着白人的种族主义

① Rebecca Harding Davis,"Blind Tom",in Sharon M. Harris and Robin L. Cadwallader,*Rebecca Harding Davis's Stories of the Civil War Era*:*Selected Writings from the Borderlands*,Athens:University of Georgia Press,2010,p. 88.

② Rebecca Harding Davis,"Blind Tom",in Sharon M. Harris and Robin L. Cadwallader,*Rebecca Harding Davis's Stories of the Civil War Era*:*Selected Writings from the Borderlands*,Athens:University of Georgia Press,2010,p. 86.

③ Rebecca Harding Davis,"Blind Tom",in Sharon M. Harris and Robin L. Cadwallader,*Rebecca Harding Davis's Stories of the Civil War Era*:*Selected Writings from the Borderlands*,Athens:University of Georgia Press,2010,p. 93.

偏见,但是戴维斯让人们看到了黑人是有灵魂和复杂的内心情感的。戴维斯为小说的主人公同样取了"汤姆"这个名字,这是戴维斯对斯托夫人笔下的"汤姆叔叔"这一黑人形象的回应,也是她对北方废奴主义者不切实际的偏激狂热情绪的一种否定和批判。法国批评家蒂费纳·萨莫瓦约在《互文性研究》一书中指出:"借鉴已有的文本可能是偶然或默许的,是来自一段模糊的记忆,是表达一种敬意,或是屈从一种模式,推翻一个经典或心甘情愿地受其启发。"①"盲汤姆"的塑造既是戴维斯受到"汤姆叔叔"启发的结果,这一形象也表达了戴维斯对斯托夫人的敬意。更为重要的是,"盲汤姆"是戴维斯推翻"汤姆叔叔"这一经典黑人形象的一次努力和尝试。

三、弑主的黑奴本与美国内战前后的情感结构

《约翰·拉玛尔》中的本是戴维斯作品中黑人形象的典型代表。在笔者看来,本是19世纪美国白人作家作品中最典型的也最有价值的黑人形象之一。从十分接近内战时期真实奴隶形象的本身上,我们看到了19世纪社会转型期,尤其是内战时期美国主要的情感结构:奴隶觉醒的意识和暴力复仇的心理;白人对奴隶暴力反叛和复仇的担忧和恐惧;白人和黑人都不那么坚定的废奴决心,以及中产阶级白人对于解决非裔黑人问题的种种思考和争论。

和盲汤姆一样,本是一个与叙述者"我"和"你(们)"②对立的"他者"。本杀死主人后,他的脉搏剧烈地跳动,心潮汹涌。本的这种激情是"你和我都不了解的","我们还没有发明出名称来描述这些人的感情"。③由此我们看到戴维斯无法摆脱她根深蒂固的种族偏见。尽管如此,她对黑人的描绘相对来说是客观的和真实的。尤其是戴维斯洞察和捕捉到了黑人一向戴着"面具"伪装自己,并掩藏自己的真实想法、情感和心理的事实。

---

① 蒂费纳·萨莫瓦约:《互文性研究》,邵炜译,天津人民出版社2003年版,引言第1页。

② "你(们)"指小说的读者,尤指《大西洋月刊》的读者。

③ Rebecca Harding Davis, "John Lamar", in Sharon M. Harris and Robin L. Cadwallader (eds.), *Rebecca Harding Davis's Stories of the Civil War Era: Selected Writings from the Borderlands*, Athens: University of Georgia Press, 2010, pp. 10 – 21.

本不仅有智慧,还有敏锐的判断力。他几次三番用挑剔的目光打量看守拉玛尔的哨兵戴夫,并对戴夫十分不屑。从"critical survey"(挑剔的审视)、"contemptuously"(轻蔑地)、"derisive shouts of laughter"(嘲笑声)、"contempt"(蔑视)等词语和表达中我们看到,身为黑奴,本有眼色,善于观察,能迅速而准确地判断出一个人是否具备成为"主人"的与生俱来的权利。本还不失时机,既机智又不露声色地试探主人对于北方人要解放奴隶的看法。从拉玛尔(南方邦联军官)和多尔(北方联邦军官)两个人的谈话中,本很快就明白并判断出了自己的处境:解放奴隶只不过是一个美丽的谎言,他永远不可能得到自由。

尽管本聪明机智,善于察言观色并且具有敏锐的判断力,但是他从不显露自己的智慧,也从来不流露自己的真实想法和情感。相反,他总是表现得迟钝又散漫。当拉玛尔咒骂本时,他唯一的回应就是懒散地抓抓脚跟儿。本随时准备露出不动感情的笑,但是从他的眼神中,你能感觉到他在试图隐藏着什么:"一个模糊的躲闪的词,你说不出来那是什么,在他眼角——背叛,或是忧郁。"①此外,本还总是躲在阴影里。甚至当本决定杀死主人时,他的脸上也没流露出任何迹象:

> 北方,就在桥的那边! 他的大脑中有一种痛,正看着他;他的神经渐渐变得冰冷、僵硬,就像有什么东西猛地拧你的心时你所感受到的一样:因为这些黑色的身体里有神经,更厚,比你们更容易受到发疯行为的刺激。如果他仍旧有什么原始的渴望,郁积多年后,现在已经在他的大脑中达到了疯狂的边界,但他的脸上却没有露出任何迹象。②

即便处于痛苦发疯的边缘,本也未将自己的情绪和情感显露出来。

---

① Rebecca Harding Davis, "John Lamar", in Sharon M. Harris and Robin L. Cadwallader (eds.), *Rebecca Harding Davis's Stories of the Civil War Era: Selected Writings from the Borderlands*, Athens: University of Georgia Press, 2010, p. 1.

② Rebecca Harding Davis, "John Lamar", in Sharon M. Harris and Robin L. Cadwallader (eds.), *Rebecca Harding Davis's Stories of the Civil War Era: Selected Writings from the Borderlands*, Athens: University of Georgia Press, 2010, p. 11.

事实上,黑人戴上"面具"掩盖自己的智慧、计划和情感得到了后来的历史学家①和黑人亲述材料②的证实。戴维斯所生活的西弗吉尼亚州是一个蓄奴州,戴维斯的家里也许就有少量奴隶。五岁以前,戴维斯和父母生活

---

① 美国的一些历史学家认为,在蓄奴制下,"三宝"形象表现了白人和黑人达成的一种"共识":一方面,白人为管理、统治奴隶找到了合理依据;另一方面,"三宝"成为黑人的护身符和保护自己的一种面具。黑人逃避劳动、躲避责任,他们察言观色,揣摩主人的情绪、想法、心理、行为,以便对白人主人做出及时的回应。不少奴隶在主人面前表现得无知幼稚,并且装疯卖傻,"主人们在研究如何使奴隶变得无知,而奴隶们也很精明,索性让主人认为他已经达到了目的"。参见张立新:《文化的扭曲:美国文学与文化中的黑人形象研究(1877—1914 年)》,中国社会科学出版社 2007 年版,第 2—3 页。

② 《为了自由跑步一千英里》(*Running a Thousand Miles for Freedom*,1860)是一部记述奴隶逃亡故事的书。在书中,威廉和爱伦·克拉夫特讲述了 1848 年他们从佐治亚州逃亡的经历:两人一个扮成南方的绅士,一个扮成仆人而出逃。尽管故事情节较为夸张,但也反映了奴隶生活的一个事实:为了生存,为了个人的尊严和集体尊严(无论他们的白人主人多么仁慈),奴隶们都不得不煞费心机地扮演各种角色,戴上各种面具。而这一点常常是白人无法透彻理解的。在《为奴十二年》(*Twelve Years a Slave*,1853)中,所罗门·诺索普(Soloman Northup)也谈到了这一点:事实上,99% 的黑人都有足够的智力了解自己的处境,并且他们的心中都怀有对自由的挚爱,只是黑人从来不把内心深处的真实想法表达出来。以上两例参阅艾里克·J. 桑德奎斯特:《扩张与种族的文学》,见萨克文·伯科维奇主编:《剑桥美国文学史》第二卷,史志康等译,中央编译出版社 2008 年版,第 312—317 页。此外,在一些黑人作家的作品(如理查德·赖特的《黑孩子》)中,也有类似的叙述。黑人在童年时就学会了小心翼翼地斟酌每一个词语、姿势和动作,克制自己的冲动、言语、举止和表情,揣摩白人的话语和心思,压抑自己的情感,对事情充耳不闻,视而不见,并避免谈论事物的本来面目。上例参阅张立新:《文化的扭曲:美国文学与文化中的黑人形象研究(1877—1914 年)》,中国社会科学出版社 2007 年版,第 203 页。奴隶詹姆斯·R. 布拉德利在 1834 年给莉蒂亚·玛利亚·蔡尔德写的一封信中说:有一件事,自由州的人并不理解。当他们对奴隶讲话,问他们是否希望得到自由,是否想像白人一样自由时,他们回答"不想",他们可能会接着说他们无法离开自己的主人。其实他们最渴望的东西就是自由。但是每个奴隶都知道,如果他表示希望得到自由,表达出自己作为奴隶的疲惫和不满,他肯定会因为这些话而受到更严厉的对待,需要更加辛苦地工作。所以他们总是很小心地不表现出任何不满,尤其是当白人问他们关于自由的问题的时候。上例参阅霍华德·津恩、安东尼·阿诺夫:《另一半美国史》,汪小英、邱霜霜译,浙江人民出版社 2017 年版,第 120 页。

在位于南方腹地的阿拉巴马州。哈丁一家北迁后，戴维斯的母亲雷切尔还经常给孩子们讲述南方种植园里的生活场景。因此，耳濡目染的戴维斯不仅了解南方种植园里黑人的真实生活境况，还敏锐地洞察到了黑人通过各种各样的"面具"来伪装和保护自己这个一般白人无法透彻理解的事实。波伏娃认为，一切被压迫者，奴隶、仆人、土著、女人，凡是隶属于主人的人，都会故意隐蔽自己的客观面貌，他们会用不变的微笑或者谜一样的无动于衷去对付主人，将自己真正的感情和真正的行为都小心翼翼地隐藏起来。①

当本意识到自己永远无法获得真正的自由时，他在痛苦和绝望中杀死了主人拉玛尔——尽管拉玛尔对他十分仁慈，还多次将他从监工的皮鞭下解救出来。奴隶暴力起义杀死主人的事件曾经在美国历史上真实发生过。1831 年 8 月，黑人奈特·特纳（Nat Turner，1800—1831）在弗吉尼亚州的南安普顿领导了一场经过多年"深思熟虑"谋划的暴力起义②，大约有包括妇女和儿童在内的 60 个白人被起义的奴隶和支持者杀死。特纳起义使白人陷入了恐慌。人们担心 18 世纪末在海地圣多明哥爆发的大规模奴隶叛乱会在美国重演。到了 19 世纪中期，人们主张废除蓄奴制的主要理由之一，就是要防止和化解更大规模的奴隶叛乱。

敏感的作家往往能够较早地洞察到新出现的、尚未被定义和分类的，未得到理性化描述和表达的情感和体验，并将它们如实地记录到自己的作品中。爱伦·坡的《亚瑟·戈登·皮姆的故事》（The Narrative of Arthur Gordon Pym of Nantucket，1838）、《莫路格谋杀案》（The Murders in the Rue Morgue，1841）、《塔尔博士和费瑟尔教授的疗法》（The System of Doctor Tarr and Professor Fether，1845）等作品就表达了其对黑人暴乱和种族污染的恐惧。尽管在特纳起义后的二三十年里没有发生大规模的黑人反抗奴隶主行动，只有零星的小规模的反抗或逃跑行为，但从戴维斯"本杀死主人"的情节中我们可以看出，对黑人暴力复仇和反抗的担忧与恐惧始终萦

---

① 西蒙娜·德·波伏娃：《第二性》Ⅰ，郑克鲁译，上海译文出版社 2011 年版，第349 页。

② 乔安妮·格兰特：《美国黑人斗争史：1619 年至今的历史、文献与分析》，郭瀛、伍江、杨德、翟一我译，中国社会科学出版社 1987 年版，第 54—61 页。

绕在白人的心头。

本压抑多年的痛苦和绝望情绪突然爆发,以致他决定杀死仁慈的主人拉玛尔,其导火索是他从多尔和拉玛尔的谈话中,意识到所谓的解放黑人的伟大事业不过是一个美丽的谎言,他永远也无法得到真正的自由。于是,二百多年来生活在蓄奴制下的黑人所受的奴役、痛苦、创伤以及针对黑人家庭的肉体和情感上的暴力①,使黑人心中压抑已久的愤怒情绪终于像火山一样喷发了。

在笔者看来,本杀死奴隶主这一情节有着重要的暗示和所指:在内战中,奴隶们的"自我解放"行动是推动废奴进程的关键②。新一代历史学家的研究成果显示,美国内战打响后不久,弗吉尼亚州的一些奴隶便开始逃离种植园和南部邦联控制的地区,逃到北方加入联邦。奴隶们的行为打乱了林肯将战争控制在旧宪政框架之下的设想,联邦军队被迫接受逃亡的奴隶,国会也被迫调整相应的政策。③ 这也就意味着,"内战中真正启动废奴进程的不是那些写在国会或总统文献上的文字,而是那些为争取自由而采取'主动行动'的奴隶"④。换言之,使本获得"解放"的是他自己,而不是内战,也不是废奴主义者或联邦军队。这一点我们也可以在后

---

① 生活在蓄奴制下的黑人,其家庭是极不稳定的,因为家庭成员可能被随意卖掉。多数黑人是在父亲缺失的环境中长大的。父亲的缺失给成长中的黑人子弟带来了永久性的心灵创伤。(参阅隋红升:《危机与建构:欧内斯特·盖恩斯小说中的男性气概研究》,浙江大学出版社 2011 年版,第 82 页。)在本小时候,他的父亲老凯特(Kite)逃离种植园,到了北方。本对自由的理解是与他对父亲的记忆混杂在一起的。父亲刚刚离开时,本伤心哭闹,并为此受了许多皮鞭之苦。然而本的父亲就如他的名字(kite 有"风筝"义)所暗示的那样,像一个断了线的"风筝"般再也没出现过。另一件本所经受的情感暴力事件是他失去了爱人南(Nan)。拉玛尔老夫人在去世前给了南自由,南也去了北方,再也没回来。

② James M. McPherson, "Who Freed the Slaves?" *Proceedings of the American Philosophical Society*, Vol. 139, No. 1, 1995, pp. 1 – 10.

③ 埃里克·方纳:《烈火中的考验:亚伯拉罕·林肯与美国奴隶制》,于留振译,商务印书馆 2017 年版,第 iii 页。

④ Barbara J. Fields, "Who Freed the Slaves?" in Geoffrey C. Ward and Ken Burns and Ric Burns (eds.), *The Civil War: An Illustrated History*, New York: Knopf, 1990, p. 181.

来的非裔作家的作品中找到佐证。

另外,在本与戴夫、多尔和拉玛尔几个持不同立场的白人的互动过程中,我们还看到了内战之前和内战爆发初期人们尚不坚决的废奴心意,以及人们在解决黑人问题上的各种设想和争论。"许多美国白人反对蓄奴制的心意并不坚决"①,这一点可以从林肯对待废奴制问题的态度转变上得到有力证明。林肯因为在内战中废除了在美国存在了两个多世纪的蓄奴制使400万黑人奴隶获得自由而被称为"伟大的解放者",从此受到广泛的爱戴和敬仰。然而随着美国历史学界视野的拓宽和新的史学成果的不断涌现,从20世纪30年代起,人们开始质疑林肯"伟大的解放者"的形象和身份。美国史学家埃里克·方纳(Eric Foner)的著作《烈火中的考验:亚伯拉罕·林肯与美国奴隶制》(*The Fiery Trial: Abraham Lincoln and American Slavery*)回应了史学界关于林肯在蓄奴制和"黑人解放"等问题上的争论,并廓清了林肯在蓄奴制问题上的立场及其变化。② 方纳指出,林肯关于蓄奴制的思想经历了一个从不主张废除蓄奴制到坚定了废奴决心、从"保守"到"激进"的演变过程,这个过程共分四个阶段:从林肯早年到19世纪30年代在伊利诺伊州议会任议员时期、19世纪40年代在国会内任职时期、18世纪50年代作为新生的共和党领袖的崛起时期,以及他在内战期间任总统时期。③ 直到内战爆发的最初两年,林肯在废奴问题上还表现出明显的自相矛盾态度。这是因为林肯在蓄奴制问题上的态度和立场始终在与19世纪上半叶美国的历史环境、废奴运动状况、联邦面临分裂的危机、人们对于蓄奴制问题的各种主张和行动的互动中不断变化着。此外,戴维斯也通过一个次要人物戴夫直击废奴运动的要害。当戴夫看到本杀死拉玛尔的血腥场面时,他变得异常慌乱与困惑,当他知道拉玛尔和自己信仰的是"同一个上帝"时,他试图扶拉玛尔坐起来。在笔者看来,"坐起来"就意味着脱离生命危险。这表明,戴夫并不想让拉玛尔

---

① 艾里克·J.桑德奎斯特:《扩张与种族的文学》,见萨克文·伯科维奇主编:《剑桥美国文学史》第二卷,史志康等译,中央编译出版社2008年版,第241页。

② 参阅王希:《"伟大解放者"的迷思与真实》,见埃里克·方纳:《烈火中的考验:亚伯拉罕·林肯与美国奴隶制》,于留振译,商务印书馆2017年版,代中译本序。

③ 埃里克·方纳:《烈火中的考验:亚伯拉罕·林肯与美国奴隶制》,于留振译,商务印书馆2017年版,前言。

死。这让我们看到北方废奴主义者的盲目和无知,以及他们摇摆不定的立场和态度。一旦对蓄奴制的批评发展为暴力和暴动时,他们便会惊恐不已。

创作并发表于1862年的《约翰·拉玛尔》通过本这一黑人形象,以及本与代表不同立场的白人之间的互动,将当时以林肯为代表的白人在蓄奴制问题上的各种复杂和矛盾的情绪,以及人们在解放黑人问题上的争论一一凸显。在笔者看来,本是继"汤姆叔叔"之后白人作家作品中最具有典型性的黑人形象。本不仅让我们看到了内战时期比较接近现实的奴隶形象、奴隶的生活现实、他们觉醒的意识和暴力复仇的情绪,以及白人对奴隶暴力复仇情绪的恐惧,也让我们看到了美国内战前后的历史风貌和错综复杂的社会矛盾。

戴维斯的作品建基于个人的生活经历和真实可靠的第一手资料,因而她找到了一种相对准确的话语来表现黑人的生活,表达他们的悲伤、尊严和智慧。戴维斯打破了当时流行的文学作品按照心满意足的奴隶、滑稽的艺人、令人生厌的男保姆或者不幸的被解放的奴隶等刻板形象来描写黑人的惯例,对黑人进行了更加客观和接近现实的描写,尽管她并未完全摆脱白人的种族偏见。与一般的废奴文学作品用虚张声势的情节和夸张无力的表达调和现实、一味宣泄愤怒情绪的做法不同,戴维斯的作品表达的是复杂的文学情感。

戴维斯是一个坚定的废奴主义者,但是她并不赞同立刻废止蓄奴制的激进做法,她也不同意19世纪50年代美国社会普遍流行的让解放的黑奴"殖民海外"的设想。通过对主奴之间的良善关系、他们之间的互助甚至充满亲情的描述,戴维斯想要表达的是:解决蓄奴制问题并不存在善与恶之间绝对的二元对立,对这一历史遗留问题不能操之过急,而是应循序渐进,让黑人学会生存,掌握独立的本领,从而逐渐适应并融入新的美国生活。戴维斯的这一思想在其《两种观点》("Two Points of View", 1887)和《黑人的两条出路》("Two Methods with the Negro", 1898)等论说文以及长篇小说《等待裁决》(*Waiting for the Verdict*, 1868)中得到了进一步阐发。

豪威尔斯在1867年谈到美国内战时指出:"这场战争不仅给我们的

国家留下了巨大的债务重负,还让我们的文学在沉重的负荷下艰难地蹒跚前行。"①埃德蒙·威尔逊(Edmund Wilson)和黑兹尔·卡比(Hazel Carby)等当代颇具影响力的学者们也认为,美国内战文学的这片土地是贫瘠的。丹尼尔·艾伦(2003)更是认为美国内战是一场"未被书写的战争"。战前文学的叙事传统、废奴小说的隐蔽历史以及人们对种族问题历来模棱两可的态度等,让许多19世纪的作家都对内战保持了沉默。② 尽管诸如亨利·亚当斯、马克·吐温、威廉·豪威尔斯、亨利·詹姆斯等人的作品或多或少地反映了内战的背景,但却没有一部是直接表现内战的。③ 惠特曼说,"真正的战争永远不会出现在书里"。因为战争期间作家们根本无法集中精力也不愿意进行创作,而战争结束后,他们也几乎不可能重现战争的情感或智力因素。

以上种种迹象表明,在许多美国学者看来,内战的历史和真相并没有被文学真正地书写过。然而通过对戴维斯的战争小说和论说文的讨论与剖析,笔者认为戴维斯的作品如新闻报道般迅捷而准确地还原了内战的部分真相。

戴维斯的内战小说几乎都是在战争期间创作并发表的。在这些作品中,戴维斯解构了内战的浪漫色彩,打破了人们特别是青年人对战争的浪漫幻想。内战不是一场英雄主义的荣耀的军事冒险,而是一次痛苦的、损失惨重的、只有死亡和绝望的毁灭性战争。这场"对与错混在一起难解难分"的战争夺去了无数平民百姓的生命,将原本诚实的人变成窃贼和杀人犯,这场战争根本没有任何神圣性可言。戴维斯不仅记录了南方与北方边境地区饱受战火蹂躏的平民百姓的生活经历和遭遇,还第一次让黑人发出了声音。尽管普通人无法左右,也无法拒绝被卷入历史进程,只能无助地观望事件的结局。但是作为有良知的知识分子,戴维斯努力寻找准确的话语表现内战的现实,并清晰地表达了美国内战的"共同经验"。戴

---

① Jean Pfaelzer, *Parlor Radical: Rebecca Harding Davis and the Origins of American Social Realism*, Pittsburgh: University of Pittsburgh Press, 1996, p.76.

② Jean Pfaelzer, *Parlor Radical: Rebecca Harding Davis and the Origins of American Social Realism*, Pittsburgh: University of Pittsburgh Press, 1996, p.76.

③ 李公昭:《美国战争小说史论》,北京大学出版社2012年版,第78页。

维斯站在生命和尊严等人类价值的高度,反观、反思和反对战争。戴维斯的作品让人们看到:事情并非如它们表面上看起来的那样简单,无论是人还是事物都是极为复杂的,是多层面的。① 戴维斯以独特细腻的女性笔触丰富了战争叙事,为美国内战小说和反战文学增添了一抹亮色,也为人们留下了一笔宝贵的文学遗产和关于美国内战的鲜活记忆。

---

① Mark Canada, "Rebecca Harding Davis's Human Stories of the Civil War", *Southern Cultures*, Vol. 19, No. 3, 2013, p. 62.

第四章　19 世纪转型期
美国女性的情感结构

　　威廉斯认为,"个人生活的每一个方面从根本上说都受到整体生活特性的影响,最重要的就是从个人方面领会整体生活……价值的核心总是体现在每一个个体身上"①。换言之,要完整认识一种文化、一个时代的民众心理和当时当地的社会状况,个人的亲身体验无疑是至关重要的。② 戴维斯通过对日常生活中的普通男男女女亲身的经历和体验,以及他们的生活态度和价值观进行生动而准确的描述,呈现和表达了 19 世纪美国社会转型期主要的情感结构。

　　美国转型期女性③的生活现实是戴维斯始终关注的焦点之一。在与历史进程的互动中,美国女性逐渐意识到自身的价值以及自己在社会中的存在意义,她们开始不断关注自我,寻找自我。在这个过程中,她们陷入迷茫,并在追求和迷失之间不断寻求个体的存在价值。戴维斯的小说构成了一部 19 世纪美国女性发现自我、关注自我、寻找自我的奋斗和成长史,她清晰地记录了转型期女性的日常生活感受和微妙复杂的情感结构在 19 世纪 60 年代、70 年代,以及 19 世纪最后 20 年的差异和历时性变化的轨迹。在其 60 年代的作品中,女性常常在来自社会和家庭的各种压迫下忍受着不能独立、没有机会展现个性、无法发挥她们的创造力和潜力的痛苦;到了 70 年代,这些曾经饱受压迫的女性人物以"新女性"的形象

---

　　①　Raymond Williams, *The Long Revolution*, New York：Broadview Press, 2001, p. 305.

　　②　赵国新:《情感结构》,见赵一凡、张中载、李德恩主编:《西方文论关键词》,外语教学与研究出版社 2006 年版,第 433 页。

　　③　在《男人的权利》一文中,戴维斯明确提出了"转型期女性"这个概念。

重新出现在戴维斯的小说中,她们在工作和社会生活中展现的能力和活力被看作是对中产阶级文化的威胁;70 年代后期,在经济萧条、战后重建等社会问题的重重阴影下,在女性要求更多地享有政治权利和参与公共事务的呼声中,戴维斯作品中的女性人物陷入职业与家庭方面的困境和心理的窘境中①;到了 19 世纪八九十年代,女性的才能和智慧才在戴维斯小说里得到了进一步发挥和展现。在这一时期,戴维斯认为女性要随着时代的变化不断调整自己的角色定位,以使自己与男性在和谐的关系中共同进步和发展。始终坚持讲述"今天的故事"的戴维斯努力用新故事、新主题、新人物、新写作手法和表达方式及时记录和表达转型期女性在回应时代巨变时,在艰难地选择自己的新生活的过程中产生的微妙而复杂的情感结构。从戴维斯所塑造的女性人物的变化中,我们看到了工业化的深刻影响,也见证了近半个世纪美国女性的意识觉醒与崛起。

本章的第一节总体描述美国 19 世纪女性的生活状况和戴维斯书写女性现实的策略与原则。第二、三、四节分别选取戴维斯创作于 19 世纪60 年代、70 年代和八九十年代的作品中的女性人物进行深入剖析和解读,论述戴维斯对美国转型期女性微妙细腻、复杂多变的女性情感的表达与书写。

第一节　19 世纪美国女性的生活现实

弗吉尼亚·吴尔夫(Virginia Woolf,1882—1941)在《一间自己的房间》(*A Room of One's Own*,1929)中,对20 世纪之前西方女性的生活和境遇做了一个整体性的描述和概括。在吴尔夫看来,女性是"非常古怪和复杂的造物":"在想象中,她尊贵无比,而在实际中她又微不足道"。诗卷中的女性是"烈焰熊熊的灯塔",她们的身影无处不在,她们主宰了小说中的帝王和征服者的生活,她们有着动人的言辞和深刻的思想;然而在现实生活中,她们在历史上默默无闻,她们中的大多数不会阅读、不会写字,结婚

---

① Jean Pfaelzer,*Parlor Radical:Rebecca Harding Davis and the Origins of American Social Realism*,Pittsburgh:University of Pittsburgh Press,1996,pp. 12 – 13.

之后她们就变成了男人的奴隶和附庸。①

19世纪美国女性的生活也像吴尔夫所描述的那样吗？生活在19世纪社会转型和时代变迁的旋涡之中，美国女性有着怎样的特殊经历？她们在社会变迁中是如何选择自己的新生活的？我们将在戴维斯的作品中找到这些问题的答案。

一、"开国之父""共和国母亲"与"家庭天使"

"在从17世纪初北美殖民地开发到20世纪初美国宪法《第十九条修正案》正式通过的三百多年时间里，美国妇女一直没有成为真正意义上的公民，因为她们没有最基本的表达政治意愿的权利——选举权。"②在笔者看来，"开国之父"（Founding Fathers）"共和国母亲"③与"家庭天使"④三个称谓大体上概括了20世纪之前美国妇女的生活状况和境遇。

"开国之父"这一称谓忽视和掩盖了美国妇女在历史进程中所起的作用。在北美殖民地开发时期，妇女和男人一样用勤劳和智慧开疆辟荒，改造恶劣的生存环境。就工作的重要性和繁重程度而言，妇女和男人在开

---

① 弗吉尼亚·吴尔夫：《一间自己的房间》，贾辉丰译，商务印书馆2016年版，第89—90页。

② 王恩铭：《二十世纪美国妇女研究》，上海外语教育出版社2002年版，第1页。

③ "共和"（republic）的本义是公共事务和公共福祉，共和国意即以公共福祉为宗旨的国家。"共和国母亲"的内涵是指母亲们肩负培养下一代、促进国家繁荣富强的重任。参见王恩铭：《二十世纪美国妇女研究》，上海外语教育出版社2002年版，第9页。

④ 《家庭天使》（The Angel in the House）是诗人考文垂·帕特莫尔（Coventry Patmore，1823—1896）为自己的第一位妻子写的叙事长诗，帕特莫尔认为他的第一位妻子是一个完美的女人。该诗在1854年开始出版时并没引起关注，19世纪后期才开始在美国和英国广泛流传，后"家庭天使"逐渐成为理想妻子的代名词。还有一个与"家庭天使"内涵十分相近的词"真女性"（true woman）。"真女性"的概念是在19世纪上半叶人们针对中产阶级妇女而提出的。它的核心内容是"四德"，即贞洁、虔诚、顺从、持家，这是当时美国社会评判妇女行为是否规范得体的尺度，代表着当时美国文化的主流思想。参见李颜伟：《知识分子与改革：美国进步主义运动新论》，中国社会科学出版社2010年版，第340页。

辟大陆方面的贡献不相上下,然而她们却没有成为"开国之母"。在宗教训诫①以及从欧洲移植过来的法律制度和文化习俗的共同作用下,美国妇女在这一阶段的历史中是默默无闻的,史书对她们几乎只字未提。此时美国妇女的政治、法律和社会地位低得令人难以置信。

出现于 18 世纪后期的"共和国母亲"这一概念表明独立战争之后美国女性的地位和状况有所改善。在独立战争期间,许多妇女走出家门,以各种方式支持和参与战争。人们不仅看到并承认了女性在独立战争中的贡献,还深刻地意识到要使初建的国家得到长久的发展和壮大,承担抚养和教育下一代重任的母亲的重要性不言而喻。② 女性通过"源源不断地为共和国输送公共意识强烈、严守道德情操的男性公民"的方式,当之无愧地成为了"共和国母亲"和"公民道德的守护者"。③ 除了表明美国女性的地位有了一定程度的提高之外,"共和国母亲"还具有某种影响深远的暗示:女性在用启蒙思想教育孩子,使他们懂得民主国家公民责任的过程中,自身也受到了启蒙思想的熏陶。另外,出于培养道德更加完善、心灵更加纯洁,能够和男性共同建设美利坚合众国的"共和国母亲"的需要,美国女子教育,尤其是高等教育也迎来了发展契机。④ 文化水平得到一定程度的提高后,独立意识、自我意识和自信心逐渐增强的女性觉醒了,她们将在不久的将来对传统的父权制社会提出挑战。关于"共和国母亲"这一称谓,还有一点值得我们注意:美国女性关注的范围已经从狭窄的家庭领域扩展到了广阔的公共领域。

---

① 在传统的父权制社会里,女人从属于男人是理所当然的事,这种思想可以追溯到《圣经》中夏娃由亚当的一根肋骨所造的描述。上帝创造夏娃的目的是让亚当不再寂寞,他对夏娃说:"你的欲望将从属于你丈夫的欲望,他将全权统治你。"(Genesis 3:16)在将《圣经》作为构建世俗社会精神指南的北美殖民地开发时期,人们接受了"男尊女卑"的思想,并且这种思维模式不断内化成为一种"女性意识",在法律制度的强化下变得根深蒂固。

② 参见王恩铭:《二十世纪美国妇女研究》,上海外语教育出版社 2002 年版,第 7—12 页。

③ Hannah Arendt, *On Revolution*, New York: Penguin Books, 2006, pp. 74 – 83.

④ 高惠蓉:《女权与教育:美国女子高等教育发展研究》,上海三联书店 2010 年版,第 16—26 页。

尽管美国女性的地位有所提高,她们关注的范围也突破了家庭领域,但是"共和国母亲"所赞颂和宣扬的是女性的"贤妻良母"角色,这就意味着女性的身体仍然被牢牢地束缚和禁闭在家庭和私人领域之中。

19世纪初期,美国开始了工业革命,工业化的发展逐渐将工作场所和家庭分开,由此产生了不同性别的特定社会领域划分。随着工业革命的开展、生产方式的改变和分工的细化,妇女逐渐与经济生产活动相分离,把自己几乎所有的时间和精力都投入到非生产性的家务劳动之中,于是家庭成了"妇女的领域"。男性活跃于政治和经济领域,而女性则被局限在家庭领域——即"人"的价值存在的地方。[①] 由此,"家庭天使"成为19世纪男性理想中"完美女性"的代名词。"家庭天使"的特点是:她们不但具备父权制社会所要求的"四德"——贞洁、虔诚、顺从、持家,还要恪守严格的道德规范,极力压抑自己的本能欲望。这些美德成为19世纪美国主流的文化观念,指导着大多数美国妇女的日常行为准则。19世纪上半叶有名的女编辑和女作家都是"家庭天使"观念的倡导者。19世纪的英国也同样颂扬具有各种美德的完美的"家庭天使"。维多利亚时代工业化、城镇化的大发展带来的喧嚣与混乱使人们尤其渴望家庭的安宁与温暖,因此英国主流社会也特别强调女性——作为妻子、母亲——是以家庭为中心的传统道德观和价值观的守护者,是抵御各种社会腐败现象的纯洁力量。[②]

对于"家庭天使"来说,家是她们的全部世界,是她们实现自我价值的主要场所,也是她们为社会做贡献的唯一领地。因此,"家庭天使"这一概念所联系的仍然是美国女性社会地位低下的事实。直到19世纪后半叶,对于大多数女性来说,结婚仍然是她可以选择的唯一体面的"职业"。结婚不仅是可敬的职业,不像其他许多职业那样累人,另外,结婚还能使女人获得完整的社会尊严,使其作为情人和母亲在性的方面达到自我实

---

① 乔纳森·艾阿克:《叙述形式》,见萨克文·伯科维奇主编:《剑桥美国文学史》第二卷,史志康等译,中央编译出版社2008年版,第721页。

② 陈兵:《"新女性"阴影下的男性气质——哈格德小说中的性别焦虑》,载《外国文学评论》2018年第1期,第139页。

现。① 在《保罗·布勒克尔》中,女主人公格蕾愤怒而又无奈地道出了19世纪美国女性的生活现实:"男孩可以走出去,去外面的世界工作,他有一百种生存途径;女孩就必须结婚,结婚是她唯一的生计,婚姻才能给她一个家,或者让她的内心充实。"②

二、"新女性"

一般说来,人们更习惯于将19世纪末20世纪初美国城市中接受了高等教育,"性格独立又不乏见地、敢于作为、关心世事"的中产阶级白人女性称为"新女性"。③ 这些接受了良好教育的女性对社会传统和习俗提出了挑战。她们努力追求自身的事业和个人发展来证明自己的智慧和能力。其中更有一部分女性在事业与婚姻不能两全时选择晚婚晚育甚至不婚不育,她们渴望摆脱传统的贤妻良母角色的束缚,去担当更多的社会使命,获得更大的自由,到广阔的天地间实现自己的人生价值。李颜伟(2010)认为,"新女性"最早出现于19世纪七八十年代,是在美国内战后经济环境改变、自然科学与社会科学发展、女子高等教育蓬勃兴起等因素的作用下出现的。然而笔者认为,美国"新女性"的出现要早于19世纪70年代。笔者的理由是:在戴维斯写于60年代的作品中就已经出现了许多"新女性"的形象,如《妻子的故事》中的海丝特·曼宁夫人。她试图挣脱妻子和母亲传统角色的束缚,通过自己的才华、智慧和努力获得人生的幸福与自我价值,获得肉体解放和精神自由。

尽管19世纪的美国妇女在生活境遇和社会地位上没有多大改观,但是身处社会转型旋涡中的女性在回应时代巨变的过程中产生了新的微妙而复杂的情感结构。经过启蒙精神洗礼的一部分女性随着独立意识的增

---

① 西蒙娜·德·波伏娃:《第二性》Ⅱ,郑克鲁译,上海译文出版社2011年版,第81页。

② Rebecca Harding Davis, "Paul Blecker", in Sharon M. Harris and Robin L. Cadwallader (eds.), *Rebecca Harding Davis's Stories of the Civil War Era: Selected Writings from the Borderlands*, Athens: University of Georgia Press, 2010, p.145.

③ 李颜伟:《知识分子与改革:美国进步主义运动新论》,中国社会科学出版社2010年版,第340页。

强、视野的开拓和政治觉悟的提高,对父权制提出了挑战,对剥夺女性政治权利的做法提出了质疑。1848 年,美国历史上第一次讨论"女权"问题的会议在纽约北部的塞尼卡·福尔斯召开。这次会议拉开了美国女权运动第一次浪潮的序幕。除了女权运动的兴起和开展之外,在笔者看来,由于女性更加关注自己的内心世界,因此她们的变化更多地体现在思想、心理和情感上。这些来自内心和精神世界的变化往往不易被觉察,更不会被载入史书,能够较早地觉察、捕捉并及时记录人们微妙的、尚未得到理性化表述的、新出现的情感结构的,往往是敏锐的艺术家和作家。

戴维斯的作品就是她对 19 世纪美国转型期变动不居的情感结构的回应与反思。戴维斯本人就是一位"新女性",出身于中产阶级商人家庭的她接受了比同时代的女性更多的教育。1863 年,已是"大龄女青年"的戴维斯在与克拉克结婚时已经在美国文坛初露锋芒,小有名气。婚后,随着三个孩子的相继出生,戴维斯不得不在持家和抚育儿女的同时,依靠写作挣钱贴补家用。戴维斯是一个超越了家庭妇女的传统角色、具有家庭主妇和职业作家双重身份的"新女性"。她用笔描绘现实生活,记录和反思公共生活中日新月异的变化。作为女性作家,戴维斯也像她的文学前辈凯瑟琳·玛丽亚·塞奇维克(Catherine Maria Sedgwick,1789—1867)、爱丽丝·凯瑞(Alice Cary,1820—1871)、哈丽叶特·比彻·斯托(Harriet Beecher Stowe,1811—1896)等人一样密切关注女性(当然也包括她自己)的"生活经历——她们的追求、她们的理想、她们的压抑以及她们的反抗"[1]。

吴尔夫(2016)认为,中产阶级妇女开始写作是一场比十字军东征或玫瑰战争更加重要的变革。但是由于女性被禁锢在家庭之中,不方便行动,于是她们观看、感觉和记录。她们渴望观察男男女女的生活,研究他们的心性,从中汲取丰富的素材。她们以热情的、非理性的方式去触摸和品味。她们对控制事物不感兴趣,而是关注它们的意义。她们在谈话、通信、文学随笔、画作中时常表现出独到的敏感。[2] 尽管到了 19 世纪,女人

---

① 金莉等:《20 世纪美国女性小说研究》,北京大学出版社 2010 年版,第 3 页。
② 西蒙娜·德·波伏娃:《第二性》Ⅱ,郑克鲁译,上海译文出版社 2011 年版,第 121 页。

写作已经不被当作发疯的表现,但贞洁观的遗风仍然迫使她们隐姓埋名,或者用男子的名字来掩饰自己,因为按照常规,女人抛头露面仍然是可耻的。① 戴维斯的早期作品也都是匿名发表的。

迫于家庭生计的压力,更是出于对写作的挚爱,戴维斯执着勤奋地记录着19世纪"新女性"的生活。戴维斯数量庞大的作品中包含了各种类型的"新女性"形象,如女权主义者、女作家、未婚生子的单身母亲、女护士、女演员、女医生、女企业家等等。这些女性人物都是对现实中的女性的文学再现。与传统的"家庭天使"相比,戴维斯笔下的"新女性"开始有了强烈的自我意识:她们已不甘于"默默无闻",只做男人的附属品;她们发现了自己的天赋和才能;她们有了梦想,有了性欲;她们是活生生的、有血有肉的、有欲望有思想的人;为了争取独立、金钱、地位,甚至是名声,她们有勇气离家出走,逃离藩篱。面对新时代的巨变,她们在对自己不利的社会环境中艰难地做着各种选择。在19世纪上半叶的女性文学中经常出现的女作家,在戴维斯的笔下也有了新的特点:她们写作不再是为了养家糊口而不得不用这种方式尽自己的"女性天职"②,而是为了发掘自己的潜力、展现才华,通过写作实现人格和经济的独立。让人略微感到惋惜的是,戴维斯作品中的女性人物始终没有突破伦理道德的界限。尽管她们不想再事事依赖丈夫,想要拥有完整的人格,但她们出走只是为了实现自身的价值,而并不是为了争取更多的平等和权利。已经内化为她们意识的一部分的传统价值观念,以及"坚固"的父权制常常让她们身心俱疲,在经过了一番历险和"磨难"后,她们中的大多数人又回到了家中,重新回到传统的生活中。因此,在笔者看来,戴维斯所描绘的19世纪的"新女

---

① 弗吉尼亚·吴尔夫:《一间自己的房间》,贾辉丰译,商务印书馆2016年版,第103—109页;另见金莉等:《20世纪美国女性小说研究》,北京大学出版社2010年版,第2页。

② 19世纪上半叶,许多美国女作家小说中的女主人公都是"女作家"。尽管这些"女作家"突破了妻子和母亲的传统女性角色,但她们在本质上仍然是"家庭天使"。因为她们是在万般无奈的情况下为了抚养子女而不得已以写作为生。也就是说,无论是小说中的"女作家",还是创造她们的作者,都是"家庭天使"观念的守护者和倡导者。而戴维斯笔下的"女作家"则表现出了新的特征:她们更多地为了自己的独立,为了实现自身的价值而写作。

性",其"新"更多地表现在她们的思想上,她们在解放思想和寻求自由美好愿望的鼓舞下,探索和寻找与新时代的发展相适应的新生活。但此时的女性还没有足够的勇气和能力依靠自己的力量实现真正意义上的独立。

尽管如此,戴维斯笔下的"新女性"仍然有其独特的意义和价值。"新"这个字本身就暗示着变化,暗示着由"旧"向"新"的转化。戴维斯敏锐而及时地捕捉到了美国女性由传统的"家庭天使"角色向"新女性"转型的过程,以及在这个过程中女性情感结构的变化。戴维斯作品中的"新女性"形象有力地说明,在19世纪60年代,美国"新女性"就已经出现了。这些"新女性"形象准确地传达了19世纪美国女性由传统的"家庭天使"向"新女性"转变过程中产生的矛盾、困惑、迷茫、渴望、压抑等种种复杂的体验和情感。在《保罗·布勒克尔》和《在市场上》等戴维斯早期小说中,"家庭天使"和"新女性"甚至同时出现,并且她们还常常是生活在同一个屋檐下的亲姐妹。这更加有力地证明戴维斯敏锐地洞察和捕捉到了19世纪美国转型期女性在价值观、心理和思想等方面微妙的、还不十分明显的变化。

三、戴维斯书写女性的原则和策略

戴维斯依照现实来塑造女性人物,如实地记录和书写转型期女性的生活和心理现实。

在小说《玛格丽特》第五章的开头,戴维斯先是描述了自己对浪漫主义文学的看法,然后申明了自己的现实主义书写理念和原则:

> ……我突然意识到我的调色板上用来描绘的颜料是暗淡又普通的。我希望自己能有一些明亮的颜料。我希望,尽我的全力,能把你们带回"从前"的时光,我们的祖母们心灵愉悦的岁月——那时候,约翰逊博士整夜读着《埃维莉娜》,所有神圣的美德,所有尘世的恩惠都会通过某位比琳达·波特曼或莫蒂默勋爵的蓝眼睛和华丽的衣装集中向人揭示出来。那时没有你们所知道的心地善良却容易受到蛊惑的恶棍!只要一看到他们你的

头发根就要立起来了——他们永远在四处寻找天真的少女和纯朴的老人来残害。那是个善恶分明的时代，好人和坏人泾渭分明！……那时候的人可不喜欢我们生活中要面对的这些善恶好坏各占一半的人物。①

在戴维斯看来，浪漫主义文学世界的图景是用鲜艳的颜料绘制的，那是一个令人感到不可思议的神奇世界：

> 女主人公跌进满是头衔和美德的生活，她有一个三音节的名字，穿着永远不需要洗的白裙子，随时准备顺利地逃离险境，躲进使她得意洋洋的婚姻避风港；所有的贵族都长着高高的额头和冷峻的蓝眼睛；农民要么是不可思议地讨人喜欢，还总是穿着干净的方格围裙的老妇人，要么是紧锁眉头，在山洞中策划造反的叛乱者。②

作为美国工业化和城市化进程的亲历者，戴维斯切身感受着社会变革以及由变革引起的普通美国人的价值观和生活方式的改变。身为中产阶级知识女性，戴维斯强烈地感受到了一种责任，那就是传达自己对新时代、对美国工业化现实的精准印象和独特的个人领悟。

戴维斯提醒人们，那个"从前"（once upon a time）的时代已经过去了。

> 当然，我并不是说这样的时代已经荡然无存了：它们还存在（以现代的方式）于世界的许多地方；……我想说的是，我从来就没有去过那样的地方，我没有那么幸运。我愿意竭尽全力，可是我生活在平凡的日常生活中。③

---

① Rebecca Harding Davis, *Margret Howth: A Story of To-day*, New Tork: The Feminist Press, 1990, pp. 101 – 102.

② Rebecca Harding Davis, *Margret Howth: A Story of To-day*, New Tork: The Feminist Press, 1990, p. 102.

③ Rebecca Harding Davis, *Margret Howth: A Story of To-day*, New Tork: The Feminist Press, 1990, p. 102.

因此,"我"要"你们""深入日常生活,深入到粗鄙的美国生活中,看一看它真正的样子"。①"正是个人通过知觉可以发现真理的见解产生了现代的现实主义"②,而书写现实的使命使戴维斯必然摒弃传奇和浪漫主义的叙事风格和写作手法。

按照威廉斯的观点,当社会和文化中的某些变化被感知到、被意识到的时候,旧的和传统的表现手法往往不能令人满意地表达新思想和新经验。于是艺术家和作家努力要做的,就是寻找新的表现手法来表达和描绘新的经验——新出现的、变化着的情感结构,以此来缓解当下的实际经验和传统的表现手法之间的辩证张力。

正如小说的副标题所指出的那样,戴维斯的作品关注的是"今天的故事",是"活生生的当下"的美国现实。因此,她作品中的人物是来自日常生活中的普通男男女女:炼铁厂的移民劳工、纺织厂女工、奴隶、妓女、女医生、获得自由的黑人、精神病人、捞蛤工、乌托邦主义者等等。

就女主人公和女性人物而言,戴维斯表示:

> 当然我也见过美丽善良的女人,其中最美丽的女子也像圣母玛利亚那样优雅贞洁,有着温暖神圣的心灵……但是,在家里,人们叫她托德;她常常在洗衣服或者做饭,如果餐巾没有摆好,她便要厉声骂人。③

从这段话中,我们不难感受到,戴维斯试图让读者明白的是:现实已经摧毁了以往的幻觉。她要做的就是依照现实生活中的女性来塑造小说中的人物形象。

---

① Rebecca Harding Davis, *Margret Howth：A Story of To-day*, New Tork：The Feminist Press, 1990, p. 6.

② 这种见解来源于笛卡尔和洛克,并在 18 世纪中期由苏格兰哲学家托玛斯·里德第一次做出了充分的阐释。参见伊恩·P·瓦特：《小说的兴起——笛福、理查逊、菲尔丁研究》,高原、董红钧译,三联书店 1992 年版,第 4—5 页。

③ Rebecca Harding Davis, *Margret Howth：A Story of To-day*, New Tork：The Feminist Press, 1990, p. 103.

我选择脾气暴躁的、病态的女人们的故事讲给你听,因为美国女人就是脾气暴躁的、病态的。男人们都不顾一切地执着于过去书里那种类型的女人,娇弱优雅、开朗阳光、茫然无助,我知道男人们对这种女人的渴望和青睐——这些人性的玫瑰花,这样的女人几乎没有什么脾气和常识——不过是脱落破碎的玫瑰花瓣。可是在大街上你又见过几个这样的女人呢?①

戴维斯通过布勒克尔之口道出了什么样的女人才是"真实的女人",这也是戴维斯书写女性的原则。

这个时代最伟大的发现就是女人,老兄!我已经被反复敲打太多次了,也别丢掉所有对她们的幻想。在十字军东征的时代,人们理论上把她们看作天使,实际上却把她们当傻瓜,还可说得过去;但是如今在这乱作一团的世道里,我们得把她们看成同样的血肉之躯,她们也和男人一样有各种需要和激情。②

在戴维斯的笔下,她们是有血有肉、有渴望、有激情的活生生的人。"她"就是长着一张惨白的脸,嘴唇发青,穿着褐色的棉布衣服,躺在灰堆上像"一块软塌塌的破布"③,因贫穷和饥饿而未老先衰的纺织厂女工德博拉;"她"就是相貌平平、精神饥渴,为了养活贫穷的父母走出家门,到城市的纺织厂里当会计的玛格丽特;"她"就是为了让年幼的弟弟过上体面

① Rebecca Harding Davis,"Paul Blecker",in Sharon M. Harris and Robin L. Cadwallader (eds.), *Rebecca Harding Davis's Stories of the Civil War Era*:*Selected Writings from the Borderlands*,Athens:University of Georgia Press,2010,p. 154.

② Rebecca Harding Davis,"Paul Blecker",in Sharon M. Harris and Robin L. Cadwallader (eds.), *Rebecca Harding Davis's Stories of the Civil War Era*:*Selected Writings from the Borderlands*,Athens:University of Georgia Press,2010,p. 127.

③ Rebecca Harding Davis,"Life in the Iron Mills",in Tillie Olsen (ed.), *Life in Iron Mills and Other Stories*,New York:The Feminist Press,1985,p. 21.

的生活而迫不得已成为雏妓,遭到整个世界厌弃,最后走投无路自杀的洛特①;"她"就是为了挖掘自己的潜力和才能,为了实现自己当艺术家的梦想而离家出走的曼宁夫人②;"她"就是身材走样、言辞刻薄,生活艰难却心地善良的耶茨小姐③……

戴维斯笔下的女性人物中,既有传统的贤妻良母和"家庭天使",也有各种各样的"新女性"。无论是哪种类型的女性人物,她们的心理、思想意识和情感等方面都正在发生着一些或者明显或者不易被察觉的变化。戴维斯对 19 世纪美国转型期女性生活现实的记录和书写表现的就是女性在回应转型期的时代变迁时产生的微妙复杂的情感和体验。

第二节　19 世纪 60 年代:意识的觉醒

戴维斯生活的时代是一个充满了对立冲突的时代,社会正孕育着剧烈的变迁,敏感的知识分子阶层最先感受到了这种变化,并以不同的方式记录了这种变迁给人们的心理带来的冲击和给社会带来的震荡。④ 具有敏锐观察力和洞察力的戴维斯同样将她感受到的社会文化的变迁以一种独特的方式呈现在了作品之中。

19 世纪 60 年代的美国,新旧思想交替,"家庭天使"与"新女性"共存。一方面,随着自我意识逐渐觉醒,女性重新定义自我;另一方面,旧秩序、旧思想以及传统的价值观仍然顽固存在。在 60 年代的小说中,戴维斯让女性在"梦境"中走出了家庭和"女性的领域"。结果表明,一切都只是一场她们不敢做、不想做的噩梦:她们不但没有得到理想的生活和幸福,还痛失一切,以悲惨的结局收场。梦醒之后,得到了"教训"的女人们纷纷回到自己的领域,重新担当起了贤妻良母的角色。我们对这一结果不免感到有些遗憾。但这也是历史的必然,在这个时期,历史还没有给她

---

① 洛特(Lot),《黎明的承诺》中的人物。

② 海丝特·曼宁(Hester Manning),《妻子的故事》中的女主人公。

③ 耶茨(Yates),《等待裁决》中的一个人物,终生未婚,她始终是"耶茨小姐"。在当时的社会背景下,"小姐"这个称谓本身就暗示了她生活的不幸。

④ 张晓立:《美国文化变迁探索:从清教文化到消费文化的历史演变》,光明日报出版社 2010 年版,第 52 页。

们更多的选择。戴维斯作为 19 世纪的女性,也无法超越她的时代局限。正如鲁迅所说,娜拉出走之后的结果呢,"要么堕落,要么回来"。这一时期,没有哪一个女性人物获得了真正意义上的自我实现,她们更多的是走向绝望,成为了反抗传统价值和男性权威的一只扑火的飞蛾。

本小节将重点分析德博拉、格蕾、海丝特等三类来自不同社会阶层的女性人物。从某种意义上来说,这些女性人物都是"不走寻常路"的"新女性"。随着时代的变迁和女性意识的觉醒,她们发现了自身的能力和潜力,开始有了梦想和欲望,不再愿意做男人的附庸,渴望寻找并选择与时代相适应的新的生活方式。即使是秉承了贞洁、虔诚、顺从、谦卑、持家等美德,恪守道德规范,压抑本能欲望的"家庭天使",也有了人格独立和经济独立的愿望。尽管多数女性在经历了痛苦的选择、尝试和历险之后,又回到了家庭的避风港,重新成为"家庭天使",但她们的尝试和历险并不是没有意义的,她们发出了反抗父权制社会权威和改变自己生活状况的心声。

一、德博拉的救赎

《铁厂一生》的女主人公德博拉是戴维斯塑造的第一个女性形象,也是美国文学史上一个全新的女性形象。德博拉是一个驼背丑陋的纺织厂女工:她长着一张惨白的脸,嘴唇发青,通红的眼睛总是泪汪汪的;她穿着褐色的棉布衣服,虽然还很年轻,可是饥饿和贫穷无情地啃噬着她的脸,使她看起来十分苍老;她每天工作 12 个小时以上,经常到深夜才能吃上一天当中的第一口饭——水煮的土豆;她渴望得到休的爱,可是休却十分厌弃她。

> 她躺在灰堆上睡觉时的样子就像"一块软塌塌的破布"——然而却不失为装饰不可救药的困苦和隐藏的罪恶的幕布上的合适点缀:她更加适合,如果人们能看到事物的核心——她扭曲变形的女性躯体、苍白无趣的生活,她在清醒时抑制痛苦与饥饿的

麻木——甚至是更加适合成为她那个阶级的样本。①

德博拉完全颠覆了 19 世纪中期流行于库珀、霍桑、梅尔维尔等作家的小说中蓝眼睛、金头发的典型女主人公形象。

1840 年以后,工业资本主义的迅猛发展对劳动力的需求超过了男性劳动者所能提供的数量。现代大工业使妇女参与生产成为可能,于是妇女成为某些行业的主要劳力资源。在马克斯·韦伯(2010)看来,背井离乡迫使移民撕裂了自己与传统生活的联系,也使他们经受着无止境的剥削和利用。在 19 世纪初期,妇女相比男性劳动者受到了更多的剥削,她们异常艰苦地挣取必要的生活资料,渴望通过劳动获得做人的尊严,然而这一点可怜的愿望常常被利用,女性特有的温柔恭顺的天性和美德,成了她们受奴役和压迫的理由。② 在《铁厂一生》中,女工凄苦的处境和所有的辛酸都凝聚在了德博拉简陋的饭——白水煮土豆里。

德博拉的凄惨境况使她永远不可能走进幸福的婚姻,成为妻子和母亲。从这个角度来说,德博拉完全不同于女性文学传统中的贤妻良母的女性形象。

小说家通过给人物取一个独特的名字的方式来表明其人物是一个特殊个体。德博拉的昵称为黛布(Deb),"Deb"的小写形式"deb"在美国俚语中指"歧途少女",当黛布错误地认为,能使休远离痛苦、过上另一种生活的唯一方式是有"钱"时,她走上了歧途,偷窃了来工厂参观的绅士米切尔(Mitchell)的钱包,并像夏娃诱惑亚当偷吃智慧果一样,说服休接受了这笔"赃款"。被饥饿和对自由的渴望折磨得快要发疯的休,没有经得住诱惑,拿了钱——吃了"禁果"。就这样,黛布将休引向了快速毁灭的深渊。在蒙田(2014)看来,人是一种不稳定的,屈从于环境变化、自身命运和自己内心活动的生灵,大多数平凡人在极为关键的时刻并不具备完整的信念和判断能力,而是完全出于他们在那一时刻的处境,出于习惯的惯

---

① Rebecca Harding Davis, "Life in the Iron Mills", in Tillie Olsen (ed.), *Life in the Iron Mills and Other Stories*, New York: The Feminist Press, 1985, p. 21.

② 西蒙娜·德·波伏娃:《第二性》Ⅱ,郑克鲁译,上海译文出版社 2011 年版,第 165—167 页。

性和一时的冲动做出决定。然而幸运的是,黛布没有像休一样堕落到动物的本能欲望生存层面并走向毁灭的深渊,她最终得到了救赎。

因盗窃罪被判处 19 年苦役后,休在狱中用自杀的方式强行摆脱了自己毫无希望的人生处境。作为同案犯,黛布被判处 3 年刑罚。出狱后,黛布成了一名虔诚的贵格会教徒,她似乎也开始行使自己的名字暗示的另一个使命——寻找救赎之路。众所周知,"Deborah"是古希伯来先知和唯一的女士师的名字,只不过《圣经》的固定译法不是德博拉,而是"底波拉"①。底波拉的故事强调了女性在成就神的事业上的贡献和崇高地位。就这样,一个丑陋可怜、被人当成乞丐、遭人唾弃的纺织厂女工走上了自我救赎之路。

身为女人、工人和移民,身受多重压迫、被多重边缘化的德博拉选择宗教作为保护自己、拯救自己、使自己能够忍受残酷的生存环境继续活下去的依靠。

在戴维斯 60 年代创作的小说里,还有一些拥有救赎力量的女性人物,如《玛格丽特》中的黑白混血儿洛伊斯。她们将家庭的爱和舒适散播到整个社会中,使社会成为传播爱的大家庭——天堂。

事实上,在 19 世纪的英美文学作品中,女性总是和救赎联系在一起。在英国的维多利亚时代:

> 由于工业化的发展逐渐将工作场所和家庭分开,加之英国在全球的贸易发展和殖民扩张对男性力量的张扬,传统的父权制社会结构进一步强化,风行英国的福音教派鼓吹男性和女性职司不同领域,认为男人应该掌管公共(工作)领域,而女性则应在家里相夫教子。……而且维多利亚时代工业化、城镇化的大发展带来的喧嚣与混乱使人们尤其渴望家庭的安宁与温暖,因此英国主流社会也特别强调女性——作为妻子、母亲——是以家庭为中心的传统道德观和价值观的守护者,是抵御各种社会

---

① 《士师记》第 4 章和第 5 章介绍了底波拉的故事,她率领希伯来人成功地反击了迦南王耶宾及其军长西西拉的军队。

腐败现象的纯洁力量。①

因此，当时的一些诗人、小说家和思想家都在作品中强调女性的领域就是她们的家，她们的职责就是做一个纯洁、顺从、善良的妻子，让家成为"一个避难所，一块和平之地"②。

美国与英国的工业化和城市化进程有许多相似之处，但在文学作品中"女性的救赎力量"这一问题上略有不同。美国文学中，女性救赎力量的由来与"virtue"（美德）一词的词义变化有着密切的联系：在 18 世纪，"virtue"主要指一种男性特质（martial ardor and patriotic vigor），并且它带有某种政治暗示；19 世纪初，在美国新教、苏格兰道德哲学、文学感伤主义等各种社会因素和智力因素的作用下，"virtue"开始成为一种女性特质。换言之，伴随着美国民主和资本主义的发展，"virtue"一词的含义也经历了"女性化"的过程。男性自私地追求个人利益，而女性代表慷慨和奉献。具有牺牲精神的女性是更高、更纯洁的道德规范的代表，是腐朽世界里美德的储存库。人们开始就她们的"影响"来讨论女性与社会的关系：女性具有塑造他人道德、行为和思想的能力，而这种能力应该被用来改造社会、引导文化、坚定价值观。因而，在 19 世纪的美国小说中，女性人物往往具有救赎力量和改造社会的能力。③

从戴维斯对德博拉的描写和塑造中，我们不仅看到了当时女工凄惨的处境和压抑痛苦的生活日常，也看到了以戴维斯为代表的中产阶级女性对生活在社会底层的女同胞的矛盾而复杂的情感：一方面她们深切地同情德博拉的处境和遭遇，可另一方面她们又对德博拉们感到厌恶和鄙视。

---

① 陈兵：《"新女性"阴影下的男性气质——哈格德小说中的性别焦虑》，载《外国文学评论》2018 年第 1 期，第 139 页。

② 转引自陈兵：《"新女性"阴影下的男性气质——哈格德小说中的性别焦虑》，载《外国文学评论》2018 年第 1 期，第 139 页。

③ Dale M. Bauer and Philip Gould（eds.），*The Cambridge Companion to Nineteenth-Century American Women's Writing*, New York：Cambridge University Press, 2001, pp. 23 – 24.

二、格蕾的婚姻

对于 19 世纪的美国女性来说,婚姻几乎是她们维持生计的唯一选择。

格蕾·格尼是小说《保罗·布勒克尔》中的女主人公。她也是一个拥有救赎力量的"家庭天使"。布勒克尔是一个被裹挟在时代变迁的潮流之中,因身处乱世而迷茫、困惑、痛苦,失落了信仰的悲观绝望的军医,他深爱格蕾并将她看作自己得救的唯一希望。在小说的结尾,格蕾不负所望,给了布勒克尔一个温暖的家,使他过上了梦寐以求的田园生活。格蕾成了使布勒克尔得到救赎的完美的"家庭天使"。

但格蕾显然不是传统意义上的"家庭天使"。尽管她无比虔诚、贞洁、善良,但她的身上也出现了一些"新女性"的特征。格蕾并不是一个事事依赖别人的软弱女子,相反,她的内心十分坚强。由于母亲早逝,父亲整日痴迷于自己的"科学研究",第一次婚姻失败之后,格蕾回到父亲的家里承担了照顾一家老小的重担。她自强、自尊、自立、自爱,具有奉献精神。在内战的乱世里,格蕾竟然还一个人带着自己的小弟弟乘坐火车(女人在没有"看护人"的情况下独自出行,这在当时,尤其还是在战火纷飞的年代是不可想象的),去战地医院里看望和照顾负伤的布勒克尔,并在后来成了一名临时的"战地护士"。当战地护士在内战时期是许多美国女性的切身经历[1]。

在与布勒克尔的一段谈话中,格蕾表达了她对妇女生活处境的不满、愤怒,以及她对父权制社会的质疑:

> "没人能够理解",她的声音因痛苦而战栗。"吃面包并不容易,日复一日,还有别的嘴需要它,而你的双手却被束缚着,无所事事,无能为力。男孩可以走出去,去外面的世界工作,他有一百种生存途径;女孩就必须结婚,结婚是她唯一的生计,婚姻才

---

[1] 在笔者看来,格蕾身上有路易莎·梅·阿尔科特的影子。阿尔科特就是根据自己当战地护士的经历写成了《医院札记》。

能给她一个家,或者让她的内心充实。别怪我的母亲,保罗。她要照顾十个孩子。从我理解了这种状况的那时起,我就知道,她唯一的希望就是自己能活久一点,看到儿子们受教育,女儿拥有自己的家庭。这是个老掉牙的故事了,布勒克尔先生。"①

说到这里时,格蕾大笑起来,然而她颤抖的笑声却比哭声更加凄惨和悲凉。

从那时起我留意过数不清的家庭,无论是在那些贫穷的家庭里还是上流社会的家庭里,像我一样的年轻女孩儿——没有哪种上帝的造物比心灵饥渴的她们更加无助,受到的刺痛和伤害更多了。我不能教书,我没有天份;但是如果我有,一个女人可以有的天份,……我还想要一年一年地挣工资。②

在这里,格蕾说出了19世纪美国女性的生活现实:她们鲜有受教育的机会,对于大多数的年轻女孩来说,无论她们的出身如何,结婚都是她们唯一的生计和出路。此外,在这段控诉中,格蕾还表达了她渴望获得经济独立的愿望。

接着,格蕾谈到了她的第一次婚姻,一场让她痛不欲生、使她受到玷污并几乎断送了她一生幸福的错误婚姻。

我还只是个孩子;但是当那个男人走过来,伸出手带我走的时候,我很乐意让他们把我给他——他们将我卖给他的时候,布勒克尔医生。那种感觉就像从一个令人窒息的深坑里走出来呼吸自己的空气,在坑里我呼吸的空气都来自别人的肺。婚姻是

① Rebecca Harding Davis,"Paul Blecker", in Sharon M. Harris and Robin L. Cadwallader(eds.), *Rebecca Harding Davis's Stories of the Civil War Era: Selected Writings from the Borderlands*, Athens: University of Georgia Press, 2010, p. 145.

② Rebecca Harding Davis,"Paul Blecker", in Sharon M. Harris and Robin L. Cadwallader(eds.), *Rebecca Harding Davis's Stories of the Civil War Era: Selected Writings from the Borderlands*, Athens: University of Georgia Press, 2010, pp. 145–146.

什么或者应该是什么样子的,我并不知道;但是我想要,就像每一个人想的那样,一个能让我自己立足的地方,而不是像老一辈女人那样,在忍耐中过一辈子……①

天真的格蕾为了一个单纯的目的——逃离令她窒息的家庭,不幸受到了"错误婚姻的玷污"。从格蕾声泪俱下的控诉中,我们看到了美国转型期女性在心理和情感上的变化。她们有了各种各样的需求(needs),并已经明确地表达出了自己的这些需求。她们对父权制社会的男性权威和自己的处境感到不满;她们渴望呼吸新鲜空气,摆脱家庭的束缚获得自由;她们不愿意陷入错误婚姻的泥沼,她们渴望使自己贫乏的精神世界和饥渴的心灵得到抚慰和满足;她们渴望像男人一样工作、独立……可是对于这些需求,她们又都无能为力。

小说《在市场上》讲述的是波特(Porter)家一对亲姐妹克拉拉(Clara)和玛格丽特(Magaret)选择了不同的生计,并因而拥有了不同的人生道路和结局的故事。

克拉拉和当时的大多数女性一样,将自己的命运和未来赌在婚姻上。克拉拉对于自己的处境感到既悲愤又无奈:"我们又能怎么办呢?我们要怎样才能独立呢?乔就在这儿,昨天他还是个孩子,可今天他就能自己谋生了。"②对于男性来说,他可以有许多谋生手段,而社会对女性开放的正当职业只有教书和织补。没有受过教育、身体又不健康的克拉拉最终选择嫁给50岁的工厂主——一个粗鄙的暴发户,以维持自己的生计,逃离负担沉重、令人窒息压抑的家。克拉拉说,"我就像一件展品——市场上的一件展品!"③小说以一场棋局开始,戴维斯用"配对""棋子"和"游戏结束""打了烂牌"等话语暗示对于克拉拉和当时的许多美国妇女来说,婚姻

---

① Rebecca Harding Davis, "Paul Blecker", in Sharon M. Harris and Robin L. Cadwallader (eds.), *Rebecca Harding Davis's Stories of the Civil War Era: Selected Writings from the Borderlands*, Athens: University of Georgia Press, 2010, p. 146.

② Rebecca Harding Davis, "In the Market", in Jean Pfaelzer (ed.), *A Rebecca Harding Davis Reader*, Pittsburgh: University of Pittsburgh Press, 1995, pp. 202 – 203.

③ Rebecca Harding Davis, "In the Market", in Jean Pfaelzer (ed.), *A Rebecca Harding Davis Reader*, Pittsburgh: University of Pittsburgh Press, 1995, p. 203.

的实质就是一场博弈。

克拉拉的妹妹，安静、沉稳、健康的玛格丽特为自己找到了"另一扇门"，走上了一条与克拉拉完全不同的生路。玛格丽特是一个健康的女孩。"健康"本身就暗示着玛格丽特与众不同。因为 19 世纪被禁锢在家庭中的女人们通常过着"封闭而不健康的生活"，其中多数女性的身体都有各种各样的病症。19 世纪 50 年代，凯瑟琳·比彻对全美妇女的健康状况进行调查后发现，当时不健康女性与健康女性的人数比是 3∶1。① 而不健康的、弱不禁风的女人似乎也成了人们想象中真正的女人应该有的样子。玛格丽特的几个姐妹都有这样或那样的疾病，克拉拉就患有胃病。然而玛格丽特和她们都不同，她非常健康，这是她能够走出"另一条路"的前提条件。玛格丽特先是拒绝了青梅竹马的恋人乔治·戈达德（George Goddard）的求婚，因为她不想让自己成为乔治的负担，乔治要用微薄的薪水供养母亲和妹妹，他的生活已经十分艰辛。随后，玛格丽特租了一大块土地种植草药。在经历连续两年的失败后，不被家人理解、饱受邻居的嘲笑与羞辱的玛格丽特成功了。她开了公司，成为远近闻名的企业家，不但改变了自己的命运，使父母和姐妹们过上了富裕的新生活，还为其他妇女提供了自食其力的谋生机会。几年后，玛格丽特和乔治结了婚，此时乔治的母亲和妹妹已经去世。玛格丽特的婚姻是一场真正的"自由婚姻"，而不是为了生计或逃离家庭做出的被迫选择。玛格丽特拒绝以维持生计为目的结婚，选择的是"自由婚姻"，尽管她的结婚对象是同一个人，但是两者却有着天壤之别。由此笔者想到了我国著名评剧《刘巧儿》中巧儿的婚姻。巧儿勇敢地反抗贪婪的父亲一手包办的封建婚姻，大胆地追求自由婚姻。玛格丽特和刘巧儿的出现都是女性意识觉醒、普通百姓民主意识增强的结果。玛格丽特的选择充分说明"这世界上的每一个年轻女孩都能为自己找到工作和一个可敬的位置，而不受到错误婚姻的玷污"②。并

---

① Nancy Woloch, *Women and the American Experience*, New York：McGraw-Hill Education，1994，p. 124.

② Rebecca Harding Davis，"Paul Blecker"，in Sharon M. Harris and Robin L. Cadwallader（eds.），*Rebecca Harding Davis's Stories of the Civil War Era：Selected Writings from the Borderlands*，Athens：University of Georgia Press，2010，p. 146.

且，"任何女人都有足够的能力靠自己站立起来，如果需要的话"①。

三、海丝特的历险

海丝特与前文分析的几位女性人物都不同，她是一个梦想着成为艺术家的中产阶级知识女性。

在 19 世纪，美国虽然已经出现了一些优秀的女作家，但是人们仍不鼓励女性成为艺术家。成为画家和音乐家仍是女性遥不可及的梦想。女人演戏更是让人联想到"小狗撒欢儿"，想当演员的女性会受到呵斥、讽刺、规劝、告诫。直至 20 世纪初，贞洁在女性的生活中都有其宗教意义上的重要性，"它与女性的身心纠结缠绕，要想将它剥离出来，暴露在光天化日之下，需要有绝大的勇气"，任何女子，只要站在剧院门前，设法见到剧院经理，都会在这个过程中伤害自己，感受一种没来由的（因为贞洁或是某些社会出于不可知的原因造成的执迷）但却必不可免的痛苦。② 吴尔夫所说的这种"没来由的但却必不可免的痛苦"在戴维斯笔下几个想成为女演员的女性人物尤其是海丝特的身上得到了生动的体现。

《妻子的故事》发表于 1864 年。创作这部小说时，戴维斯正在经历孕期的种种不适。《妻子的故事》是她第一部用细腻的笔触揭露家庭主妇内心痛苦与激烈挣扎的小说，也是最具启发性的一部。③

故事是女主人公海丝特·曼宁以一个全知全能的叙述者"我"的角度来讲述的。全知叙述是传统现实主义小说最给力的叙事策略，由一个全知全能的叙述者来讲述个人历史和经验的这种叙事手法对于推动美国现实主义文学的发展具有重要意义。④ 全知叙述技巧的使用是戴维斯为美

① Rebecca Harding Davis,"In the Market", in Jean Pfaelzer（ed.）,*A Rebecca Harding Davis Reader*,Pittsburgh：University of Pittsburgh Press,1995,p. 213.

② 弗吉尼亚·吴尔夫：《一间自己的房间》，贾辉丰译，商务印书馆 2016 年版，第105—115 页。

③ Tillie Olsen,"A Biographical Interpretation", in Tillie Olsen（ed.）,*Life in the Iron Mills,and Other Stories*,New York：The Feminist Press,1985,p. 121.

④ Sharon Harris,*Rebecca Harding Davis and American Realism*,Philadelphia：University of Pennsylvania Press,1991,p. 110.

国现实主义文学的发展所做的重要贡献。海丝特与曼宁医生(他与海丝特结婚之前已是五个男孩的父亲)结婚后一年半,曼宁医生投资失败,决定举家迁往新港(Newport)。就在曼宁一家抵达新港的当天,曼宁夫人离家出走了。

女主人公的名字不禁让我们想起《红字》的女主人公海丝特·白兰(Hester Prynne),那个始终叛逆、内心充满了欲望和激情、渴求自由与幸福的女人。蒂费纳·萨莫瓦约(2002)曾指出:让小说中的人物有生命,首先要以文学的方式给他们提供一个活动的空间,也就是说使用文学本身应多过使用心理学。而人名就成为一种基本资料。它可以是互文的,作者直接采用现存文学形象的名称和特点就是承认人物业已存在,承认其为人所熟知的表征,同时又建立一个独立的参考体系。在笔者看来,戴维斯给女主人公取海丝特这个名字,意在暗示读者:女主人公也是一个"不安分"的女人。

使曼宁夫人"不安分"的,是她思想和心灵上的需求与琐碎枯燥的家务劳动之间的矛盾,以及家庭主妇单调乏味的日常生活与她渴望展现天赋、实现自我的价值、完成更高尚使命的愿望之间的矛盾。

> 多年来她们煮饭、缝补,一点一点地积攒零钱:这就是无数已婚妇女的命运,年复一年,她们的生活越来越像动物,她们变得越来越吝啬、平常,真是毫无意义。①

没有什么比家庭主妇的劳动更接近西西弗斯的酷刑了。日复一日,她们必须洗盘子,给家具掸灰,缝补衣物,而这些东西第二天又会被弄脏,又会破损。家庭主妇就这样在"原地踏步"中逐渐衰老,她们好像什么都没有做,仅仅是在延续现状。对于许多女人来说,她们超越性的道路是被阻塞的,因为她们无所创造,没有成为任何一种意义上的"有作为的人"。于是,她们开始漫无边际地寻思自己本来可以成为什么样的人。

海丝特出生在新英格兰的康科德,从小在超验主义和进步主义思想

---

① Rebecca Harding Davis, "The Wife's Story", in Tillie Olsen (ed.), *Life in the Iron Mills and Other Stories*, New York:The Feminist Press,1985,p. 194.

的滋养下成长。"在那儿,每一颗灵魂都有成长的空间","人生的唯一目标就是进步"。① 然而,从她结婚的那天起,她的天分、品味、进步的机会便统统被关在了门外。为此她感到遗憾和无比压抑。当她还是少女的时候,整片大地、整个大自然都属于她。而如今,她被禁闭在一个狭小的空间里,大自然缩小到一只蜀葵花盆的范围,墙壁挡住了她的视野。海丝特生下女儿之后,她的失望和压抑达到了极点。因为只有儿子才能拥有她过去没有抓住的机遇,实现她未完成的抱负。海丝特将小女儿送到乡下寄养,这个情节暗示她放弃了自己为人母的职责。

当在镜子中瞥见自己土黄色的脸时,海丝特的厌恶和愤怒之情简直达到了无以复加的地步。难道就任由自己思想和灵魂的需要(wants)被忽视吗? 海丝特不断问自己。从哲学上讲,身份就是同一性。身份认同就是寻找个人生存的根基,即"我"之所以为"我"的理由。按照拉康的观点,一个人的自我认同感、他或她的统一的自我意识首先是通过镜像建立起来的。婴儿在凝视镜中映象的过程中逐渐确认了这个形象就是他本人,从而建立起自我认同。拉康将这个阶段称为"镜像阶段"。② 镜像不仅指主体在婴幼儿时期从镜中获得的自我形象,也指主体在成人后通过他者目光的凝视而返观自身获得的自我形象。因此身份的确立与镜像/凝视密切相关。当海丝特看到镜子中的"我"与想象中的"我"存在较大差距时,她受到了刺激并深陷痛苦之中。

女人们通常看着镜子中的映象揣测自己的前程和未来。当海丝特从镜子中仿佛看到自己多年后的生活时,她感到恐惧。这时,她又想起了过去,想起法国女画家罗莎·博纳尔(Rosa Bonheur),想起她在巴黎参加这位功成名就的女艺术家的画展的往事。海丝特心中的激情再次被唤醒和点燃了。"创造力的激情将我的大脑点燃","我,也有自己的天赋"。海丝特认为,上帝赋予了她歌唱和作曲的天赋。于是,"我与别人不同,我已经饥渴得发疯","我要将命运把握在自己的手里,我已经沉默窒息得太久了","我不能再过这种有毒的生活,我要做适合我的工作","上帝创造我

① Rebecca Harding Davis, "The Wife's Story", in Tillie Olsen (ed.), *Life in the Iron Mills and Other Stories*, New York: The Feminist Press, 1985, p. 192.
② 拉康:《拉康选集》,褚孝泉译,上海三联书店 2001 年版,第89—96 页。

是为了一个好的、高尚的目的",“我不能让自己的力量就这样白白地腐烂、浪费掉"……①这些想法在海丝特的脑海中变得越来越清晰,并不断地折磨、撕扯她的神经。

这些想法每一次重新占据她的脑海时,海丝特的内心先是感到空虚、孤独,渴望关爱和抚慰;紧接着,她的内心开始剧烈地挣扎——戴维斯形象地用大海澎湃汹涌的波涛和杀人犯的心绪来形容这种内心的起伏和挣扎;然后,海丝特感受到的是更加强烈的对自由的渴望。最难以克服的束缚是人们在自己身上遇到的束缚,正是在这时,自由的历险最危险、最激动人心,也最有刺激性。②

有一个细节值得引起我们格外的重视:使海丝特的内心和思想如此挣扎和痛苦的不是别的,正是她对于如果失去丈夫自己将付出多少代价的算计! 英国思想家卡莱尔在《时代的征兆》(*Signs of the Times*, 1829)中指出,工业革命之后,世界进入了机械时代,机器不仅操控了人们外在的和物质的生活,也控制了人们内在的和精神的生活,掌控了人们的思想和情感。“机械论现在已经根植于人们信念的最深处,由此在整个生活和活动中生发出无数噬人的枝杈、浸毒的果实。……如今宗教……多数时候都成了一种纯粹基于得失算计的世故情感。"③美国 19 世纪的婚姻关系更是如此。戴维斯在描述女性的婚姻时经常使用“市场"“买"“卖"“生计"“展品"和“游戏"等字眼和词语。对于当时的女性来说,婚姻或是一场交易或是一场博弈,而她们只是待价而沽的商品或棋子。这样看来便不难理解,海丝特在离家出走之前内心的全部挣扎和痛苦并非源于她即将受到的伦理和道德指责,或是对自己前途的担忧,而是来自她对于得失的算计。戴维斯正是通过描写人物行为和心理上的琐碎细节,反映了时代的特征、人们的普遍心态和价值观,以及人们对于工业主义和机械时代的独特反应。

---

① Rebecca Harding Davis,“The Wife's Story", in Tillie Olsen (ed.), *Life in the Iron Mills and Other Stories*, New York: The Feminist Press, 1985, pp. 193 – 214.

② 西蒙娜·德·波伏娃:《第二性》Ⅰ,郑克鲁译,上海译文出版社 2011 年版,第331 页。

③ 雷蒙·威廉斯:《文化与社会:1780—1950》,高晓玲译,商务印书馆 2018 年版,第 121—124 页。

最终,海丝特在曼宁一家抵达新港、即将开启新生活的那一天离开了丈夫,丢弃了自己为人妻子的角色。她去了沃克斯先生(Mr. Vaux)的剧院。由海丝特谱写的歌剧即将上演,而她本人也将在自己的歌剧演出中饰演一个角色。尽管沃克斯粗俗无礼、令人厌恶,但是对于海丝特来说,他象征着名声(fame)和生活成就,他代表一项事业、一种自我的表达和自由。令人惊奇的是,对于女性来说,隐姓埋名的习性已经渗透在她们的血液中,她们不像男人一样念念不忘自己的名声。然而海丝特却不同,她不但想要成就一番事业,还想获取名声。在笔者看来,这是女性自我意识提高、由传统向现代转型的一个强有力的证明。

海丝特的演出失败了。她的丈夫曼宁医生也因此突发心脏病去世。一无所有的海丝特最后投进冰冷的河水里自杀了。当读者看到家破人亡的结局,以为小说已经结束时,"剧情"突然发生了大逆转。原来这一切——海丝特离家出走、到剧院演出、曼宁先生死亡等等,都只是女主人公发热病时做的一场梦。梦醒之后的海丝特终于明白了,做"妻子"和"母亲"才是女人最理想的职业。这个大团圆的结局显然是符合当时读者的审美和价值取向的。

海丝特的叛逆标志着女性写作开始主动关注自身的需求,大胆表露自己的心路历程,对"自我"的需要开始生根发芽。然而同时我们也看到,在寻找自我的路途中,海丝特们是痛苦和迷茫的。但是从此之后,她们内心从未有过的"自我"意识被唤醒了,被唤醒的女性也开始一步一步走出禁锢着自己的家庭,寻找理想中的"我"。

第三节　19世纪70年代:艰难的抗争

在戴维斯70年代的作品中,女性在寻找自我方面获得了更多的自信和满足。获得了一定自由的女性跨越了家庭、教会和社会共同筑起的藩篱,勇敢地走出家门并在男人的世界里获得了一席之地。可是透过表面,我们看到女性在自我得到满足的同时,也失去了许多她们本来拥有的宝贵的东西。例如,一些女性失去了"女性气质",被男性化,成为了一颗哪里需要哪里用的螺丝钉。这不是真正的自由,而是对女性本身真正需要的忽视和扼杀。

本小节的讨论聚焦于《陶罐》("Earthen Pitchers", 1874)和《玛西娅》("Marcia", 1876)两部小说。本节的线索和关键词是"德比小姐的会客厅"。《陶罐》中的女主人公珍妮·德比(Jenny Derby)小姐的会客厅中隐含着正在酝酿的新的社会本质。小小的会客厅是当时美国社会状况和历史风貌的一个缩影,透过它我们可以了解彼时文学市场中"职业女性"的生存状况,窥见正在迈向"消费社会"的美国社会的许多新变化。下文围绕着德比小姐的会客厅着重探讨戴维斯创作于70年代的作品中,女性形象出现的变化和新特点,以及这些变化和新特点折射出了怎样的社会形态和情感结构。

一、会客厅里的女人们

珍妮·德比小姐的会客厅是通过伦敦的杂志编辑伯吉斯先生(Mr. Burgess)的视角展现给读者的。会客厅内只有简单的装饰和陈设:

> ……男人们下棋、吸烟,女人们缝补。整个集会与伯吉斯先生见过的任何一场社交活动都有明显的不同,女人们也可以参加,室内弥漫着俱乐部而不是画室的味道。男人和女人们都很安静,说话声音很低,若不是他们表露出如此急切和兴趣盎然的样子,他们还真符合他对"良好教养"的印象。①

我们印象中的沙龙里常常有这样的场景:一位美丽优雅的女主人与来自社会各界的名流一起品尝精致高档的美食,欣赏典雅的乐曲,谈论着艺术、哲学和文学。然而我们眼前的这场社交活动却完全不同:

> 所有小集团、所有社会阶层的人都在德比小姐的会客厅里相遇,他们的眼中带着好奇与幽默,脸上显现出某种被激发的新表情,好像他们每一个人都在这个新发现的氛围中检验着他所

---

① Rebecca Harding Davis, "Earthen Pitchers", in Jean Pfaelzer (ed.), *A Rebecca Harding Davis Reader*, Pittsburgh: University of Pittsburgh Press, 1995, p. 218.

不了解的其他类型的人。①

在戴维斯的描述中，"新"是一个尤其引人注目的字眼。作者无时无刻不在提醒着读者：作者正在描绘和表达的是一种"新经验"。德比小姐的会客厅更像一个市场、一场展览，形形色色的人——艺术评论家、新闻记者、出版商、杂志编辑、艺术家、作家及各种类型的"新女性"（反抗蓄奴制的领袖、演讲家、演员、木雕艺人、通讯记者）等等——在这里相遇。人们来参加聚会的目的也是五花八门：有的是为了寻找商机，有的是为了搜集新闻素材，有的是来结交其他阶层和社会集团的人，有的是来推销自己的新作……

会客厅的女主人德比也不是一位高贵优雅的贵族夫人，而是一个没有漂亮的脸蛋儿、身材不丰满、穿着不合身的衣服、靠着"胡写乱画"渴望在男人的世界里闯出一片天地的贫穷女孩。以德比为首的各种类型的"新女性"在会客厅里最引人注目。

> 你知道，美国女人聪明得令人压抑。"您读过我最新创作的悲剧吗？"一个问道。另一个认为，对于女人来说更好的事情是解剖婴儿，而不是给他们喂奶。女学生们用约翰·斯图亚特·穆勒的观点来攻击你；而这个德比小姐，你说她十几岁时就开始自己生活，如今还创办了"周六之夜"。②

---

① Rebecca Harding Davis, "Earthen Pitchers", in Jean Pfaelzer（ed.）, *A Rebecca Harding Davis Reader*, Pittsburgh: University of Pittsburgh Press, 1995, p. 223.

② Rebecca Harding Davis, "Earthen Pitchers", in Jean Pfaelzer（ed.）, *A Rebecca Harding Davis Reader*, Pittsburgh: University of Pittsburgh Press, 1995, p. 217。约翰·斯图亚特·穆勒（John Stuart Mill, 1806—1873），或译为约翰·斯图尔特·密尔，英国著名哲学家、心理学家和经济学家，19世纪影响力较大的古典自由主义思想家，支持杰里米·边沁的功利主义。穆勒对西方自由主义思潮的影响甚广。他的名著《论自由》（*On Liberty*）表达了对19世纪维多利亚时代的强制性道德主义的反抗，被誉为自由主义的集大成之作。这本书与约翰·弥尔顿的《论出版自由》一道，被视为报刊出版自由理论的经典文献。这部著作的要义可以概括为：只要不涉及他人的利益，个人（成人）就有完全的行动自由，其他人和社会都不得干涉；只有当个人的言行危害他人利益时，个人才应接受社会的强制性惩罚。1903年，严复首次把《论自由》译介到中国，书名为《群己权界论》。

　　从小说中的人物发的这段"牢骚"中,我们不难识别转型期美国社会的各种"新经验"。美国内战以后,经济环境的改变、自然科学与社会科学的发展、女子高等院校的蓬勃兴起、女性教育内容的革新等等都成为催生"新女性"群体的催化剂。女性教育的发展使女大学生们增长了见识,开阔了眼界,树立了新的价值观和人生观,对自身也有了更加科学而客观全面的认识,有了走向社会的冲动和实现自我价值的渴望。她们不愿意再像自己的祖母和母亲那样过着一成不变的生活,她们追求更高层次的生活和生命的更大价值。

　　珍妮·德比从小跟着父亲参加过意大利、德国等欧洲国家的民权运动,可谓"见多识广"。从十几岁时起,德比就开始了独立生活。她将自己在欧洲的经历和见闻当作素材,办报纸、写书评、开设女性专栏,她还兼职做通讯记者,时常参加探险旅行,为自己的期刊和报纸搜集写作素材。德比身上凝聚了19世纪美国女性从家庭走向社会、从"家庭天使"转变为"新女性"的职业化道路上的各种艰辛经历和复杂感受。

　　尽管德比每日不停地搜集素材、写作、编辑,同时做好几样工作,但她仍然没有为自己挣来体面的生活,依旧身无分文。德比只能为来参加聚会的客人们准备淡淡的茶水和切得极薄的、没有加黄油的干面包片。即便如此,她也经常入不敷出,生活捉襟见肘。当基特(Kit)表兄问她为什么要自己花钱把这些素不相识的人聚到一起时,德比回答说:

　　　　我这么做是因为我能得到回报,这一点是确信的。城里的人们谈论起我时,会说我是一个挤进了男人世界的敏锐女人,人们来这儿之后都知道我珍妮·德比是一个和善、热情,需要帮助的小东西,他们所有人都随时准备帮助我,你知道吗?①

　　德比接受了男性的价值观,她以自己能像男人一样思考、行动、工作和创造而骄傲,她不是竭力贬低"他",而是渴望自己尽量与"他"平等。然

---

　　① Rebecca Harding Davis,"Earthen Pitchers", in Jean Pfaelzer(ed.),*A Rebecca Harding Davis Reader*,Pittsburgh:University of Pittsburgh Press,1995,p. 222.

而，令人感到凄凉的是，无论是德比还是她会客厅里的各种"新女性"，显然都没有获得她们想要的平等和尊重。在一些男人眼中，德比小姐既不聪明①也不敏锐，她写的东西"翻来覆去都是老一套"，只是改头换面后人们没看出来而已。对于德比的聚会和会客厅里的女人们，他们也颇有微词：

> 啊，女人们？没有一个来自我们的古老家族，伯吉斯先生，也没有一个属于我们年轻的朋友帕尔·乔克利这个阶级。我也不会把女儿带到这儿来，您看得出来的。②

我们可以看出，"新女性"挑战维多利亚时代的家庭观念、婚姻制度、性别角色、行为准则，给美国社会和美国的男性都带来了不安和忧虑。

拼命工作、渴望在男人的世界里出人头地的德比不但付出了巨大的身体代价——就像我们现在的很多脑力工作者一样患上了严重的神经痛和脊椎病，她还失去了自己的女性气质，拥有了明显的男子气质（manliness）。③

德比的身形和举止都不像一个十五岁的女孩子。她长着短粗的手指和胖胖的手掌，她的体形粗壮，她穿的靴子也和她本人一样矮、宽、重。当她每天迫不及待地回到自己的房间，锁上门，站在镜子前凝视着镜子中的自己，感觉到厚厚的嘴唇和平平的胸部开始发热时，她才意识到自己是女人。她迅速转过身去背对着镜子，自言自语道："都忘了我是个女人。"也许是因为太高兴，也许是因为害羞，她不想再看到自己的眼睛。④

男人们对待德比更像是对待一个热心的小伙子，而不是一个年轻的姑娘。他们与她告别时虽然不拍她的背，可是他们拍打的位置已经很接

---

① 女人既不理性也不聪明，这在当时是一种比较流行的看法。

② Rebecca Harding Davis, "Earthen Pitchers", in Jean Pfaelzer（ed.），*A Rebecca Harding Davis Reader*, Pittsburgh：University of Pittsburgh Press, 1995, p. 220.

③ Rebecca Harding Davis, "Earthen Pitchers", in Jean Pfaelzer（ed.），*A Rebecca Harding Davis Reader*, Pittsburgh：University of Pittsburgh Press, 1995, p. 225.

④ Rebecca Harding Davis, "Earthen Pitchers", in Jean Pfaelzer（ed.），*A Rebecca Harding Davis Reader*, Pittsburgh：University of Pittsburgh Press, 1995, p. 228.

近背了。当人们谈论德比的文章时,话题也多是围绕文章的字里行间表现出的男子气概展开。①

女性气质是社会和文化在人格气质、性别角色、道德情操等方面为女性设定的一系列标准和规范。经过漫长的历史积淀和文化建构,女性的体貌、服饰穿着、言谈举止、劳动职业等,都已经成为女性身份的标识。如果女性个体不能很好地履行这些行为规范,就会被认为不是"真女人"而遭到社会和他人的否定和排斥。②

显然,德比不具备美国传统女性的典型气质和特征,不符合人们对女性的想象,她自然也得不到那些对"有女人味儿的女人"感兴趣的男人们的认可和尊重。

而使德比的女性气质缺失、男性化的主要原因就是女性面对着艰难的生存环境。

> 环境将我推向了这些文人,将笔放在了我的手里。我已经将我的真性情和真正的性格掩藏在了机智和有想象力的名声之下,正如我用那些不属于我的画挡住光秃秃的墙一样。③

从德比身上,从伯吉斯先生、帕尔·乔克利和基特等男性对待德比和会客厅中的"新女性"的态度和看法中,我们看到了女性从家庭走向社会、从"家庭天使"向"新女性"转变过程中经历的种种艰辛。尽管女性有了更多受教育的机会,更加自信,许多妇女也勇敢地走出了家门,尝试各种各样的新职业,寻找适应新时代和新世界的新生活,但是对于大多数女性来说,她们走向独立的道路仍然十分艰难。女性仍然经受着来自男性和传统文化与伦理观念的压力和束缚。

---

① Rebecca Harding Davis, "Earthen Pitchers", in Jean Pfaelzer (ed.), *A Rebecca Harding Davis Reader*, Pittsburgh: University of Pittsburgh Press, 1995, pp. 225 – 228.

② 隋红升:《危机与建构:欧内斯特·盖恩斯小说中的男性气概研究》,浙江大学出版社 2011 年版,第 94—95 页。

③ Rebecca Harding Davis, "Earthen Pitchers", in Jean Pfaelzer (ed.), *A Rebecca Harding Davis Reader*, Pittsburgh: University of Pittsburgh Press, 1995, p. 226.

二、新中产阶级的崛起和消费文化的兴起

在德比小姐的会客厅里有一个十分引人注目的人物——出版商约翰·夏夫利。戴维斯对夏夫利的描写方式尤其值得我们注意。夏夫利出场时,首先引起我们注意的是他脚上的一双亮闪闪的皮鞋。在描写夏夫利的外貌时,戴维斯没有遵照"从头到脚"的常规套路,而是从脚开始写起。这段描写让我们感觉到:如果夏夫利站在我们面前,我们的目光也会首先落在他的鞋上。夏夫利出场时,来自上流社会的青年帕尔十分不屑。

> 帕尔耸了耸肩。"夏夫利,那个出版商。一个新人。他将自己推销给了财富,现在他又在试图把自己推销给社会。我不能为你引荐他。我不认识他。"这时他就站在两个人的面前。①

出版商夏夫利白手起家,通过奋斗和投机迅速获得了大量财富后,他竭力结交权贵名流来提升自己的社会地位。他是一个典型的新中产阶级的代表。美国中产阶级的形成是19世纪自由经济历史性变化的时代产物。在南北战争之前,美国的农业社会中生活着医生、牧师、教师、律师等从事传统行业的人,这些安分守己、过着平静无忧生活的人构成了19世纪前半叶的美国中产阶级。美国内战之后,随着工业化、城市化、垄断化趋势的加强,美国中产阶级的人口结构、生活方式、经济状况及社会处境等都发生了变化,这些变化造成的结果,是一个新的城市中产阶层逐渐崛起。由于城市发展的需要,作家、新闻记者、出版商人等等与教育和文化相关的从业者日渐增多,并成为城市中产阶级的一部分。

中产阶级的概念和界限虽然比较模糊,但是作为一个社会群体,他们对美国的社会结构、对社会新价值观的形成、对美国的文化都产生了极为

---

① Rebecca Harding Davis, "Earthen Pitchers", in Jean Pfaelzer (ed.), *A Rebecca Harding Davis Reader*, Pittsburgh: University of Pittsburgh Press, 1995, p. 219.

重要的影响。①

　　在会客厅中,夏夫利左右逢源。他不在意帕尔对自己的不屑,主动介绍和推销自己,结交新贵。在与初次见面的伯吉斯先生交谈时,他动情地谈到自己的役童(errand boy)出身和白手起家的奋斗史。在笔者看来,夏夫利的身上有两个特点尤其值得注意。在谈论自己时,夏夫利常常使用第三人称"他":"哦,约翰·夏夫利出奇地有名,他从不否认他的出身。他曾是役童,经过奋斗却获得了现在的阶级地位。"②夏夫利的谈话给人的印象是他仿佛不是在说自己,而是在谈论一个了不起的大人物。另一点也十分有趣,夏夫利以一种"炫富"的方式来展现自己的"成就"。在与别人交谈时,夏夫利的手一直在摆弄他的金链子;在谈话中,他会随时谈及自己与王公贵族朋友的见面和交往细节,并时不时地突然将话题转向他妻子的奢侈习惯。在笔者看来,夏夫利身上折射出的是一种正在兴起的新的身份认同方式:消费认同。

　　美国社会学家丹尼尔·贝尔(Daniel Bell)认为,"宗教的衰败,尤其是灵魂不朽观念的丧失,使人们放弃了人神不可互通的千年传统观念。作为这一努力的结果,人的自我感在19世纪占据了最突出的地位。个人被认为是独一无二的,有着非凡的抱负,而生命变得更加神圣、更加宝贵了"③。在日常生活领域,个体自我感的加强表现为强调独一无二的个性和品味,尤其是个人在消费方式中获得的成就感。吉登斯则指出:"个体所生存的境遇愈是后传统的,生活风格就愈多地关涉自我认为的真实核心,即它的生成或重新生成。"④

　　在小说中,除了夏夫利之外,帕尔夸张的服饰、女通讯记者精致的衣装以及男主人公尼尔·戈达德(Niel Goddard)气派奢华的穿戴都表明,人

---

　　① 朱世达:《关于美国中产阶级的演变与思考》,载《美国研究》1994年第4期,第40页。

　　② Rebecca Harding Davis, "Earthen Pitchers", in Jean Pfaelzer(ed.), *A Rebecca Harding Davis Reader*, Pittsburgh: University of Pittsburgh Press, 1995, p. 220.

　　③ 丹尼尔·贝尔:《资本主义的文化矛盾》,赵一凡、蒲隆、任晓晋译,商务印书馆1992年版,第96页。

　　④ 安东尼·吉登斯:《现代性与自我认同:现代晚期的自我与社会》,赵旭东、方文译,王铭铭校,三联书店1998年版,第93页。

们已经开始通过消费方式来确定和稳固自己的身份,追求自我的实现感和成就感,提升自己的社会地位。消费方式所体现的身份认同感是一种潜藏于无意识中的心理结构,是人际间的秩序感,因为物品所包含的社会意义使消费方式具有维持和建构身份的作用。[①] 在笔者看来,出入德比小姐会客厅里的人物——这些艺术家、评论家、新闻记者、出版商和各种类型的"新女性"——他们在社会转型期,在一个社会结构从平衡走向不平衡的历史过程中,都需要通过某种方式和手段来确定自己的社会地位和身份,而他们都不约而同地选择了消费的方式。凡勃伦(2017)在《有闲阶级论》中提出,炫耀性消费是为了获得荣誉,是个人建构身份和提高社会地位的重要手段。

成为新中产阶级成员的夏夫利正是通过自己的服饰、皮鞋、金链子,妻子的高档枕巾等物品来获得荣誉、谋求优势、塑造自我、建构身份。戴维斯通过夏夫利这一人物形象捕捉到了美国正在向"消费社会"[②]迈进的种种迹象:传统的清教文化衰落,消费文化兴起,消费认同正逐渐演变为许多人的核心认同方式。

读者从戴维斯对夏夫利的描述中还能明显感觉到一种厌恶和鄙视态度。事实上,这种情绪源于一种古老的感觉:商业是鄙俗的,谈钱是可耻的。对夏夫利的塑造也让我们看到了新中产阶级的兴起带给当时人们的复杂感受。

三、女性与文学市场化

在战前新兴的中产阶级家庭中,由于父亲要出去工作,刚从繁重的家

---

① 姚建平:《消费认同》,社会科学文献出版社2006年版,第18—20页。

② 一些学者如斯特恩将消费社会的形成追溯到伴随着工业革命兴起的"消费革命"时;鲍曼将消费社会和消费精神的诞生确定在19世纪的后25年,也就是19世纪70年代以后;而贝尔认为消费社会的形成是20世纪的重大事件,因为是大规模标准化生产的出现,使每个人都可能成为市场中真正意义上的消费者,因此大众消费的时间始于20世纪20年代。(详见伍庆:《消费社会与消费认同》,社会科学文献出版社2009年版,第2页。)无论将消费社会的源头追溯到何时,毫无疑问19世纪70年代的美国社会都正在向"消费社会"迈进。

务劳动中解放出来的母亲便承担了教育子女的责任,她们的主要工作就是将强大的道德力量注入家庭教育中,使子女们养成良好的道德和宗教品格。这些在家中教导子女的中产阶级家庭妇女成为有闲群体,并渐渐发展成为稳定的大众读者群。到了19世纪50年代,随着这一大众读者群的日益壮大,女性读者对描写中产阶级家庭生活的文学作品的需求日渐增加,这促进了出版业的繁荣,而出版业日益规范化的经营和越来越成熟的市场运作巩固了读者与作者之间的关系,改变了美国文学世界的阅读与写作模式,也推动了美国首个大众文学市场的形成。换言之,中产阶级女性读者群体是促使美国大众文学市场形成的一个至关重要的因素。

市场对文学作品的需求鼓舞了更多女性进入文学领域,靠写作来谋生。在短篇小说《玛西娅》的开头,小说的叙述者——一位男编辑讲述了当时社会的一种普遍现象:

> 每一个出版商、编辑,甚至是最没有名气的作家都会频繁地收到这样的包裹,他们瞥一眼就看得出来。六首诗一部小说——模糊不清的落日、公爵夫人、紫罗兰、糟糕的法语、更糟糕的英语;总的来说,文字中没有一点常识,也没有真实或可能性的暗示。①

包裹是像玛西娅一样渴望进入文学市场、通过写作来谋生的妇女寄出的稿件。一般来说,每个包裹中还会有一封信,内容多是一位急切地渴望为自己饥饿的孩子挣来吃喝的绝望母亲的哭诉。信的作者总以为自己是第一个写这种信的人,以为她的痛苦和难处一定能打动编辑,从而使人忽略她作品中的种种缺陷。然而事实上,每一个出版社每一年都会收到成千上万类似的信件和请求。这些包裹和信的主人,要么是体弱多病的贫穷女孩,要么是嫁给一个酒鬼丈夫的不幸妻子,要么是寡妇或是一位急于抚养孩子的母亲。

文学职业化、市场需求、女性在文学市场中的成功等诸多因素激励了

---

① Rebecca Harding Davis,"Marcia",in Jean Pfaelzer(ed.),*A Rebecca Harding Davis Reader*,Pittsburgh:University of Pittsburgh Press,1995,pp. 312 – 313.

更多的妇女投身写作事业,她们希望将写作当作谋生和养家糊口的手段。这样一来,多数女性将自己的作品视为一种有利可图的商品、一种经济手段,而不是审美对象。她们"把写作当成一个成功赚钱的职业",把自己当作"文学商人而非艺术家"。①

在德比和玛西娅的身上隐含着19世纪美国女性与文学市场化之间千丝万缕的联系,而在文学市场化的过程中,也产生了一个不良的后果:市场对文学作品需求的增加、文学作品稳定的销售量使其质量和水准有所下降。

这一状况在德比小姐会客厅中的一段谈话中得到了充分的印证:

> "如果文学和艺术,"斯特姆慢慢地说,"成了生意,你是对的。过去当作家还要成为先知、教士和国王。一个人写书,尽管他贫穷,可预言来自他内心的神圣冲动。现在,制造,提供书、诗歌或者文章的是这些——这些小商贩,"说着他看看周围,"就像是小丑翻筋斗或搞恶作剧,目的就是挣点钱"。②

文学市场化是19世纪中后期美国文学发展的总体趋势,它与中产阶级的兴起也有着密切的关联。在中产阶级的阅读世界中,书不再有义务叙述和强化阶级定义的传统观念,社会界定已基本完成,人们追求更加纯粹的娱乐体验。这些有闲情逸致、喜欢阅读的人希望文学作品在使人愉悦的同时,也起到鼓舞教化的作用,但他们显然没有能力在那些被定义为"艺术"的作品中寻找到乐趣。③ 从社会经济背景来看,中产阶级是由美国19世纪的小企业主和自由农夫发展而来的。新中产阶级则是伴随着

---

① 理查德·H.布罗德黑德:《美国文学领域(1860—1890)》,见萨克文·伯科维奇主编:《剑桥美国文学史》第三卷,蔡坚、张占军、鲁勤译,北京:中央编译出版社2010年版,第12页。

② Rebecca Harding Davis, "Earthen Pitchers", in Jean Pfaelzer (ed.), *A Rebecca Harding Davis Reader*, Pittsburgh: University of Pittsburgh Press, 1995, p. 224.

③ 理查德·H.布罗德黑德:《美国文学领域(1860—1890)》,见萨克文·伯科维奇主编:《剑桥美国文学史》第三卷,蔡坚、张占军、鲁勤译,北京:中央编译出版社2010年版,第14页。

现代公司经济的产生而产生的,是现代主义的产物,因此带有激进性、进取性、猎奇性和追求时尚——即贝尔所谓的"入时"(in)——的特点。"它不想也不可能将自己囿于所谓的雅文化的羁绊之中。它设法创造和享受适合现代社会快节奏、理性、紧张、非道德化特点的文化趣味来。"这就是丹尼尔·贝尔所谓的资本主义社会的文化困境。现代主义的文化时尚,不论现有制度把它吸收多少,它总是带有颠覆性的影响。①

汉娜·阿伦特认为,中产阶级社会——此处指兴趣相投的受教育群体——长期视文化为商品,并从它的交换中获得了一种势利的价值观。②在这种情势下,随着商品市场的发展,文学艺术变得廉价,作家和艺术家成了利益的追逐者和"贩卖脑力劳动成果的精明商贩"③。如此一来,艺术作品的质量和水准必然大大降低。

德比小姐的会客厅让我们看到,尽管女性在寻找自我方面获得了更多的自信和满足,然而她们在得到一定程度的满足的同时也失去了许多自己本来拥有的宝贵东西。这并不是真正的自由,而是对女性本身需要的忽视和扼杀。

德比小姐的会客厅是一个小型的展览馆,来自各个阶层的各种类型的美国"新人"本身就是展品。通过这个会客厅,戴维斯为读者提供了一个广阔的认知领域和空间。在传统文化氛围的熏陶中长大的戴维斯在小说中表达了对文学市场化、高雅文化衰微和通俗文化兴起的惋惜和遗憾。这显然是一种比较保守的态度,因为高雅文化衰微,以及在中产阶级中产生的通俗文化兴起是一个历史演进的过程。新兴起的才是适应时代潮流的文化价值,代表着正在酝酿的新的社会本质。然而难能可贵的是,戴维斯在记录和书写美国转型期女性的生活现实时,捕捉到了美国正在迈向消费社会、新中产阶级崛起、通俗文化兴起等历史演进的种种迹象,而这些迹象恰恰反映出了正在酝酿的新的社会特征和本质。

---

① 朱世达:《关于美国中产阶级的演变与思考》,载《美国研究》1994 年第 4 期,第 52 页。

② 朱世达:《关于美国中产阶级的演变与思考》,载《美国研究》1994 年第 4 期,第 51 页。

③ Rebecca Harding Davis, "Earthen Pitchers", in Jean Pfaelzer (ed.), *A Rebecca Harding Davis Reader*, Pittsburgh: University of Pittsburgh Press, 1995, p.223.

第四节 19 世纪末:新女性的得与失

本小节的讨论围绕短篇小说《安妮》("Anne", 1889)展开。

在 19 世纪末,戴维斯继续以女性的视角书写女性,用自己的笔向社会诉说现实生活中女性的需要和不满。进入新时代,女性在寻找"自我"的道路上已经取得了丰硕的成果:对职业的追求早已不再是对传统的僭越,许多女性有了自己的房间,有了成功的事业,走出了"女人的领域",其中一些妇女甚至获得了和男人平等的地位,拥有了权力和金钱,得到了社会的认可和尊重。然而《安妮》让我们看到,尽管女性的处境和生存环境有了明显的改善,但是男性话语依然占据着强势地位,人们对于女性的期待仍然是妻子和母亲的角色。女性的自我改变在实质上还是为了迎合传统的需要,而对于女性"自我"究竟需要什么,却很少有人关注。

一、镜子与自我的觉醒

无论是在中国还是在西方的文化语境中,镜子都是一个具有深刻寓意和内涵的意象。镜子不仅是人们日常生活和一些重要仪式(如婚嫁、丧葬、占卜、祭祀等等)中不可或缺的器具,且以其独有的神秘感进入宗教信仰和思想领域,还以其强大的生命力渗透到文学领域,而广泛出现在神话、童话、诗歌、传说、小说等文学作品中。此外,镜子在哲学、诗学、精神分析等学科领域中不断被提及、探讨、使用,被用来理解文化现象和阐释文学文本。

在《安妮》中,镜子两次出现在小说情节和人物心理发展的关键时刻,具有重要的叙事功能。它对推动情节的发展、映照人物心理的发展与变化、塑造人物性格、建构人物的自我认知、丰富文本的意义和内涵都起到了十分重要的作用。

安妮一直过着井井有条(orderly)的生活,直到有一天她遇到了一件"蹊跷事儿"。这天,她手里拿着一束红色的玫瑰花,正坐在阳台的吊床里昏昏欲睡。在半睡半醒之间,安妮将玫瑰花放在了自己的脸颊旁边,她此刻想着:自己的脸一定和玫瑰花一样红润。安妮从小就是个美人,她也为此感到骄傲和欣喜。不仅如此,她还拥有美妙动听的声音。清冽甘醇的空气、温暖的阳光和沁人心脾的玫瑰花香使安妮的心中激荡起年轻和美的活力,她情不自禁地唱起了歌。安妮感到全世界都能听到自己的歌声,那美妙的声音直飘向天空。就在这时,安妮半睁半闭的眼睛居然看到了乔治·福布斯(George Forbes)和特丽莎(Theresa)。乔治是安妮的爱恋对象,可他却娶了又丑又老但却有钱的特丽莎。想到这儿,安妮感到自己的心突然被拧了一下。想起乔治,呼唤着"乔治"这个名字时,安妮的血液似乎都静止了,她的身体也不由自主地战栗了一下。这时,安妮被家里的仆人叫醒了。她跟跟跄跄地走进屋子,来到一面穿衣镜前,看到了镜中的自己:

> 一个五十岁的矮胖女人,花白的头发,长着一个大鼻子。她的脸颊是黄色的……她开始唱歌,可是从她嘴里发出来的是不和谐的噪音。①

镜子将年轻、美貌、歌声动人的安妮"变成了"头发花白、身材发福、声音嘶哑的帕尔默太太(Mrs. Palmer)。帕尔默太太有着像男人一样精明的头脑。在丈夫去世后,她依靠勤奋和智慧将农场和家打理得井井有条。无论是在桃子的种植和销售方面,还是在土地和银行股票的投资方面,她都具有精准的判断力和独到的眼光。现在她和孩子们都很富有。帕尔默太太的成功不仅使她得到了人们的认可与尊重,儿女们也对她关爱有加。然而就在这个时候,在安享晚年生活的帕尔默太太身上发生了小说开头所说的那件"奇怪的事"。

看着镜子中那个矮胖衰老的躯体,帕尔默太太的灵魂深处有一个声音在叫喊:

> 在这儿——安妮! 我美丽年轻。若不是这衰老的喉咙,

---

① Rebecca Harding Davis, "Anne", in Jean Pfaelzer (ed.), *A Rebecca Harding Davis Reader*, Pittsburgh: University of Pittsburgh Press, 1995, p. 330.

我的声音可以响彻天地。①

镜子是帕尔默太太青春流逝、梦想褪色、激情不再的"证人"。与其说镜子映照出的是一个年老色衰的老太婆,还不如说它照出了帕尔默太太备受煎熬的内心世界。镜子也让她重新看到了自己被压抑的个性、被隐藏的才华、被牺牲的梦想以及被失去的自我。

在接下来的几天里,帕尔默太太有了许多反常的举动,她一成不变的、井井有条的生活也因此被打乱了。被重燃的激情和被压抑许久的自我使她决定逃离家的囚笼(cage),而让她最终下定决心离家出走的,还是镜子。

帕尔默太太第二次照镜子是在自己的房间里。她没有开灯,她不敢开灯,因为她不知道自己在镜子中将要看到的是年轻貌美、生气勃勃又情深意切的安妮,还是那个年老色衰的黄皮肤的老女人。她本来以为安妮——那个很久以前的"自我"已经死了,但是事实上她还没有死。紧张的帕尔默太太将脸和手腕浸在冷水中。她幻想着如果自己当初嫁给了自己爱的男人,她的生活是否会是另一番景象。紧接着她想起了丈夫乔布(Job Palmer)。随后,帕尔默太太果断地打开了灯,伫立在镜子前面,凝视镜中那个穿着黑色绸缎睡袍的矮胖身影。当她的眼睛与镜中那双灰色的、带着恳求神情的眼睛发出的光芒相遇时,帕尔默太太知道,那是安妮的眼睛,而安妮从来没有做过乔布·帕尔默的妻子。②

如前所述,一个人的自我认同感,他或她的统一的自我意识首先是通过镜像建立起来的。婴儿在凝视镜中映象的过程中,逐渐确认了这个形象就是他本人,从而建立起自我认同。拉康将这个阶段称为"镜像阶段"。在镜子被发明出来之前,人们最初是在水中观看自己的形象的。在中国的神话中,女娲照着自己映在水中的模样创造了人;而希腊神话中的那喀索斯,则是在湖水中第一次见到自己的倒影,并从此深爱上那个俊美的形

---

① Rebecca Harding Davis, "Anne", in Jean Pfaelzer (ed.), *A Rebecca Harding Davis Reader*, Pittsburgh: University of Pittsburgh Press, 1995, p. 330.

② Rebecca Harding Davis, "Anne", in Jean Pfaelzer (ed.), *A Rebecca Harding Davis Reader*, Pittsburgh: University of Pittsburgh Press, 1995, p. 331.

象。这两则神话都表明具有映照功能的镜子与人类自我意识的产生有着密切的关联,人正是通过自己在镜中的反射得到对自己的印象,并凭借这种印象确立"自我"。

通过镜中的形象,人们获得关于自我的身体与身份的确立,并实现对某种关系的辨认。当镜中的影像与主体之间建立起一种确认的关系时,自我意识也随之增长。镜子让帕尔默太太看清了自己真实的内心,她知道过去那个年轻美丽、渴望激情与爱情、朝气蓬勃的安妮——她真正的"自我"——仍然活着。于是帕尔默太太再也无法忍受投射在镜子中的那个现在的自我形象了,换言之,她再也不想将自己关进羁绊心灵的家里了。她决定逃离家的囚笼,去广阔的天地间寻找真正的自我。

在《安妮》中,作为一个充满隐喻与象征意味的意象,镜子极大地丰富了文本的内涵,使这部小说蕴含了现代精神分析的因素。它在揭示女主人公隐藏的心理现实的同时,也映照出了 19 世纪末的美国女性在寻找自我过程中的困惑、迷茫以及其他一些复杂的情感因素。

二、名字与自我的认同

在拉康心理学中,"自我认同的另一重要途径是他者话语"。第一人称代词"我"是自我认同的重要标志,但"我"是为自己所用的。而"我"的名字是为他者所用的,正是他者对"我"的呼唤、对"我"的评价使"我"将自己与这个名字认同起来,使"我"意识到"我"的身份,从而使自己的身份得到确认。在他者话语中,名字是最重要的。①

尽管到了 19 世纪八九十年代,美国女性在生活境况的改善、社会地位的提高、自我认知的建构等方面已经取得了一些成就,然而,透过《安妮》的女主人公在"安妮"和"帕尔默太太"两个名字之间表现出的矛盾和困惑,我们不难发现:男性话语依然在社会中占据着较为强势的地位,人们对于女性的期待仍然是妻子和母亲的角色。为了迎合传统的需要,女性仍然要做出压制欲望、搁置理想、放弃自我的牺牲。至于她们的"自我"

---

① 张德明:《流散族群的身份建构——当代加勒比英语文学研究》,浙江大学出版社 2007 年版,第 185 页。

真正需要的是什么,仍然很少有人关心和关注。

在《安妮》的开头,作者给我们设置了一个悬念:

"这真是件奇怪的事,这种事情安妮还从来没有遇到过。"①

从开头的几个段落中,我们知道女主人公的名字是"安妮"。安妮出场时,她的手里正拿着一束玫瑰花,坐在阳台的吊床里昏昏欲睡。在接下来的描述中,我们看到了安妮的模样:她天生丽质,红润的脸颊有着和红玫瑰花一样的颜色;青春貌美的她充满朝气与活力;此外,她还拥有甜美绝妙的嗓音,整个世界都听得到她美妙的歌声。就在这时,安妮看到了她曾经深爱的乔治和乔治的妻子特丽莎,看到他们让安妮的心感到一阵痛苦。她不由自主地说出了"乔治"的名字,她的嘴唇因说出这个名字而感到温暖,她的身体因激动而战栗。正当安妮沉浸在对乔治的深情回忆中时,她被人叫醒了。

直到这个时候我们才发现,原来我们刚刚看到的一切只是女主人公的梦境。现实中的女主人公被人们称为"帕尔默太太",她的孩子们称她"母亲"。女主人公在现实生活中的身份是已故农场主乔布·帕尔默的妻子,是帕尔默家的孩子们——苏珊和詹姆斯的母亲。随后我们也从镜子中看到了女主人公真正的样子:"一个五十岁的矮胖女人,花白的头发,长着一个大鼻子。"并且,她的脸颊也不红润,事实上她是一个"黄脸婆"。当她发出嘶哑的声音时,她才想起来,在18岁患了喉疾之后,她甜美的嗓音就消失了。多年来一直过着井然有序生活的帕尔默太太居然梦见自己变回了16岁的少女,到这时我们终于明白了,为什么在小说的开头叙述者说"这真是件奇怪的事"。

当帕尔默太太兴奋地和女儿苏珊说起自己的梦时,她的女儿手上正忙着做衣服,心里正想着男友要来喝茶的事。在苏珊看来,她可怜的妈妈只是做了一个离奇的梦,而这是她"小孩子气""幼稚"的又一次表现。事实上,苏珊和詹姆斯对帕尔默太太十分体贴和关心,他们总是把母亲当成

① Rebecca Harding Davis, "Anne", in Jean Pfaelzer (ed.), *A Rebecca Harding Davis Reader*, Pittsburgh: University of Pittsburgh Press, 1995, p. 329.

小孩子一样去关怀和照顾。可是儿女"永无止境的谨慎"对于帕尔默太太来说成了一种负担,她并不希望别人将自己当成"老糊涂"。① 从这些细节上我们看到,比起物质上的富足,帕尔默太太更需要的是心灵和精神上的理解与慰藉。然而她的儿女们显然无法理解自己的母亲,无法理解母亲偶尔表现出来的某种激情,比如帕尔默太太常眼含泪花地听手风琴演奏,她有时还会大老远地跑到费城去看一个意大利巡回演员的表演。Philip Fisher 认为,在后康德时代(post-Kantian world),与身体相联系的激情始终被认为是危险的,是一种病理学症状。Fisher 将激情等同于"一种一意孤行和独一无二的好战意识",认为激情是建基于"国王独一无二的"君主制政治之上的,而现代民主则要求激情和个人的独特性融入普遍的公民身份和共性之中。② 因此,帕尔默太太的儿女十分不理解母亲这些在他们看来十分孩子气的行为和举止。在他们眼里,农场、舒适的房子、仆人们已经足以占满一个人的生活空间了,没有什么其他的事情能让她心神不宁。就连帕尔默太太自己也意识到,身为"帕尔默太太"——一个受人尊敬的中年妇女,做这样的梦简直太不体面、太不可理喻了,她真不该把这件事告诉女儿。③

然而,梦到自己"返老还童"的帕尔默太太内心再也无法平静了。镜中之像是主体自我身份的映象。在第二次凝视自己的镜像时,在"确认过眼神"之后,女主人公确信她本以为很久以前就已经死去的"安妮"其实还活着。"安妮"和"帕尔默太太"两个名字分别代表了女主人公的两种身份:一个是年轻美丽、充满激情与活力的少女;另一个是年老色衰、身材发福、被妻子和母亲的角色束缚的黄脸婆。"安妮"代表的是年轻少女的理想和激情,而"帕尔默太太"代表的是妻子和母亲角色身上的繁重负担。"帕尔默太太""乔布的妻子""母亲"等称呼,与这些称呼相关联的"身份",以及与这个身份相关的一切责任和义务(琐碎的家务、农场的生意、

---

① Rebecca Harding Davis,"Anne",in Jean Pfaelzer (ed.),*A Rebecca Harding Davis Reader*,Pittsburgh:University of Pittsburgh Press,1995,p.332.

② Philip Fisher,*The Vehement Passions*,New Jersey:Princeton University Press,2002,pp.63 – 65.

③ Rebecca Harding Davis,"Anne",in Jean Pfaelzer (ed.),*A Rebecca Harding Davis Reader*,Pittsburgh:University of Pittsburgh Press,1995,p.331.

投资等等),将安妮牢牢地控制和封闭在女主人公日渐发福的身体中。伫立在镜子前面的帕尔默太太,没有经过激烈的思想斗争和心理挣扎便很快下定决心抛弃"帕尔默太太"的身份,重新做回"安妮"。而那个充满朝气、嗓音甜美的美少女安妮从来就没有做过乔布·帕尔默的妻子。所以,安妮要摆脱农场的桃园、令人讨厌的教堂聚会、狭隘的村庄里的各种流言蜚语和那些只知道散布流言和赚钱的邻居。安妮要去广阔的世界里探险,在她的余生,她要与音乐和艺术相伴,她要与诗人和思想家们生活在一起,过另一种生活,一种真正高尚的生活。

女主人公内心的需要从来没有被真正地关心和关注过,这必然导致某种不平衡的非确定性侵入以前被认为是确定的自我的日常生活实践和属性之中,于是,安妮决定离家,去寻找她真正的"自我"。

三、火车与自我的追寻

安妮离家出走的方式是乘坐火车。随着蒸汽机车的投入使用,美国的铁路建设迅速发展起来,并在19世纪50年代迎来了建设的高潮。蒸汽机车逐渐取代了轮船及其他交通工具成为主要的运输工具。1850年,美国的铁路线已经长达14 518千米,成为当时铁路线最长的国家。[①] 作为工业革命和现代科技的代表性成果,铁路和火车成为特定的意象并进入文学领域。在19世纪的英美文学中,多数作家将铁路或火车的意象视作进步的象征。在《安妮》中,火车这一意象便有着丰富的寓意和内涵。

首先,对于安妮来说,火车代表着自由。

火车开动了。她自由了! 现在她终于又做回自己了![②]

安妮坐上开往费城的火车,逃离了禁锢她"自我"的家。在火车开动

---

① 参见张友伦、陆镜生、李青等主编:《美国通史(第2卷):美国的独立和初步繁荣1775—1860》,人民出版社2002年版,第207页。

② Rebecca Harding Davis, "Anne", in Jean Pfaelzer (ed.), *A Rebecca Harding Davis Reader*, Pittsburgh: University of Pittsburgh Press, 1995, p.331.

的那一刻,安妮欣喜若狂。在火车上,安妮规划着自己下一步的行动和行程。不知不觉中,火车驶入了"宽街火车站"(Broad Street Station)。在笔者看来,"宽街"意味着宽阔的道路和更加广阔的空间。正是火车,使安妮从家庭的束缚中逃离出来,走上了寻找自由和"自我"的道路。

到达费城后,安妮先是去了信托公司取出她的债券,然后简单地吃了午饭。这还是她第一次独自来到城里,以前每次进城时都有女儿苏珊陪在身边"照顾亲爱的妈妈"。而苏珊总是固执地做"处于我们这个位置的人应该做的事"①,带着帕尔默太太去时尚的酒店,点高档的餐食。帕尔默太太十分不认同女儿的生活方式和消费方式。吃完饭后,天上下起了雨,安妮返回车站时,身上的衣服已经被浇湿了。

正当安妮盘算着是去意大利还是埃及的时候,她看见有熟人从火车上下来。她要马上将自己藏起来,于是慌忙中排进了去波士顿的购票队伍。五分钟后,她坐上了去波士顿的火车。安妮乘坐的特等车厢里人很少,除了她之外只有三位乘客,两位男士和一位女士。从这三位乘客的谈话中,安妮惊喜地发现,那位女士就是大名鼎鼎的妇女运动领袖、全国妇女协会主席艾姆斯太太(Mrs. Ames),而其中的一位男士居然是伟大的人物肖像画家科尔维尔(Corvill)。在帕尔默太太看来,这是她逃离农场和无穷无尽的家务琐事得到的"奖赏",她走近了拥有不朽智慧和思想的人们。

然而接下来发生的事情却让帕尔默太太大跌眼镜,大失所望。

> "啊,打开窗子!"艾姆斯太太说。从她嘴里一声一声冒出来的嘶哑的低音,就好像是一个长了胡须的男人打的鼾声。"我得透透气!看到车站里挤在一起的那些移民我真觉得恶心。女人和孩子瘦得皮包骨头,穿得破破烂烂。"②

车站里的"难民"场景并不是由作者直接描绘出来的,而是通过车厢

---

① Rebecca Harding Davis, "Anne", in Jean Pfaelzer (ed.), *A Rebecca Harding Davis Reader*, Pittsburgh: University of Pittsburgh Press, 1995, p. 335.

② Rebecca Harding Davis, "Anne", in Jean Pfaelzer (ed.), *A Rebecca Harding Davis Reader*, Pittsburgh: University of Pittsburgh Press, 1995, p. 336.

内的三个人物对他们在车站内所见所闻的讲述从侧面勾勒出来的。车站里成群的穷人,尤其是那些瘦骨嶙峋、破衣烂衫的女人和小孩让艾姆斯太太感到十分恼火,她上了火车、离开车站之后,都还无法平复心中这股强烈的厌恶之情。而画家科尔维尔只是把那些可怜的人当作创作的灵感和素材:

> "他们惹恼了你我感到很遗憾,"他说,"在他们中间能找到一些非常好的素材。我创作了两幅素描。"说着,他拿出笔记本。"门口那个饿得半死的女人——看到了吗?——嗯?下巴呈现的弧度非常好。我也一直想为我的'流亡'系列找一个垂死的婴儿。我捕捉到了想要的效果,病恹恹的孩子!"①

听到这番谈话的帕尔默太太感到十分恼火和失望。在她眼里,那个生病孩子的哭声会让任何一个女人心痛不已,当她从这些可怜人身边经过时,她几乎将自己的钱包都掏空了,她为这些穷人的遭遇感到无比悲伤。帕尔默太太此时意识到,所谓的艺术家和慈善家不过是倒卖艺术和人性的商贩,他们不是真理的代言人。

在笔者看来,作者通过讲述三个人物对车站难民的回应,暗示了火车的第二层寓意:进步的代价。蒸汽机车是工业革命的代表性成果。铁路通过提高空间移动的速度减少了空间转移的时间代价,因而成为19世纪进步的象征。1870年到1900年期间,美国铁路网总里程从85 295千米增长到约321 869千米。② 铁路的延伸是美国的工业发展和19世纪最后几十年经济生活的主要动力。然而,铁路在推动生产力迅速发展和经济增长、促进全国市场进一步联结的同时也产生了一些负面影响,比如它对自然生态环境的蹂躏和破坏。在《安妮》中,我们从艾姆斯太太、科尔维尔和乔治的身上也看到了冷酷无情的工业化进程对人性的扭曲。慈善家和艺

---

① Rebecca Harding Davis, "Anne", in Jean Pfaelzer (ed.), *A Rebecca Harding Davis Reader*, Pittsburgh: University of Pittsburgh Press, 1995, p. 336.

② 丁则民、黄仁伟、王旭等:《美国通史(第3卷):美国内战与镀金时代1861—19世纪末》,人民出版社2002年版,第87页。

术家都已经变成了自私冷漠、叫卖人性的商贩。此外，作者通过人物对话、人物的反应和心理活动侧面描写勾画出了贫民群像，其产生也是进步的代价之一。贫富两极分化与工业化和城市化的进程相生相伴。在代表发展与进步的火车站里簇拥着大量贫穷垂死的难民，这一景象正是对进步代价的批判和反思。

最后，帕尔默太太追求理想、寻找"自我"的美好愿望在火车上彻底破灭了。车厢里的另一位男士，那个肥胖驼背、留着油腻的黑胡须、戴着俗气链子的男人不是别人，正是安妮爱恋的对象乔治·福布斯。听着乔治粗鄙又招摇的声音，看着他又薄又冷酷的嘴唇和精于算计的眼神，帕尔默太太甚至怀疑她心中的那个艺术家、那个诗人乔治只是在她的梦里出现过。眼前这个乔治早已经不写诗了，因为诗歌是"市场的毒药"①。更令人感到失望的是，乔治的名字对于安妮来说意味着年轻的激情和美好的爱情，每当她喊出"乔治"这个名字时，她的身体都会不由自主地战栗，然而乔治却不记得她的名字到底是"范妮"还是"南尼"了！

火车载着帕尔默太太踏上了寻找自由和"自我"的旅程，而火车也让她的追寻之路变成了"穷途末路"。原来，帕尔默太太渴望和追求的一切都只是不切实际的幻象。当帕尔默太太了解了真相之后，火车出了事故。恰好乘坐同一班列车的詹姆斯将母亲帕尔默太太带回了家，也将她带回了现实中。

帕尔默太太回到了原来的生活轨迹上。她过着安静、奢侈、幸福的生活，帕尔默一家人都像从前一样把她当作孩子呵护。只是有时候偶然听到的一段音乐或不安分的风声，会让她的眼中流露出一种她的孩子们无法理解的神情。每到这个时候，帕尔默太太就会自言自语，"可怜的安妮！"好像安妮是她曾经认识但是现在已经死去的人。

帕尔默太太寻找自由、追寻自我的探索之旅以失败而告终。

---

① Rebecca Harding Davis, "Anne", in Jean Pfaelzer (ed.), *A Rebecca Harding Davis Reader*, Pittsburgh: University of Pittsburgh Press, 1995, p. 337.

她死了吗？她有气无力地想；如果她死了，她还会再活过来吗？①

在这句话中，作者连用了四个"她"，但这四个"她"并非指代同一个人，或者确切地说，四个"她"并非指向同一个名字。如果我们把"她"用名字来替换，那么这句话应该是："安妮死了吗？帕尔默太太有气无力地想；如果安妮死了，安妮还会再活过来吗？"为什么作者用"她"，而不用名字把话说得更清楚一些？在笔者看来，作者这样处理的原因是：第三人称"她"是一个泛指代词，"她"指代的不仅仅是安妮或帕尔默太太，还是千千万万与帕尔默太太有着相似经历的女性。戴维斯在小说结尾提出的这个问题，恐怕在21世纪的今天仍然是一道难题。

"1865年至1890年间的公共生活，如果不算选举活动，似乎充满了妇女的活动。"②社会关于女性问题的讨论自然而然地延伸到了文学领域中。处于转型期的美国瞬息万变，一切都是那么不确定。作为一名中产阶级知识女性，戴维斯敏锐地观察、记录、描绘和反思美国转型期女性的生活现实，她们独特的生活、经验、思想、情感，以及她们心灵的秘密活动和变化。

在戴维斯创作于19世纪60年代的小说中就出现了具有叛逆精神的新女性形象，其中最典型的是海丝特·曼宁太太。海丝特厌倦了男权社会分配给自己的相夫教子的角色，厌倦了无聊琐碎的家庭生活，她渴望追求自己的艺术梦想，渴望用歌唱表达自己，展现自己，实现独立。然而在当时，对女性传统角色的挑战无疑是冒天下之大不韪，人们不能接受她对男权社会道德规范与行为准则的藐视，不给她生存的自由空间，因而离家出走的海丝特只有"死路一条"。无论是由于传统价值和伦理观的强力压迫和约束，还是出于对读者审美和价值观的考虑，戴维斯只能将海丝特的离家出走和家破人亡"导演"成一场梦。在其70年代的作品中，从珍妮·德比的故事中，我们看到女性在寻找"自我"方面取得了一定的成果，她们

---

① Rebecca Harding Davis, "Anne", in Jean Pfaelzer (ed.), *A Rebecca Harding Davis Reader*, Pittsburgh: University of Pittsburgh Press, 1995, p. 339.

② 萨拉·M. 埃文斯：《为自由而生——美国妇女历史》，杨俊峰译校，辽宁人民出版社1995年版，第159页。

有了更大的自信,在自由和追求自我价值方面得到了一定的满足。可是我们也看到,女性在"自我"建构方面得到满足的同时也失去了许多她们本来拥有的宝贵的东西。例如,一些女性失去了"女性气质",被男性化,成为一颗哪里需要哪里用的螺丝钉。对于女性来说,这不是真正的自由,而是对她们本身的需要的忽视和扼杀。在 19 世纪末,进入新时代的美国女性在寻找自我的道路上已经取得了丰硕的成果:帕尔默太太已经有了自己的房间、事业、财产,她也得到了社会的认可和尊重。然而透过帕尔默太太凝视自我的镜子,我们发现男性话语依然占据着强势地位,人们对于女性的期待仍然是妻子和母亲的角色,而女性内心的需要和精神上追求,却很少有人关注。

在人物刻画上,戴维斯强调日常生活和现实中能够定义个性的独特方面,她注重详细描写人物的生活和心理细节,在日常生活里一点一点透露人物的地位和处境、人生观和价值观、微妙而复杂的情感世界。在表现人物的手法上,戴维斯最大的贡献是全知叙述技巧的使用。例如《妻子的故事》的女主人公海丝特就是一个全知全能的叙述者。由一个全知全能的叙述者来讲述个人历史和经验的这种叙事手法对于推动美国现实主义文学的发展具有重要意义。叙述声音位于"社会地位和文学实践"的交界处,体现了社会、经济和文学的存在状况①,而女性叙述者的声音更是意识形态激烈对抗、冲突与挑战的焦点场所。海丝特用全知全能的视角叙述讲述的个人经历就是美国转型期社会的一个缩影。

戴维斯书写了一部 19 世纪美国女性发现自我、寻找自我的生动历史。"自我"是 19 世纪的美国女性一直寻找又寻找的目标,而这个寻找过程是一个探索和徘徊的过程,人们寻找的结果多是失败的,许多人在寻找中反而迷失了自己。因此,在描写"新女性"勇敢追求精神自由和理想的同时,戴维斯更多地表达了女主人公进退两难的困境、徒劳无益的挣扎和无可奈何的放弃。对于女性来说,怎样才算是真正地找到了、实现了"自我"?该如何去寻找和实现"自我"?在笔者看来,这是当代女性仍然在试图回答的问题。

① 苏珊·S. 兰瑟:《虚构的权威——女性作家与叙述声音》,黄必康译,北京大学出版社 2002 年版,第 4 页。

第五章 19世纪转型期
美国男性的情感结构

　　戴维斯在《男人的权利》一文中指出："女人正在转型。"在笔者看来，此处的"转型"（transition）应理解为美国女性由传统向现代转变的转型。女性的转变（女性意识的觉醒、受教育程度的不断提高、对社会生活越来越广泛的参与），尤其是"新女性"的崛起，使男性感受到了前所未有的压力和焦虑。在风起云涌、瞬息万变的社会转型期，男性面临着怎样的生存现实？他们在回应时代变迁的过程中产生了哪些新的情感结构？这是本章试图回答的问题。

　　本章的讨论围绕"工作"展开。《妻子的故事》中海丝特的经历让我们看到，在19世纪中期的美国，就连女性都有了想要工作并依靠工作独立、实现自身社会价值的愿望，可想而知，工作对于男性而言意义就更加重要了。据威廉斯考证，"work"一词被用来专指"有支薪的工作"是资本主义生产关系发展的结果，只有在这种意涵里，一个家庭主妇才可以被说成是"没有在工作"（not working）。[①] 在19世纪之前，男人的身份是通过家庭和社区（community）确立的。而在19世纪，工作或劳动对于男人的自我定义变得尤为重要。如果一个男人没有工作，他简直无法被称为真正的男人。一个男人的生活中如果没有工作，那么他的生活也就没有了实质或意义，他也就失去了生存的根基。"没有什么比找到适合自己的工作，并为了生活好好地把握它更能让一个男人感到他已经在这个世界上立足的

---

　　① 雷蒙·威廉斯：《关键词：文化与社会的词汇》，刘建基译，三联书店2016年版，第522—523页。

了。"①戴维斯以工作和职业为依据和线索塑造男性人物,这一点充分说明她敏锐地捕捉到了当时社会的历史风貌和时代特征、普通民众的心理,以及个体在回应时代变化时的独特反应。

本章选取了几个从事不同职业的男性人物进行解读和剖析:《铁厂一生》中的移民工人休·沃尔夫,《玛格丽特》中的"自造男人"斯蒂芬·霍姆斯、激进的改革者诺尔斯医生,《和谐村民》中的同名人物诺尔斯,以及短篇小说《离开大海》中的外科医生比肯谢德——他的另一个身份是捞蛤工费布的私生子德里克。选择这几个人物的原因是,在笔者看来,这五个人物是19世纪下半叶美国男性的典型代表。他们与美国中产阶级占主导地位的男性气质话语之间的互动,从不同角度折射出了19世纪下半叶美国社会的生活现实以及不断变化的情感结构。

工业主义"无情地斩断了把人们束缚于天然尊长的形形色色的封建羁绊,它使人和人之间除了赤裸裸的利害关系,除了冷酷无情的'现金交易',就再也没有任何别的联系了"②。正如马克思和恩格斯所指出的那样,进步似乎使物质的力量具有了理智和生命,而人的生命则化为愚钝的物质力量:一方面,无产者越来越贫穷痛苦,另一方面,无温饱之虞的人为了追求进步,割舍了诸如道德关怀、审美情趣和天伦之乐等生活中许多宝贵的东西③,从而使自己陷入了孤独、迷茫和精神匮乏的窘境中。在戴维斯作品中的男性人物身上,我们看到的正是处于转型期的社会中普遍存

---

① Rebecca Harding Davis, *Dallas Galbraith*, Philadelphia: J. B. Lippincott Company, 1868, p. 16.

② 中共中央马克思恩格斯列宁斯大林著作编译局编译:《马克思恩格斯选集》第一卷,人民出版社1995年版,第274—275页。

③ 参见殷企平:《推敲"进步"话语——新型小说在19世纪的英国》,商务印书馆2009年版,第7页。

在的孤独、困惑、压抑、精神匮乏、焦虑与绝望等异化①的情感。

第一节　移民工人休·沃尔夫的堕落与毁灭

美国是一个由移民组成的国家。19世纪30年代起,交通费用的降低和美国经济机会的增加刺激了移民潮的兴起,主要来自欧洲的大量移民涌入美国东北部迅速发展的工业城市,改变了美国人口的构成。外来移民为美国经济的快速发展,尤其是为工业化和西部领土开发提供了大量劳动力,为推动美国的历史进程发挥了极大的作用。1860至1900年间,美国人口总数增加了一倍多,从3 100多万人增加到7 600多万人,而在增长的人口中,外来移民占有很大的比重,仅在这40年间就有1 400多万移民涌入美国。② 移民劳工是19世纪美国东部工业城市里最常见的一道"景观"。

在19世纪60年代,非黑种人的工人阶级几乎等同于移民阶级。③ 移民工人大多来自德国、英国、爱尔兰以及欧洲的其他地区,他们是白种人,然而却和黑人一样受到剥削、歧视和忽视。在《铁厂一生》之前的美国文学作品中,工人阶级还从未引起过真正的关注,更不用说成为文学作品中的主题了。从小在惠灵长大的戴维斯,作为工业化进程和移民潮的见证者和亲历人,自然而然地成为最早书写移民工人的下等生活、记录和表达劳工阶级的日常生活感受的美国作家。《铁厂一生》的主人公休·沃尔夫

---

① 威廉斯指出,"异化"(alienation,或译为疏离)一词是现代语言中最难定义的一个词,它本身有多种意涵和许多变异的用法。按照笔者的理解,随着历史和人类文明的发展,尤其是随着现代工业主义的蓬勃发展,人与本质天性之间、人与人之间、人与社会之间、人与他们内心深处的情感和欲求之间必然会产生异化或疏离。从某种角度来说,疏离或异化是文明发展必须付出的代价,要克服它是不可能的。参见雷蒙·威廉斯:《关键词:文化与社会的词汇》,刘建基译,三联书店2016年版,第50—55页。

② 丁则民、黄仁伟、王旭等:《美国通史(第3卷):美国内战与镀金时代1861—19世纪末》,人民出版社2002年版,第152—153页。

③ Caroline S. Miles, "Representing and Self-Mutilating the Laboring Male Body: Re-Examining Rebecca Harding Davis's 'Life in the Iron Mills'", *American Transcendental Quarterly*, Vol. 18, No. 2, 2004, p. 90.

是美国文学中最早的非非裔男性工人形象之一。对休的形象令人不安的描述是作者努力记录移民劳工真实历史境况的结果。通过对休"怪异"（grotesque）的、令人不安的形象的塑造，戴维斯表达了她对美国19世纪占主导地位的中产阶级男性气质话语的质疑。在揭露移民工人恶劣的生活境况和饱受压抑与摧残的精神世界的同时，作者也通过纠正19世纪中期美国风景画文学（picturesque）中普遍流行的对工业和工人的错位叙述（displaced narratives），揭示了当时贫穷的移民和劳工给中产阶级带来的与日俱增的不满和焦虑。

一、身体

在人类学家看来，人的身体是带有神秘色彩的"不可思议的造物"。身体不仅是一个自然的实体，也是一个文化概念，身体的外在形态背后隐含着巨大的社会意义和文化意义。① 人们借身体的存在、运转和使用，来思考其周围世界的意义。人的身体关联着一个社会的秩序、结构和权力的运作方式。换言之，某一个特定的身体指向的不只是这个个体的社会身份，同时在这个身体上也投射出了它所栖身的社会的秩序结构、权力关系、价值体系以及社会等级等诸多信息。

米歇尔·福柯（Michel Foucault，1926—1984）认为，身体是由历史铭刻的，它带有权力关系。福柯在他的身体研究中引入了"权力"的概念，建立了身体政治学的理念，突出了社会尤其是权力对于身体的规训。他在《规训与惩罚》中提出：

> 肉体也直接卷入某种政治领域；权力关系直接控制它，干预它，给它打上标记，训练它，折磨它，强迫它完成某些任务、表现某些仪式和发出某些信号。这种对肉体的政治干预，按照一种复杂的交互关系，与对肉体的经济使用紧密相联；肉体基本上是作为一种生产力而受到权力和支配关系的干预；但是，另一方面，只有在它被某种征服体制所控制时，它才可能形成为一种劳

① 王媖娴：《社会、文化与身体》，载《理论界》2011年第9期，第87页。

动力(在这种体制中,需求也是一种被精心培养、计算和使用的政治工具);只有在肉体既具有生产能力又被驯服时,它才能变成一种有用的力量。①

葛红兵和宋耕在谈到福柯关于身体的"惩戒"时指出:"福柯关注的历史,是身体遭受惩罚的历史,是身体被纳入到生产计划和生产目的中的历史,是权力将身体作为一个驯服的生产工具进行改造的历史……"②

正是工人的身体吸引了戴维斯的注意力,激发了她的艺术想象,使她写下了休·沃尔夫的故事,而休的故事不但让我们看到了身体所指的力量,也使美国非黑人的工人阶级成为文学和艺术的表现对象。休·沃尔夫是来自威尔士的移民,戴维斯对休的观察和描写也是从其身体开始的。

> 他们更脏一些;他们的肌肉不那么发达;他们的背驼得更严重。他们喝醉酒的时候,既不大声喊叫,也不左摇右晃,而是像沮丧的猎狗一样偷偷摸摸地溜着边儿走。③

身体是身份的载体,任何身份归根结底是身体性的。戴维斯仅用很少的笔墨就在不经意间使移民工人的形象跃然纸上,并使我们看到了隐含在这些身体背后的移民工人的生存困境。移民工人的身体有一个普遍性的特点,那就是脏,而来自威尔士的移民工人身体要"更脏一些"(a trifle more filthy),并且,他们的腰背也"驼得更严重"一些(stoop more)。两个"更"(more)暗示我们:移民工人生活在社会边缘,其工作和生活环境都极为恶劣,他们是工业化造成的环境污染的直接受害者;而威尔士工人似乎受到了更加深重的压迫和剥削。这一点在下面的描述中也得到了印证:他们也会像其他工人一样用酒精来麻痹自己并且喝得酩酊大醉,但是

---

① 米歇尔·福柯:《规训与惩罚》修订译本,刘北成、杨远婴译,三联书店 2012 年版,第27—28页。
② 葛红兵、宋耕:《身体政治》,上海三联书店 2005 年版,第46页。
③ Rebecca Harding Davis, "Life in the Iron Mills", in Tillie Olsen (ed.), *Life in the Iron Mills and Other Stories*, New York:The Feminist Press, 1985, p. 15.

他们从不像别人那样大喊大叫,即便是喝醉了他们也会像"沮丧的猎狗"一样偷偷摸摸地溜着边儿走。叙述者紧接着告诉读者,威尔士工人的身体骨瘦如柴,他们的脸也棱角分明。①

对威尔士移民身体的描述让我们看到了移民工人身处绝望的、任由个人命运缓缓流向毁灭的悲惨处境,同时作者也为主人公休的出场做了铺垫。休在工厂中并不受欢迎,原因之一是他是一个失去了男性气质的"娘娘腔":

> 他已经失去了男人应有的气力和本能的活力,他的肌肉不发达,神经脆弱,他的脸(一张驯服的、女人的脸)十分憔悴,又因肺痨而变得蜡黄。在工厂里,他被别人当作娘娘腔:莫莉·沃尔夫是他的绰号。②

按照常理来说,身为一名铁厂工人,休本应该身体健壮、肌肉发达、充满力量,这是我们对重体力劳动者的一种普遍印象。然而休的形象与我们的想象,与19世纪中期的风景画文学对工人形象的描述都大相径庭。19世纪中期,当与工业相关的工作出现已经成为连乡村也无法回避的事实时,广受欢迎的风景游也将其客体化的目光放在了工人的工作地这一新奇的场所,并将与工业性相关的工作重塑为前工业时代的游戏,将机械化工业转变成为粗糙的个人主义的充满阳刚之气的运动。③然而,戴维斯所表现的却是一个怪异的、令人不安的白人男性身体。休是一个瘦弱无力、神经脆弱、患有肺痨、没有"男人味儿"的娘娘腔。当休因盗窃罪被关进监狱时,他的肺部严重出血,已经"虚弱得像只小猫",狱卒甚至可以"像

---

① Rebecca Harding Davis, "Life in the Iron Mills", in Tillie Olsen (ed.), *Life in the Iron Mills and Other Stories*, New York: The Feminist Press, 1985, p. 15.

② Rebecca Harding Davis, "Life in the Iron Mills", in Tillie Olsen (ed.), *Life in the Iron Mills and Other Stories*, New York: The Feminist Press, 1985, p. 24.

③ Andrew Silver, "'Unnatural Unions': Picturesque Travel, Sexual Politics, and Working-Class Representation in 'A Night Under Ground' and 'Life in the Iron Mills'", *Legacy*, Vol. 20, No. 1/2, 2003, p. 96.

抓婴儿一样将他抓起来扔在草垫子上"①,而当时 19 岁的休本应是"年富力强"的时候。

　　在笔者看来,休的身体是一个典型的被控制、被干预、被驯服、被阉割的身体,其背后隐藏的是正在蓬勃兴起的工业资本主义社会的经济秩序、政治干预和权力支配三者之间的交互关系。作为移民和工人,尽管休是白人,但是他的地位却等同于受蓄奴制压迫的黑人。同黑人一样,他是一个受到阶级压迫的被边缘化的人物。在炼铁厂里,当班的休"只会停下来接受指令"②,而休身体活动的空间也只有家和工厂。在休绝望得发疯的时候,他的嘴里反复叨念着"家,——然后回工厂"③。"回工厂"(back to the mill)而不是"回家",这一细节说明,工厂占有休身体的时间比家更长,休的身体显然已经不属于他自己了。按照福柯的说法,身体只有在既有生产能力又被驯服时,才能变成一种有用的力量。换言之,资本主义力量对移民工人身体的经济使用,是与对其进行政治干预、规训和控制紧密结合在一起的,因为身体只有在被某种体系征服和控制时,它才成为真正的劳动力。福柯对于身体的看法在休瘦削的、被阉割的身体上得到了有力的证明。被边缘化的休,在经济秩序和政治干预的规训下逐渐变得"身不由己",他的男性气质也遭到了阉割。美国工业资本主义蓬勃发展的过程也是以休为代表的移民工人们的身体被压迫、被剥削、被规训、被阉割的过程。Michael Denning(1998)认为,"怪异"是在危机和转型时期最适合的诗学形式,它是作者的革命性尝试,它反对已经被接受的分类。在笔者看来,一方面休怪异的、令人不安的身体折射出的是美国转型时期中产阶级对工业化后果的不安和焦虑;另一方面它也是戴维斯努力寻找合适的形式来缓解叙事张力,准确表达人们的不安与焦虑等复杂情感的尝试。

---

　　① Rebecca Harding Davis, "Life in the Iron Mills", in Tillie Olsen (ed.), *Life in the Iron Mills and Other Stories*, New York: The Feminist Press, 1985, p. 52.

　　② Rebecca Harding Davis, "Life in the Iron Mills", in Tillie Olsen (ed.), *Life in the Iron Mills and Other Stories*, New York: The Feminist Press, 1985, p. 23.

　　③ Rebecca Harding Davis, "Life in the Iron Mills", in Tillie Olsen (ed.), *Life in the Iron Mills and Other Stories*, New York: The Feminist Press, 1985, p. 41.

二、欲望

位于《铁厂一生》叙事框架中心的是一座女性雕像,雕像的塑造者正是在工厂里不受欢迎、在别的工人眼里有些格格不入的"古怪"的休。

> 在工作的间歇,沃尔夫有一个习惯,在废渣堆上削砍、雕凿塑像——它们丑陋、古怪,但有时有一种怪诞的美……在他休息的一点儿时间内,他用一把钝钝的刀子削削砍砍,从不说话,直至又轮到他当班——几个月的工夫花在一个塑像上,然而,当他马上要完成时,又会在突如其来的失望中将它砸得粉碎。①

塑造这座雕像的材料是炼铁之后产生的废渣(korl),"一种轻的、多孔的物质,颜色苍白,边缘呈肉色"②。这座雕像被叙述者称为"废渣女人"(the korl woman)。

Dana Seitler(2014)认为,雕像象征沃尔夫"了解美"的渴望,或者说是让他成为另一个自己的知识,并且休将自己被剥削的经历投射到了雕像上。在 Caroline S. Miles(2004)看来,体力劳动和剥削使休失去了自我叙述(self – narrating)自己身体的权利和机会,并将他的身份束缚在身体的生物学层面,使他的身体表述只限于需要(needs)层面。于是无法表现自己身体更高层次的欲望(wants)的休,便将自己的欲望诉求投射到了雕塑——"废渣女人"的身上。而这更高层次的欲望就是休试图通过建构自己身体的美学表达,通过压倒由他人决定的——由那种将他的工作描述为对工厂工人的强迫性规训的人创造出来的美学表达,来重新定义自己。在笔者看来,废渣女士象征的是休逃离自己绝望的人生处境的欲望。

---

① Rebecca Harding Davis, "Life in the Iron Mills", in Tillie Olsen (ed.), *Life in the Iron Mills and Other Stories*, New York: The Feminist Press, 1985, pp. 24 – 25.

② Rebecca Harding Davis, "Life in the Iron Mills", in Tillie Olsen (ed.), *Life in the Iron Mills and Other Stories*, New York: The Feminist Press, 1985, p. 24.

它的身上没有一丝美或优雅:一个裸体女人的形体,发达的肌肉,因劳作而变得粗糙有力的双臂充满了深切的渴望。看到它时产生的想法是:那紧张僵硬的肌肉,紧握的双手,狂野又渴望的脸,好似一只饿狼。①

从"废渣女人"瘦骨嶙峋的手腕来看,它是一个女工。其"身形巨大,蹲伏在地上,张开的双臂呈现出某种狂野的姿态。那是发出警报的姿势"②。休将雕像的胳膊和手上的肌肉处理得恰到好处。它的手在摸索和探寻,这是即将饥渴至死之人特有的动作。让小说中的中产阶级访客(医生、工厂主、记者等等)颇为不解的是,从外表来看,"废渣女人"非常强壮,然而它表现出的却是近乎发疯的、将要溺亡的半绝望的姿势。对此,休的回答是,因为"她很饿":

她需要能使她活下去的东西,我想,——像你们一样生活。从某种程度上来说,威士忌也许可以。③

尽管休对自己的作品、对自己想传达的信息也存在困惑,但他还是说出了自己投射在"废渣女人"身上的欲望,这个欲望就是"活下去"。并且,他想要的不只是在生理需求的层面上活下去,他更加想要的是"像你们一样"——像中产阶级白人一样更好地生活下去。

"身体……既是一个被表现的客体……也是一个有组织地表现出概念和欲望的有机体。两套表现系统相互缠绕和重叠。"④失去了表达自己身体的机会,休用"废渣女人"的身体表达了他逃离自己的工人身份、进入

---

① Rebecca Harding Davis,"Life in the Iron Mills",in Tillie Olsen(ed.),*Life in the Iron Mills and Other Stories*,New York:The Feminist Press,1985,p.32.

② Rebecca Harding Davis,"Life in the Iron Mills",in Tillie Olsen(ed.),*Life in the Iron Mills and Other Stories*,New York:The Feminist Press,1985,p.31.

③ Rebecca Harding Davis,"Life in the Iron Mills",in Tillie Olsen(ed.),*Life in the Iron Mills and Other Stories*,New York:The Feminist Press,1985,p.33.

④ 丹尼·卡瓦拉罗:《文化理论关键词》,张卫东、张生、赵顺宏译,江苏人民出版社2005年版,第95—96页。

中产阶级阶层、得到主流白人社会的民族认同的愿望。

在炼铁厂里从事重体力劳动的休每天至少要工作 12 个小时以上。按照常理来说，在工作的间歇，精疲力尽的休本应该抓紧一切时间休息，然而他却从不休息，也不和别人讲话。他将所有的时间和精力都用在了雕凿塑像上。休常常花几个月的时间雕凿一个塑像。然而，当他马上要完成这件作品时，又会在突如其来的失望中将它砸得粉碎。在笔者看来，休创造塑像的过程和细节恰好印证了精神分析学对欲望的诠释。

欲望是人类精神过程中一股不可避免的力，它有别于需要。① 精神分析学认为，人的欲望不同于动物的性本能，它既不是遗传的、天生的，也不是一开始就成熟的或完整的。它既非人类内心深处的一种本能冲动，也非一匹脱了缰绳的不可控制的野马，相反，它本身其实是一种受到了限制的东西。欲望总是在某处遇到了它的界限。② 德勒兹和瓜塔里用"机器"来描述欲望，机器一词暗示的含义是：欲望的流动是无休止的、无法阻挡的"逃逸"。正是这种无休止的、无法阻挡的欲望之流牵引、拉扯着休不停地在废渣上削砍和雕凿。

然而欲望的发现、流露和表达并不是一个简单的过程。这是因为：欲望不是能被简单地发现的东西，它必然是被创造出来的。但它只有在纯粹的偶然经验的基础上才能被创造出来，无论那经验是某个个体的还是某种文化的。③ 休不停地雕凿、塑造，但是要真正表达内心所欲是困难的，因而他常常在一件作品上花了几个月的时间，之后才发现它并不是自己想要的，它也无法表达自己的欲望和愿望，于是他一次又一次地在绝望中将作品毁掉。此外，寓于无意识之中的所欲的东西常常是无意识的主体无法用语言表达的。这就是当休被问到他的作品究竟要表达什么、传达什么的时候，他困惑地说不清楚的原因。上帝在休的灵魂中装入了对美的强烈渴望，他渴望认识美、创造美，渴望成为另外的什么人。但他自己

---

① 于连·沃尔夫莱：《批评关键词：文学与文化理论》，陈永国译，北京大学出版社 2015 年版，第 65 页。

② 黄作：《不思之说——拉康主体理论研究》，人民出版社 2005 年版，第 217 页。

③ Gilbert D. Chaitin, *Rhetoric and Culture in Lacan*, Cambridge: Cambridge University Press, 1996, p. 10.

也不知道,更说不清楚那"另外的自己"究竟是什么样子的。

来工厂的几位中产阶级访客对"废渣女人"的回应折射出了19世纪中产阶级主流价值观对移民工人阶级的态度。他们要么不了解这一特殊阶级的生活境况和精神诉求(如梅医生),要么了解了但表示无能为力(如工厂主的儿子科尔比),要么像米切尔一样冷漠地袖手旁观。在几位中产阶级访客中,米切尔是唯一看到"废渣女人"灵魂的人。他看到了移民工人的渴望和诉求,然而他对这种诉求的回应态度是嘲讽的、残酷的和无情的。这种态度也预示了休在监狱中自戕的悲惨结局。

三、监狱

监狱是移民工人们经常"光顾"的地方。《铁厂一生》之中多次提到工人进监狱的情节。戴维斯在介绍威尔士移民工人的生活时曾说,这些威尔士人"偶尔在监狱里过上一夜,为自己饮酒过量的行为买单"[1],在常常因为醉酒而被关进牢房这一点上,威尔士工人和来自其他地区的移民工人并没有什么区别。在纺织厂里工作了一天的德博拉深夜回到家后狼吞虎咽地吃着自己当天的第一顿饭——白水煮土豆时,发现休喜欢的女孩詹妮(Janey)也在沃尔夫家里。因为詹妮的父亲在"石房子"(stone house)里,所以她只得来沃尔夫家暂住一晚。"石房子"就是爱尔兰方言里对监狱(jail)的称呼。"石头"的强大、坚硬和冰冷暗示它将给人带来难以逃脱的命运。从戴维斯对移民工人生活境况的描述中,我们也得到这样的暗示:进监狱已成为移民工人生活中一件习以为常的事,已经不足为奇了!

休因盗窃罪被判处19年苦役。在1850年前后,成年男子的寿命约为37岁,休被判刑时只有19岁,这也就意味着休将在监狱里度过余生,通过劳动和教养"改造"和"赎罪"。

监狱是人类社会发展到一定历史阶段的产物,它是随着阶级和国家的出现而产生的。原始社会后期,生产力的发展促使私有制出现,人类社会逐渐从原始社会过渡到奴隶社会,阶级和国家组织形式也随之产生。

---

① Rebecca Harding Davis,"Life in the Iron Mills", in Tillie Olsen (ed.), *Life in the Iron Mills and Other Stories*, New York: The Feminist Press, 1985, p. 15.

掌握国家权力的统治阶级为了维护统治,制定了一系列规章制度,它们以国家的意志体现出来,即法律。为了惩罚违反法律的犯罪者,刑罚和监狱应运而生。福柯(2017)认为监狱是一种规训的手段,它的出现代表了新的阶级权力的诞生。

监狱对于犯人而言具有绝对的权威性。它不但有剥夺自由的功能,同时还有驯化、教养的功能,两个功能是相辅相成的。苦役是对犯人实施的强制性劳动。犯人劳动的价值在于它对人体机制的作用。它建立了一种权力关系。它是秩序和规律化的一个要素,"通过它所提出的要求,它令人难以察觉地传递了一种严厉的权力"。劳动确立的等级体系会铭刻在犯人的行为举止中,犯人不再懒散,养成了守秩序和服从的习惯。他们也不再胡思乱想,而是变得循规蹈矩,并且十分驯服。①

休被判刑、投入监狱的过程是由一个旁观者——狱卒哈利(Haley)以第一人称讲述的。

> 审判之前,刚一被抓进来的时候他就被砍倒了——他躺在床板上就像死人一样,双手盖着眼睛。我这辈子还从来没见过谁像这样被击倒。审判的时候,还从没见我的犯人这么干过。他不选律师。当然了,法官指派给他一个。是吉普森。他试着证明这个家伙疯了,可是不管用。事情就像大白天那样明白:钱是在他的身上找到的。真是判得够重的——所有的法律允许的范围内最重的刑罚;但这也是为了杀鸡儆猴。这些工人变得越来越让人受不了了。②

从哈利的话中,我们看到了监狱象征新的阶级权力的这一本质特征。休一进监狱就得到了狠狠的"教训":被狱头打倒,像死人一样一动不动。就连哈利也认为,法官判得过重,但是他觉得这也是可以理解的,因为工

---

① 米歇尔·福柯:《规训与惩罚》修订译本,刘北成、杨远婴译,三联书店2012年版,第271—273页。

② Rebecca Harding Davis,"Life in the Iron Mills", in Tillie Olsen (ed.), *Life in the Iron Mills and Other Stories*, New York:The Feminist Press,1985,p.51.

人们已经变得越来越不像话了！法官判重刑也是为了"杀鸡儆猴"。19世纪主要来自欧洲各国的移民虽然为美国的经济发展和工业化进程做出了巨大贡献，但是他们始终是没有被主流社会接受的、被边缘化的他者。工业城市里大量移民的存在甚至给中产阶级带来了某种程度的不满、不安、焦虑和恐慌。在《铁厂一生》出版之前，多数人都认为美国大城市里的环境问题是由贫穷肮脏的移民造成的，这些移民的身体肮脏，他们的道德必然也是败坏的。在这种情况下，象征权力与话语的监狱自然成为规训这些贫穷野蛮的移民的重要手段和工具。从引文的最后两句话我们也不难看出，休的过错不至于让他被判19年的苦役，然而法官却这么判了，并且这一判决结果也得到了中产阶级群体（哈利、梅医生、米切尔等）的理解和认同，这说明休成了一个"杀鸡儆猴"的牺牲品。对休重判的目的是"以儆效尤"，是为了便于中产阶级控制、干预和规训移民工人阶级——这一让他们感到越来越不安和焦虑的群体。

休在监狱中两次试图逃跑，但是瘦弱的休还没跑到牢房门口就被抓了回来，狱头像扔小猫一样把他扔到床板上。哈利为了防止休再次逃跑，给他戴上了铁脚镣。拖着沉重的铁脚镣，休来到囚室的铁窗前向外看，他的囚室之外就是市场。休能清楚地看到市场上的摊位和琳琅满目的各种商品，甚至能听到正在交易的人们的争吵声和数钱的声音。他与市场、与自由只有一步之遥！可是这中间却永远隔上了不可逾越的、坚固无比的石墙和铁窗。绝望的休在监狱中割腕自杀了。他用自戕的方式强行摆脱了自己毫无希望的人生处境。

休是19世纪移民工人的一个缩影。戴维斯对休的书写从他被规训、被阉割的身体开始，以他进入象征权力和话语的监狱结束。休的身体、"废渣女人"和监狱为我们勾勒出了19世纪移民劳工阶层这一特殊白人群体的真实生活境况。尽管移民为美国的工业化进程做出了巨大贡献，但是他们的生活处境却十分艰难。虽然移民工人多是白种人，但是他们的工作、他们的社会地位和黑人并没有什么两样。他们是一个被中产阶级白人主流价值体系所排斥、鄙视、忽视，并且和有色人种一样受到剥削和压迫的群体。除了映照移民工人群体的生存境况之外，戴维斯在对休的书写中还投射了19世纪中期中产阶级对工业化的后果，尤其是对贫富差距扩大等社会问题的焦虑和不安。为了掩盖和缓解这种焦虑和不安，让自己生活得更安全、更安心,中产阶级不但利用、压榨移民工人的体力和精力,还采取各种各样的方法和手段来控制、干预、规训移民工人群体,迫使他们心甘情愿地接受自己被排除在主流社会之外的事实。总之,在笔者看来,休这一人物形象既关联着 19 世纪美国移民群体物质匮乏的生活现实和他们痛苦、贫乏、饥渴的精神世界,又关联着处于转型期的中产阶级在面对工业化的后果时产生的种种复杂情绪及对工业主义的独特反应。

第二节 “自造男人”
斯蒂芬·霍姆斯的幻想与野心

Yellin(1990)认为,小说《玛格丽特》的重要意义在于,它将工业化进程中的美国当作一个社会,并将这个社会的饥渴特征做了文学呈现。小说的男主人公斯蒂芬·霍姆斯(Stephen Holmes)就是生活在这个饥渴社会里的一个最典型的美国人(a representative American)。从霍姆斯这一带有“自造男人”式男性气质的人物身上,我们看到了 19 世纪伴随工业化进程出现在美国社会中的新的价值观和社会属性,以及当时正在变动着的社会意识。戴维斯也通过对霍姆斯的塑造,对“自造男人”这一现代男性气质和盛行于 19 世纪的“进步”话语提出了置疑,并进行了批判和反思。

一、“人未到,声先到”的男主人公

此处标题中“声先到”的“声”指的不是霍姆斯的说话声,而是他极具象征意义的脚步声。作为小说的男主人公,霍姆斯直到第四章才“姗姗来迟”,正式出场。他出场时我们先听到的是他坚定、规律、冰冷、沉重的脚步声。而在此之前,霍姆斯只是在玛格丽特的脑海中,在诺尔斯医生旁敲侧击和冷嘲热讽地试探玛格丽特的想法时,在几个看似无关紧要的旁观者的闲话里“不经意地”露过几面。在笔者看来,霍姆斯几次貌似不经意地碰巧出现在别人的脑海中和谈话中是作者精心安排的结果。一方面,

戴维斯为霍姆斯的正式出场做了充分的铺垫;另一方面,对他人视角和言语中的霍姆斯的三次侧面描写使人物形象更加立体和饱满,为我们更加全面地了解和把握这一典型的美国人形象提供了参照。

在小说的第二章,在玛格丽特的家门口突然出现了一只活泼的小猎犬,小狗的名字叫"老虎"。老虎的出现搅乱了玛格丽特已经努力平复了两年的心绪。两年没有见到玛格丽特的老虎表现得十分耐人寻味,它不停地舔玛格丽特的手,闻她的衣服,想探一探她是否还是两年前的玛格丽特。老虎是跟着洛伊斯卖菜的杂货车来的,但玛格丽特并没有询问洛伊斯小狗主人的情况,她似乎在回避着什么。她是从洛伊斯与乔尔的对话中得知的,两年前离开家乡的霍姆斯在一个月前带着老虎回到了镇里。

在小说的第三章,与老虎的互动使玛格丽特敞开了心扉,于是我们在玛格丽特的脑海中第一次"看到"了霍姆斯模糊的的轮廓和身影。和她相比,霍姆斯更加珍视的是他的"自我"(Self),为了不成为霍姆斯成功道路上的障碍和负担,玛格丽特放弃了她与霍姆斯之间的这段感情。作者用将"自我"(self)这个词的首字母大字的形式第一次从侧面表现了霍姆斯的性格特点。

在小说第四章的开头,玛格丽特回到工厂上班时,诺尔斯故意在她面前和工厂经理派克(Pike)谈论霍姆斯,以此试探玛格丽特的反应。从派克下流粗鄙的言语和诺尔斯嘲讽奚落的语气中,我们对霍姆斯的形象有了进一步的认识和了解。在派克眼中,霍姆斯对待动物比对待人更加友善,而从诺尔斯讥讽鄙视的谈话中,我们知道了霍姆斯回到镇里的原因:工厂的另一位合伙人赫恩先生出资买断了诺尔斯的股权,并将整个工厂作为嫁妆送给了自己的女儿赫恩小姐和她未来的丈夫——这个即将成为赫恩小姐丈夫的人正是霍姆斯。在诺尔斯看来,霍姆斯是一个为了利益出卖灵魂的人。尽管转让工厂股份的合同还没有签,但霍姆斯已经给新公司取好了名字:赫恩与霍姆斯公司,并开始迫不急待地每日来工厂计算未来的利润。

就在这时,在工厂的会计室里的几个绅士也在谈论着这件事。他们为了不让别的记账员听到,将声音压得很低:

"这对霍姆斯来说可是件好事儿,"其中一个身材魁梧、正在挑选羊毛样品的一副农民模样的人说道。

"便宜。长期的信用。他掌控了公司的一半。"

"这里面还有一个女人的关系吧？"一个年轻的医生提道，由于这个年轻的医生在南方待了六个月，他现在的发音简直能让佐治亚人的头发竖起来。

"这里还有女人的事吗？"

"当然啦。赫恩的独生女。这是他出钱为女儿买的嫁妆。对霍姆斯来说真是好事儿。我吃惊的是他是怎么成功的。如果钱是他在这个世界上想要得到的东西，他已经在得到它的道路上迈出了一大步了。"

年轻的医生点了支烟，煞有介事地说："嗨，乔治，有些低贱之人的发迹速度确实让人感到不可思议！玛丽·赫恩，现在，可是镇上最抢手的。"

"你觉得钱是他想要的吗？"说这话的是一个安静、身材矮小的男人，他懒散地坐在一只木桶上——他是牧师范戴克。他的牧师同僚们提到他时总是摇头，别人从不和他争论，还总是带着敬意向他鞠躬。

买羊毛的那个人带着困惑的表情犹豫了一下。"不是，"他慢慢地说，"斯蒂芬·霍姆斯并不贪婪。他还是个孩子的时候我就认识他。买地位，买权力，也许，嗯？……我们相信他……是一个自我成就的人……只不过他太他妈的冷漠了。"

"冷漠，确实。没有人太过在意他们自己为达到目的所使的手段。"范戴克说，他同时也是在自言自语。

"美国社会的重大失误，尤其是在西部，"年轻贵族说，"正如这位可敬的朋友所说，成功的阶梯横在那里，厚颜无耻之辈攀了上去，有荣誉感的文雅之士对这些肮脏的路数深以为耻。"[①]

戴维斯在霍姆斯正式出场之前不惜笔墨，如此详细地记录了几个貌

① Rebecca Harding Davis, *Margret Howth：A Story of To-day*, New Tork：The Feminist Press, 1990, pp. 81-83。这段对话的内容笔者在翻译时做了少量删减。

似无足轻重的旁观者——一个农民、一个医生、一个牧师和一个贵族青年之间的闲话,这一细节耐人寻味。这段对话使笔者想起了《坎特伯雷故事集》中有着形形色色的身份的人聚在一起聊天讲故事的情节。这段看似无关痛痒的闲话勾勒出了一幅 19 世纪美国转型期社会的"风俗画",为我们了解男主人公霍姆斯的人物形象和 19 世纪美国社会的主流思想及价值观提供了生动的注解。从这段对话中我们得到这样几条重要信息:第一,霍姆斯出卖灵魂、依靠婚姻发迹已经成为一个尽人皆知的事实;第二,像霍姆斯一样靠着不光彩的手段获取金钱和地位的人不在少数,这已经成为美国社会中的一种普遍现象,已经不是什么新鲜事儿了;第三,霍姆斯从前并不是一个贪婪的人,他是后来才变成现在这样的——变成了一个贪图利益、不择手段、冷漠无情的人。

读到这里,读者已经被尚未正式登场的男主人公霍姆斯吊足了胃口。我们不禁追问:斯蒂芬·霍姆斯究竟是个怎样的人? 如果说他过去并不是一个贪得无厌的人,那么究竟是什么使他变成了现在的样子?

二、对"进步"的推敲与反思

如前所述,"千呼万唤始出来"的男主人公霍姆斯终于在第四章出场了。然而这一次我们仍然没能见到他的"庐山真面目",作者再一次延宕了他与读者"初次见面"的时间。对于霍姆斯的首次出场,戴维斯也只是描写了他的脚步声。这个细节值得推敲和琢磨。脚步声是玛格丽特听到的。从黑白混血儿洛伊斯致残的经历中我们知道,纺织厂里的噪音非常大,甚至在洛伊斯离开工厂多年后,只要一提到工厂,她的脑海中还会响起震耳欲聋的噪音,让她感到头痛。① 然而,纺织厂里的发动机和织机发出的雷声般的、不间断的、将房子震得摇晃的巨大噪音竟也没能掩盖住霍姆斯的脚步声。

> 铁一般的步伐,经过长长的木制走廊——如此坚定和规律,

---

① Rebecca Harding Davis, *Margret Howth : A Story of To-day*, New Tork : The Feminist Press, 1990, p. 69.

它听上去就像是时钟单调的敲打声。她透过噪音,在它还很远的时候就听到了;慢慢地它越来越近,来到了门口的外面——又经过门口,走下木板楼梯发出回响。……霍姆斯经过时,并不知道谁在门里。她没看到他,她只是听到了脚步声。①

戴维斯用了"铁一般的步伐"(iron tread)来描绘斯蒂芬·霍姆斯走路的步态。"iron"和"tread"两个词中隐含着丰富的时代信息和寓意。"iron"——铁,是工业时代的代表意象。除了步伐之外,作者还用铁来修饰和形容霍姆斯的神经纤维、体重和他的脸。因而,在笔者看来,霍姆斯是工业化的化身,而他"铁一般"前进的步伐象征着工业资本主义蓬勃兴起的美国势不可挡的前进和发展态势。"tread"一词除了有"步行,走;举步"的意思之外,还有"踩,踏;践踏"的含义。因此,笔者认为在这个语境中,霍姆斯的步伐除了生动地表明工业资本主义无可阻挡的发展趋势之外,还传达了另一层含义:"进步"的铁蹄粗暴而无情地践踏了一些美好的事物,如环境和人性。

"浓雾"(thick fog)是在《玛格丽特》和戴维斯其他早期小说中反复出现的一个意象。这一意象使我们看到了作者对工业化后果的忧虑和不安、对进步代价的推敲和置疑。当所有人都在为美国的发展和进步欢呼喝彩、对光明的前景表现出普遍的乐观情绪时,戴维斯却从自己的切身体验和实际生活经验出发,通过书写新的社会现实,表达了她对进步的担忧。这实在是一种难能可贵的忧患意识和批判精神。

从玛格丽特听到霍姆斯脚步声的反应中,我们看到了"进步"对于人性的践踏和摧残。当可怜的玛格丽特听到门外响起了霍姆斯的脚步声时,她立即卸下了自己所有的伪装。她知道自己深爱着霍姆斯,她渴望再见到他,哪怕是最后一面,她愿意跪在他的面前,让他成为主宰自己命运的主人。然而迈着"坚定和规律"的前进步伐的霍姆斯对这一切视而不见。一味只顾"前进"的霍姆斯主观上忽视了玛格丽特的存在,他知道玛格丽特在那间办公室的门后,但是他仍然没有停留,继续走他坚硬、沉重

---

① Rebecca Harding Davis, *Margret Howth: A Story of To-day*, New Tork: The Feminist Press, 1990, p. 87.

的路,他已经割舍了美好真挚的人类情感。"他冰冷、沉重的步伐毁灭了她的生活"①,也毁了他自己,使他变成了一个出卖灵魂、丧失灵魂的人。

终于,在小说的第五章我们看到了霍姆斯的"庐山真面目"。在过去的两年里,霍姆斯不断锻炼自己的专注力、洞察力、准确分析的能力。他还在西部生活了六个月,西部的生活使他的身体变得非常强壮。而现在,他又回到了"东部",回到了旧世界(the Old World),因为东部才是适合他发展的沃土。② 两年来霍姆斯所做的一切只有一个目的,那就是进步。小说中表达"进步"含义的词或短语有"grow""develop""go ahead""up"等等,这些词语时时刻刻萦绕在霍姆斯的生活中。"进步"是霍姆斯的人生信条,是他唯一的工作,也是他生活的目标。金钱、地位、权力只是他实现这一目标的手段。为了进步,他不在意自己采用什么样的手段,因为他不关心自己死后灵魂会如何,他也不在乎自己的名声。事实上,霍姆斯的所作所为所想并不是偶然的个体行为,而是存在于当时的美国社会的普遍现象,且已经成了一种社会属性。

> 他周围所有的人都在做着同样的事情——推拉、撞挤、争夺,向上,向上。这是美国人的格言,前进;妈妈将它传授给孩子,整个体系遍布着闪闪发光的各种奖赏。③

正如卡莱尔所指出的那样,机械时代的特征是人们对外在的和物质的生活过分关注,这"尽管不会产生现时危害,甚或可能带来一时的丰厚可见效益,却必定会最终摧毁道德力量这个一切力量的源泉,而且确定无疑会带来无可救药的致命毒害"④。从这段描述中,我们不难发现,当时美国社会的一个占压倒性优势的社会价值取向,就是"前进"和"进步",而为

---

① Rebecca Harding Davis, *Margret Howth: A Story of To-day*, New Tork: The Feminist Press, 1990, p. 88.

② "东部"与"旧世界"都指美国的东部,是相对于美国西部的新疆土而言的。

③ Rebecca Harding Davis, *Margret Howth: A Story of To-day*, New Tork: The Feminist Press, 1990, p. 121.

④ 雷蒙·威廉斯:《文化与社会:1780—1950》,高晓玲译,商务印书馆 2018 年版,第 125 页。

了达到这个目的,人们不择手段获取利益。正是在这种追求中,"人类丢失了自己的灵魂……这种缺失真正是罪恶的渊薮,是整个社会坏疽的根本,这种缺失正用可怕的死亡威胁着现代一切事物"①。"丢失"(loss)是小说中反复出现的一个词,所有的人,老霍斯、诺尔斯、玛格丽特、霍姆斯,都正在经历和感受着"丢失"及由"丢失"引起的失落和痛苦,就连大脑受损的洛伊斯也总是隐隐地感到自己"丢失"了什么。霍姆斯追求进步的过程随时相伴着"丢失""被剥夺"和"死亡"的意象,而这些意象共同指向的是"灵魂的丢失"这一主旋律。大火毁掉了工厂,霍姆斯被剥夺了发迹的机会,为了救霍姆斯,洛伊斯失去了生命——所有这些"丢失""被剥夺"和"死亡"都衬托了灵魂丧失的后果。霍姆斯是被"进步"语境钳制的牺牲品。

追求"进步"是19世纪美国社会普遍存在的心态。但是当所有人都在争先恐后地疯狂追求进步时,他们却丢失了一些更加宝贵的东西,如亲情、爱情、道德操守及人世间最宝贵的天伦之乐等等。戴维斯相信科技进步,主张社会变革,但同时她也看到了伴随着"进步"而来的不良后果。霍姆斯这一人物所代表的是戴维斯对当时的社会秩序的批判,是她对"进步"话语的置疑,对伴随着工业化进程而兴起的新的社会价值观的反思,更是她拯救美国人灵魂的努力和尝试。

三、对"自造男人"式男性气质的批判与反思

斯蒂芬·霍姆斯是一个深受费希特哲学影响的"自造男人"。② 就像在小说第五章中霍姆斯所看到的独特的美国风景一样,他是一个完完全全的独特的美国类型的男人。

"自造男人"式男性气质是美国近现代社会兴起的一种男性气质模式,它和"温和的家长"(Genteel Patriarch)、"英勇的工匠"(Heroic Artisan)一样,是在美国从英国殖民统治之下独立并慢慢强大,由脱离了"父亲"

---

① 卡莱尔:《文明的忧思》,宁小银译,中国档案出版社1999年版,第4页。

② Sharon Harris, *Rebecca Harding Davis and American Realism*, Philadelphia: University of Pennsylvania Press, 1991, p.62.

（英国）控制的男孩成长为一个真正的男人的过程中产生的。独立后的美国人急于摆脱英国贵族"女性化的、缺乏充满男子气概的决心和品质"的男性气质,用一种新型的男性气质模式来定义自己、证明自己,打造自己的形象①。"自造男人"早期的典范是本杰明·富兰克林(Benjamin Franklin)和亚历山大·汉密尔顿(Alexander Hamilton),他们用自己的勤劳和智慧塑造了美国。在 1800 年到 1840 年期间,美国经历了一场轰轰烈烈的"市场革命"(market revolution),商业资本主义重新塑造了美国。伴随着巨大经济变化而来的是政治、社会和意识形态等方面的转型。在社会意识形态的变化和转型过程中,"自造男人"在与"温和的家长"和"英勇的工匠"两种男性气质类型的竞争中逐渐脱颖而出,成为 19 世纪中期之后美国社会占主流地位的男性气质类型。1825 年至 1835 年,在美国的东北部就形成了有着自觉意识的"自造中产阶级"(self-consciously self-made middle class)。② 1832 年,亨利·克莱(Henry Clay)在美国国会的一次演讲中使用"自造男人"这一词语时,赋予了它一个在 19 世纪的美国社会语境中的新含义,并且宣称这种男人是使美国社会繁荣富强的中坚力量。作为一个在国家主流社会中占主导地位的男性气质模式,"自造男人"式男性气质是靠一个男人在公共领域,尤其是他的工作场所的所作所为和表现获得其身份认同的。被抛入混乱的没有秩序的市场中的美国男人,他们的经济、政治和社会身份都不再固定。社会秩序和身份的永久性都被打破,不再是理所当然的了,这就意味着一个男人可以如他渴望和追求的那样飞黄腾达。于是,男人们开始竭力将自己打造成强大的、飞扬跋扈的、在任何竞争中都能取得成功的"机器"。

斯蒂芬·霍姆斯就是这样一个冷漠、自私、孤独、自律,不择手段爬上"成功的阶梯"的"自造男人"。霍姆斯的"自造男人"气质突出表现在三个方面:冷漠和盛气凌人地对待他人,严格地控制自我,不择手段地向"成功的阶梯"上攀爬。

---

① Michael Kimmel, *Manhood in America: A Cultural History*, New York: Oxford University Press, 2018, pp. 14 – 20.

② Nancy F. Cott, *The Bonds of Womanhood: "Woman's Sphere" in New England, 1780 – 1835*, New Haven: Yale University Press, 1977, p. 3.

　　霍姆斯的冷漠不是通过正面描写,而是通过侧面描写反映出来的。在小说第四章几个次要人物的闲聊中(见前面引文),参与闲话的几个人对霍姆斯靠娶工厂主的女儿发迹的事情并没有表现出鄙夷和讽刺,让他们不满和稍显愤怒的是霍姆斯的"冷漠"。在霍姆斯第一次正面亮相的时候,他志得意满地表达了自己追求一种"激烈的、盛气凌人的、主宰自然的自由"的欲望。在与诺尔斯的谈话和交易等互动中,我们也清楚地看到了霍姆斯的自满和傲慢。为了成为在市场和竞争中取得成功的"自造男人",显然,霍姆斯已经成为一台飞扬跋扈、盛气凌人、傲慢自满的"机器"。

　　为了在市场上取得成功,美国中产阶级男人首先要做的就是控制他的自我。也就是说要控制他自己的身体——身体的欲望和感觉(sensations),换言之,要用意志力控制和规训身体以及身体的种种欲望。19世纪中期的建议手册(advice-manual)都十分强调男性控制自己的激情、欲望及抑制诱惑的重要性。① 霍姆斯在经过玛格丽特的办公室时,知道玛格丽特就坐在里面,他也十分清楚自己内心深爱着她。他甚至在经过门口时已经将手伸出来碰到了门,但是就在一瞬间,霍姆斯克制住了自己的冲动和激情,他没有停下脚步。他的迟疑,他伸出手摸门的动作发生得非常快,瞬间就结束了,因此坐在门后一直紧张地听着霍姆斯脚步声的玛格丽特并没有意识到霍姆斯是知道自己在屋内的。霍姆斯的"冲动"和"克制"常常被误认为是私人的属性,但事实上,它是19世纪美国社会普遍存在的一种社会属性,透过"冲动"和"克制"这两种情感要素,我们可以看到19世纪的美国正在变动着的社会意识。从以上分析中,我们不难看出,霍姆斯是一个自律的、残忍地控制自己的身体和欲望的人。

　　霍姆斯不择手段向社会上层攀爬突出地表现在他的婚姻上。他决定娶工厂主赫恩先生的独生女为妻,尽管他们之间并没有感情。从会计室里的几个人的闲话中,我们知道,赫恩小姐现在是镇上最抢手的结婚对象,因此我们可以推断,霍姆斯一定经过了"激烈的竞争"才能够成为赫恩先生的"乘龙快婿",获得丰厚的嫁妆,取代诺尔斯成为工厂的合伙人,获得巨大的经济利益。

---

① Michael Kimmel, *Manhood in America: A Cultural History*, New York: Oxford University Press, 2018, pp. 39 – 45.

戴维斯对"自造男人"斯蒂芬·霍姆斯显然是持否定和批判态度的。因为就在霍姆斯与诺尔斯签订转让合同的前一天夜里,一场大火使工厂付之一炬,霍姆斯也险些丧命。霍姆斯几乎被剥夺了一切:财富、婚姻、权力,甚至是生命①。在"自造男人"霍姆斯的身上,我们看到了19世纪的美国正在变动的社会意识,也看到了戴维斯对"自造男人"式男性气质的否定和批判,以及她对新的情感结构的反思。

当时社会主要的情感结构在戴维斯的作品中表现为中产阶级的主流价值观与小说家的现实经验之间的冲突。而这种冲突集中表现在人们看待金钱和成功的态度上。当时社会的主流价值观认为,财富使人受到尊敬,为了进步和成功,人可以不择手段。然而戴维斯却安排了一场大火,使霍姆斯进步和成功的计划功败垂成。事实上,戴维斯的原计划是让霍姆斯在大火中丧生,然而在编辑的干预下,霍姆斯得到了心灵的净化,得到了爱情和美满的婚姻。表面看来,戴维斯是因为受到外界的干扰才安排了大团圆的结局,然而在笔者看来,霍姆斯被改写的命运和小说的大团圆结局恰恰折射了当时中产阶级的情感结构:对于当时转型期严重的社会问题,人们没有总体有效的解决方案,只能用一些权宜之计来暂时摆脱困境。

第三节 乌托邦主义者诺尔斯的失败与反思

西方文学中的乌托邦传统由来已久。但是直到19世纪初期,乌托邦构想还只是作家、诗人和知识分子逃避现实和批判现实的手段,只是人们对未来社会和未来生活的一种美好的想象。事实上人们并不相信地球上真的会出现乌托邦。1516年,托马斯·莫尔在《乌托邦》中写道:"我坦白地承认,我希望乌托邦的许多事情发生在我们的城市中,然而我的期望胜于希望。"②此后,工业革命和工业化带来的后果改变了乌托邦的命运。工

---

① 在《玛格丽特》出版前的第一稿中,霍姆斯的结局是在大火中丧生。但是编辑认为小说太过阴郁,所以戴维斯对男主人公的命运和小说的结局做了修改。

② 转引自珀蒂菲斯:《十九世纪乌托邦共同体的生活》,梁志斐、周铁山译,上海人民出版社2007年版,第3页。

业革命在给人类带来巨大福祉的同时,也带来了环境污染、资源分配不均、贫富差距扩大和不平等等诸多社会问题。对现实的失望及由科技带来的进步观念,使人们重拾了对乌托邦的信念,并开始相信乌托邦的实现是可能的。于是在罗伯特·欧文(Robert Owen,1771—1858)、查尔斯·傅立叶(Charles Fourier,1772—1837)、艾蒂安·卡贝(Etienne Cabet,1788—1856)以及他们众多追随者的努力下,在将乌托邦付诸实践的强烈愿望驱使下,一个半世纪以来,乌托邦理想的追求者们坚持不懈地进行了各种各样的尝试。他们建立了数百个小规模的乌托邦社团,希望自己的社团成为和谐公正、远离邪恶的幸福家园。美洲大陆的广阔土地也成为各种社会实验的场所。整个19世纪,人们都在目睹着形形色色满怀希望的人带着包裹行囊抵达各种各样的乌托邦社团,实践他们的美好理想。坚持讲述"今天的故事"、书写新的社会现实的戴维斯,自然也及时回应了当时这股思想和实践潮流,她的作品中自然也少不了对19世纪乌托邦共同体实验的关注。

本小节的讨论对象是两个同名人物,一个是《玛格丽特》中的诺尔斯医生(Dr. Knowles),另一个是短篇小说《和谐村民》("The Harmonists",1866)中的诺尔斯。《玛格丽特》中怀揣乌托邦理想的诺尔斯医生试图通过建立乌托邦共同体(Phalanstery)来营造一个新的世外桃源(arcadia),为穷人造福,纠正人类的错误,以此达到改革社会的目的。但是诺尔斯医生的计划还没有进入实践阶段就流产了。《和谐村民》中的诺尔斯实现了乌托邦理想,加入了乌托邦公社,然而在共同体中生活了一段时间之后,他意识到了理想与现实间的巨大差距。两个诺尔斯的经历也是19世纪许多美国人的经历,在这两个人物身上凝聚着19世纪美国转型期的一种新的社会经历和体验。

一、改革计划的流产

诺尔斯医生是一个激进的改革主义者。他的"工作"是要建立一个乌托邦共同体,并将自己的乌托邦发扬光大,以此作为改革整个社会的途径。

无论是从外表还是性格与行为举止上看,诺尔斯都不是一个讨人喜欢的人：

> 一个老人，他的身材过于高大，他站在那儿面对玛格丽特的
> 时候，看起来就像是一堆庞大的畸形的肉。①

他的脸上总是表现出一种"高高在上、焦躁不安"的神情，一阵阵突如
其来的激情常常使这张脸变红；这是一张会让多数人感到厌恶的脸。② 眼
睛是心灵的窗口。戴维斯对诺尔斯眼睛的描写给人留下的印象尤为深
刻，这也为我们了解诺尔斯的性格提供了暗示。小说中对诺尔斯眼睛的
描写原文如下：

> a small, intolerant eye, half hidden in folds of yellow
> fat, ——the eye of a man who would give to his master
> (whether God or Satan) the last drop of his blood, and exact
> the same of other men. ③

在仔细阅读这段文字后，我们发现了一处貌似语法不通的表达：第一
个"eye"之前，作者用了不定冠词"a"，"a small, intolerant eye"。这就非常
奇怪了。因为诺尔斯医生并不是只有一只眼睛的"残疾人"，然而作者却
只说"一只……的眼睛"，这是为什么？ 如果将此处的"eye"理解为"眼
神"的话也解释不通，因为第一个"眼睛"后面的半句话是"半藏在褶皱的
肥肉里"，藏在肉里的只能是具体的眼睛，而不能是抽象的"眼神"。所以
这里还是应该将"eye"理解为"眼睛"。既然如此，作者为什么只提到他的
"一只眼睛"呢？ 在笔者看来，作者这样处理的用意在于向读者暗示："一
只眼睛"是一个隐喻，意味着诺尔斯是在用一种片面的眼光看待世界和他

① Rebecca Harding Davis, *Margret Howth：A Story of To-day*, New Tork：The Feminist Press,1990,p. 12.

② Rebecca Harding Davis, *Margret Howth：A Story of To-day*, New Tork：The Feminist Press,1990,p. 13.

③ Rebecca Harding Davis, *Margret Howth：A Story of To-day*, New Tork：The Feminist Press,1990,p. 13.

周围的事物,这使他无法分辨其所观察对象的真伪,也容易因此误入歧途,陷入窘境。第一个"eye"(这里我们确定将其理解为眼睛)之前的两个修饰词也印证了笔者的观点:"small"和"intolerant"的意思分别为"小的"和"褊狭的、不宽容的"。诺尔斯的"一只眼睛"表明他的世界观是片面的、褊狭的。文本中的第二个"eye"是"眼神"的意思。他的眼神表明,这个男人会"为他的主人贡献自己的最后一滴血",不仅如此,"他还要求别人也这样做",而不管他为之效力的主人是"上帝还是魔鬼"。换言之,只要诺尔斯认准了一件事,他就会竭尽全力地去做这件事,并且他还会强迫别人和他一起做。而令人担忧的是,他不会去计较自己所做的事情是对还是错。

然而这个外表粗糙、性格焦躁、视野褊狭的人,却是一个真正的人道主义者,一个慈善家。他的心中有一个十分高尚的目标。他即将卖掉自己的工厂,并倾其所有为生活在社会最底层的穷人建立一个自主治理的乌托邦共同体,以此证明所有的生命都应该是平等和自由的。在诺尔斯看来,即使自己的整个计划失败了也不要紧,只要有一个生命获得了拯救,那他的工作就没有白做。①

诺尔斯粗糙的外表和焦躁、盛气凌人的性格似乎与他的"善心"有些矛盾。在笔者看来,诺尔斯身上表现出的矛盾,他的不安与焦虑,他对现实生活的不满、对未来社会的担忧,也是19世纪转型时期美国的一种普遍的社会心态,代表当时的普通美国人正在经历和体验着的复杂感受。美国19世纪,尤其是19世纪中期是一个属于改革与运动的时代。席卷全国的各种改革和运动似乎在向人们宣告:一个崭新的纪元、一个新时代即将到来,"生活将顺应思想,一个新的教会和国家将从焕然一新的灵魂之泉中喷涌出来"。当时的人们对这个时代最大的感受是:伟大的事件正在发生或即将发生。② 生活在这种现实中的每一个人都在思考:即将发生什么? 人们即将迎来一个什么样的焕然一新的国家? 在这个新国家里人们

---

① Rebecca Harding Davis, *Margret Howth: A Story of To-day*, New Tork: The Feminist Press, 1990, p. 155.

② 芭芭拉·L.派克:《超验主义》,见萨克文·伯科维奇主编:《剑桥美国文学史》第二卷,史志康等译,中央编译出版社2008年版,第457页。

将以什么样的方式生活？为了回答这些问题，人们提出了各种各样的设想和计划，规划着国家和民主的未来。从诺尔斯与老霍斯的对话和争论中我们知道，诺尔斯的乌托邦共同体计划只是当时的各种社会思潮和改革方案中的一种。老霍斯的一句话道出了诺尔斯的乌托邦理想的本质："你的计划只不过是我们生活的这个疯狂时代的一个迹象。"①换言之，乌托邦是诺尔斯们在特定的历史条件下对混乱的秩序和社会转型的一种回应。

大量的乌托邦共同体实验出现在19世纪有其物质和思想基础。谢江平（2007）认为，乌托邦在某种意义上说是近代历史的产物。科学和理性为乌托邦社会的"实现"提供了动力机制，使乌托邦在近代大量出现。一方面，在科学技术极大地丰富了人们的物质生活的同时，工业主义、消费主义也带来了物欲横流、权力膨胀等严重的社会问题，这使人与人、人与自然、人与社会之间的关系变得极度紧张；另一方面，科学及科学赖以产生的理性促成了"近代的历史进步观念"和"免于神的干预的历史规律的观念"的出现。② 这就使诺尔斯们有了足够的信心，他们相信人类能够凭借自己的力量建立"乌托邦"——一个完美的世界。

诺尔斯医生的计划失败了。一场大火烧毁了诺尔斯医生的工厂，随着诺尔斯医生的破产，他的计划也随之流产了。诺尔斯错误地认为，只要改善了穷人的教育和生存环境，他们就会重新表现出人之初的善良和追求完美的能力，他们就能得救。然而，他并没有看到导致贫富差距等社会问题的经济和制度根源仍然存在，他的共同体计划注定胎死腹中。对诺尔斯医生的塑造也反映了戴维斯对于把乌托邦共同体当作改革方案的置疑和反思。

二、"和谐村"实验

诺尔斯医生试图将乌托邦共同体当作社会改革方案的计划流产了。

---

① Rebecca Harding Davis, *Margret Howth：A Story of To-day*, New Tork：The Feminist Press, 1990, p. 25.

② 谢江平：《反乌托邦思想的哲学研究》，中国社会科学出版社2007年版，第36—37页。

在 19 世纪,还有许多人也怀揣着乌托邦理想,积极加入各种乌托邦社团或合作社。而这一群人加入乌托邦共同体的目的主要是逃避现实,为心灵寻找一方净土。

《和谐村民》采用了现实与虚构相结合的写作手法。小说中的"和谐村"是美国历史上真实存在过的一个持续时间长达百余年(1805—1906)的乌托邦公社。和谐村的创建者乔治·拉普(George Rapp,1757—1847)是德国的虔信派教徒。1803 年,他从德国的符腾堡来到美国宾夕法尼亚州,并于 1805 年 2 月在巴特勒县(Butler County)建立了第一个公社——"和谐村"(Harmony)。根据"和谐村"的规定,财产归全体人员共同所有,和谐村民在精神和物质上由拉普和他的助手领导。没过多久,"和谐村"的人口就达到了 800 人,并且在这些"村民"的共同努力下,公社很快积累了大量财富。1814 年,"和谐村"迁往印第安纳州,并在那里建起了第二个"和谐村"。1825 年,拉普又将公社迁回宾夕法尼亚州。他将村民们在印第安纳州建的村镇卖给了著名的空想社会主义者罗伯特·欧文,欧文将"和谐村"改名为"和谐新村"(New Harmony),开始了自己的乌托邦实验。① "和谐村"迁回宾夕法尼亚州后改名为"经济村"(Economy)。

戴维斯将现实中的"经济村"移植到了小说《和谐村民》之中,主人公诺尔斯一心一意想要加入的乌托邦公社正是美国 19 世纪声名远播的"经济村"。诺尔斯加入"经济村"的目的是逃离由市场和贸易主宰的现实世界,将高尚的激情献给纯洁、禁欲、沉思的生活。②

在笔者看来,小说除了探讨和反思乌托邦运动之外,更深层的目的是探讨被裹挟在转型期旋涡中的普通人该选择什么样的生活方式这个问题,换言之,即乌托邦能否成为资本主义世界里人们躲避无孔不入的贸易市场的世外桃源。

小说是扎卡里·汉弗莱斯(Zachary Humphreys)以第一人称视角叙述的。汉弗莱斯的讲述从他的哥哥约西亚(Josiah)开始。约西亚是一个成

---

① 关于欧文的乌托邦实验,参见珀蒂菲斯:《十九世纪乌托邦共同体的生活》,梁志斐、周铁山译,上海人民出版社 2007 年版,第 9—13 页。

② Rebecca Harding Davis, "The Harmonists", in Jean Pfaelzer (ed.), *A Rebecca Harding Davis Reader*, Pittsburgh: University of Pittsburgh Press, 1995, p. 169.

功人士,尽管他只是一个工业小镇里的律师,但他总会确定一个目标并实现这个目标。约西亚是一个获得了巨大成功的"自造男人"。

> 他属于统治阶级——这个阶级的人有着稳重、精打细算的眼睛和牛头犬一样的下巴——他们极其了解自己的能力,过着节制、僵化的生活,并且他们从不回头。①

约西亚的生活方式和价值观在当时的美国社会是占主导地位的。在约西亚看来,人活着只有一项工作要做,那就是发展(grow),除了个人的发展之外,人们还要依靠"付出"(give)和"得到"(take)推动整个世界的发展。最聪明的人就是那些付出最少而得到最多的人。不仅如此,约西亚还认为:

> 世界是一台财产交易的巨大机器,这个世界里的一切都有它的重量和价值;它也是一台冷酷无情的机器——无论是谁试图逃避他在这个世界上的工作,都会被碾碎! 碾碎!②

这段话不禁让我们想起了卡莱尔的论断:工业革命已使世界进入了一个机械时代。在这样的一个时代,不遵循市场世界的规律和生存法则、躲避工作的人将被世界抛弃和碾碎。而"我"的朋友诺尔斯恰恰就是这样一个试图逃避世界的"反面教材"! 诺尔斯对由"肮脏的美元"主宰一切的生活极为不满。他强烈渴望过一种更加高尚的生活。而"经济村"就是他心中的世外桃源。于是,诺尔斯带着自己4岁的儿子安东尼(Antony),拉上"我"来到了他无比神往的"经济村",打算过他向往已久的新生活。

然而,到了"经济村"后,诺尔斯却发现,这里并非如他所想的那样是一个可以使他亲近自然、接近纯洁伟大的思想,将商品世界里的物欲和种

---

① Rebecca Harding Davis, "The Harmonists", in Jean Pfaelzer (ed.), *A Rebecca Harding Davis Reader*, Pittsburgh: University of Pittsburgh Press, 1995, p. 166.

② Rebecca Harding Davis, "The Harmonists", in Jean Pfaelzer (ed.), *A Rebecca Harding Davis Reader*, Pittsburgh: University of Pittsburgh Press, 1995, pp. 166 – 167.

种弊端统统抛在一边的乐土。更让他意外和无法接受的是,"经济村"是按照公司的组织形式来经营和运转的。公社理事们的脸上都是一副生意人精打细算的表情。其中的一个理事非常骄傲地向诺尔斯和"我"介绍道:

> 你们也许还没有意识到我们的公司有多么成功。在和谐村,我们有三千英亩的土地;而在这儿,我们有四千英亩。我们这儿的蒸汽机和蒸馏室支撑毛织品、奶制品和棉制品工厂的生产。除了股票之外,我们的年利润——除去开销——有20多万美元。我们的闲置资本还用来开了许多小公司。①

随后,另外一个理事,像一个警觉的经济人一样计算着他们的铁路、煤矿和银行股票的股份。此外,还有人告诉诺尔斯,想要加入公社可并不容易,新来的人要贡献一部分钱财,并且根据自己所贡献钱财的比例获得回报。

在"经济村"的所见所闻让诺尔斯瞠目结舌,哑口无言。尽管他并没打算两手空空地加入公社,但是他也从来没有想到过"钱"的问题。无比困惑和惊讶的诺尔斯意识到,约西亚也有对的地方。他无法真正地逃离市场,在市场之外的某个地方生活。于是他决定和汉弗莱斯一起回到现实世界中重新工作。

在笔者看来,约西亚、诺尔斯和叙述者汉弗莱斯分别代表了19世纪美国社会的三类人。"自造男人"约西亚是19世纪美国社会的主流人群,是"统治阶级"(ruling class)中的一员。他顺应市场规律,遵守适者生存的竞争法则,就像年轻的、随着工业资本主义的蓬勃发展而蒸蒸日上的美国一样,不遗余力地进步和发展,攫取财富,获得地位和权力,取得世俗意义上的成功。诺尔斯是一个还没有被资本腐蚀的理想主义者。他脑海中残存的荣誉感,他对纯洁高尚思想、对大自然的热爱和向往使他试图逃避令人窒息的市场世界,过一种新鲜纯净的生活。他不惜一切代价,甚至下决

---

① Rebecca Harding Davis, "The Harmonists", in Jean Pfaelzer (ed.), *A Rebecca Harding Davis Reader*, Pittsburgh: University of Pittsburgh Press, 1995, p. 177.

心割舍亲情,只为在乌托邦共同体中实现自己的理想和愿望,但是他失败了。叙述者汉弗莱斯是一个观察者和思考者,也是一个在错综复杂的世界里不知所措、没有找到自己的位置、不知道自己该选择什么样的生活方式的徘徊者和流浪者。他了解市场秩序和生活的实质,也知道自己无法逃离这个世界,但他仍然十分好奇,仍然在寻找过上另一种生活的可能性。因此他跟着诺尔斯一起来到"经济村"一探究竟。笔者认为,汉弗莱斯代表的是面对新时代和新变化还无所适从、不知所措的那一部分美国人。换言之,小说中的三个主要人物的经历也是19世纪多数美国人的经历,他们的困惑、无奈、迷茫、痛苦、孤独也是生活在转型期的普通人正在经历、感受和体验着的。

《和谐村民》在1866年出版,彼时尽管"和谐村"的乌托邦实验仍在继续,但是戴维斯已经敏锐地洞察到了"和谐村"里存在的严重问题和缺陷,并预见了它的失败结局。

三、《和谐村民》中的反乌托邦叙事

"经济村"是在美国历史中真实存在过的一个乌托邦共同体。正是创始人乔治·拉普的"成功"激励了空想社会主义者、实业家罗伯特·欧文买下了拉普和他的公社成员在印第安纳州建立的"和谐村",并开始了自己的乌托邦实验。1866年,在《和谐村民》发表之时,"经济村"的乌托邦实验还在继续,并且仍然呈现着繁荣发展的势头。从小说里理事们的描述中我们也看到了"经济村"在经济方面取得的巨大成功。按照常理说,经济的繁荣理应使和谐村呈现一派欣欣向荣的景象,而物质生活的丰富也会使和谐村的村民过上无忧无虑、快乐幸福的生活。然而,戴维斯笔下的"经济村"却是一片衰落和萧条的景象。这里的村民大多是已经衰老萎缩的老人,而且他们的脸上流露出的不是幸福和满足,而是茫然、不安和畏怯的神情。通过描写人们想象中的"经济村"与它在现实中的"真实"情形之间的巨大反差,作者想表达什么? 在《和谐村民》中,戴维斯给诺尔斯精心安排了一个4岁的儿子安东尼。孩子在小说的叙事中起到了什么样的作用? 回答这两个问题的过程也是我们解读文本中的反乌托邦思想、对小说的反乌托邦叙事做诗学分析的过程。

在诺尔斯的想象中,"经济村"是这样的:

> 一个雅致、宁静的村庄,它坐落在"美丽河"之滨,羊群在林地起伏的山上,在安静的山谷里徜徉,所有人都会参加这项简单的田园工作;这里的每一天都在音乐中开始,在音乐中结束……①

对于诺尔斯来说,那里简直就是一个可以让人"忘记所有痛苦和烦恼的家",那里的村民"穿着独特而别致的服饰","安静而质朴"。

可是当诺尔斯来到"经济村"之后,他看到的却是另一番景象。小村庄的确坐落在河边,然而放眼望去,这个小村庄里却毫无生气。长满草的三条街道上看不见一个人影,许多房子都大门紧闭或者根本就没有人住。村子里的教堂、公共洗衣房、养蜂场、面包店、工厂都是空的,显然它们都被荒弃了。诺尔斯和汉弗莱斯唯一能感知到的就是惨淡凄凉的风,除此以外,村子里再没有别的动静了,满目疮痍和萧条的景象令人震撼不已。

经济村里的村民都穿着上个世纪的衣服,他们的行为和举止有些古怪。最让人印象深刻的是这里的女人。这些老妇人的胸部早已干瘪萎缩,她们的脸颊苍白憔悴,眼神茫然呆滞,声音苍老压抑,不时发出叹息声。诺尔斯在她们的脸上看到的不是快乐或幸福,而是畏怯甚至恐惧。当这些老妇人看到4岁的小安东尼时,她们简直无法抑制自己的兴奋之情。她们欢快又压抑的声音一直叨念着:"拍拍他的小胖脸蛋儿、他的小手,摸摸他的衣服,拉拉他的腿……"②她们太久没有看见过孩子了! 由于"经济村"实行禁欲主义,即使是夫妻也要分开,重新与同性组成兄弟或姐妹式的家庭,因此这些老妇人从未拥有过属于自己的孩子!

在戴维斯的笔下,令无数人向往的"经济村"并不是一个美好的世外桃源,而是一个可怕的世界。它的可怕之处在于,人们声称禁欲的目的是

---

① Rebecca Harding Davis, "The Harmonists", in Jean Pfaelzer (ed.), *A Rebecca Harding Davis Reader*, Pittsburgh: University of Pittsburgh Press, 1995, p. 171.

② Rebecca Harding Davis, "The Harmonists", in Jean Pfaelzer (ed.), *A Rebecca Harding Davis Reader*, Pittsburgh: University of Pittsburgh Press, 1995, p. 174.

让村民们免于一切人类激情的腐蚀,通过纯洁的工作、孤独、亲近美丽的大自然,进入一个尘世间的爱恨和野心都无法进入的空间——一个拥有无限自由和无限爱的永恒空间。① 从表面来看,"经济村"里没有腐败、没有私欲、没有私有财产,人人平等。然而禁欲主义在禁止私欲的同时,也禁锢了个体的精神自由,剥夺了人的自然属性。尽管人们在物质生活方面得到了满足,但是在精神上却没有获得真正的自由。因此,在人性受到压抑和压迫的乌托邦公社里,即使是表面富足和谐的生活也无法掩盖人们精神空虚的现实。

老妇人们萎缩的胸部是文本中的一个重要意象。女人的胸部是用来哺育生命的,是生命和活力的象征。然而老妇人们干瘪萎缩的胸部传达的信息是:"经济村"是贫瘠的、没有生命力的所在,它终有一天将枯萎。孩子在小说中是另一个重要的隐喻:孩子代表世俗的天伦之乐,是人性之花结出的果实;同时孩子也是未来和希望的象征。而"经济村"里没有孩子,这也预示着"经济村"没有未来。戴维斯对"经济村"的预言也在几十年之后得到了印证,"经济村"于1906年正式解体。

戴维斯的反乌托邦叙事让我们看到了乌托邦共同体实验的错误之所在。人们在努力改善生存环境、摆脱邪恶的奴役、追求完美的同时,往往忽视事物的客观规律和人的自然属性,做出种种荒唐的行为。其结果是乌托邦在试图摆脱邪恶奴役的同时,又很快受到了人性缺陷的制约。当他们认为自己正逐步摆脱地狱时,事实上他们往往正在让自己重新走进地狱。

通过对两个"诺尔斯"的塑造,戴维斯记录、书写、反观、反思了19世纪转型期另一种具有普遍性的"美国经验"。生逢乱世的人们一边思考国家的命运和前途,一边探索和寻找适合自己的生活方式。各种各样的乌托邦共同体就是当时人们出于以上两种目的所做的尝试。两个"诺尔斯"是戴维斯对轰轰烈烈的乌托邦运动的回应和深刻反思。戴维斯的书写是对现实现象的某些令人沮丧甚至恐惧的错误走向的关切,其作品和内化

① Rebecca Harding Davis, "The Harmonists", in Jean Pfaelzer (ed.), *A Rebecca Harding Davis Reader*, Pittsburgh:University of Pittsburgh Press,1995,p. 171.

于人们内心的乌托邦情结构成交流和对话,启发人们重新认识任何人都无法逃避的现实世界,也重新设想自己的生活。

在笔者看来,文学作品中的反乌托邦叙事,其目的并不是让读者看到一幅幅恐怖的画面,让读者了解作者对于乌托邦的态度和个人思考。反乌托邦叙事更为重要的作用和意义在于,它所包含的现实因素和现实指向使我们看到了以往的乌托邦经验中的不现实性和荒诞因素,为我们敲醒警钟的同时,能让我们更加重视自然规律和人性的规律,也有助于我们朝着人类共同的美好理想和目标迈进。

第四节　医生比肯谢德的身份困惑与自我重建

多数学者将《离开大海》看作一部"地域"小说。例如,Harris(1991)认为,在《离开大海》中,戴维斯发扬了美国女性作家的地域文学传统,细致生动地描写了新泽西海岸附近独特的自然人文风光、民间传说和渔村居民的生活场景,这是描写新泽西海滨的短篇小说中最好的一部;Pfaelzer(1995)认为《离开大海》发扬了美国女性作家的地域文学传统,因为在戴维斯眼里,乡村生活并非只带有"地域色彩",在文化上和经济上它都具有与城市生活相对立的特性;而 Rose(1993)则认为,《离开大海》是戴维斯试图消除她自身"成为妻子、成为母亲"的焦虑的又一次努力和尝试,小说表达的主题是爱终将战胜艺术幻觉。笔者并不赞同以上几位学者的观点。在笔者看来,新泽西海滨的地域风光和乡村生活并不是这部小说的主要描写对象,消除"成为妻子、成为母亲"的焦虑也不是这部短篇小说的主要议题,因为小说的核心人物并不是玛丽(Mary Defourchet),而是她的未婚夫比肯谢德医生(Dr. Birkenshead,又名德里克)。因而这部小说的主要议题是:在新旧文明交替的时代,被裹挟在时代巨变旋涡中的年轻人,男主人公比肯谢德医生——对于"自我"身份的迷茫与困惑,以及男性"自我"的重建。

一、缺席的父亲与迷失的自我

小说的情节很简单。玛丽是一个受过良好教育的"新女性"。在玛丽与未婚夫——著名的外科医生比肯谢德结婚之前,她的叔叔鲍德勒医生(Dick Bowdler)为了玛丽的身心健康,安排她到新泽西海岸附近的一个渔村里"度假",希望这个"不安分"的姑娘在朴实虔诚的贵格会信徒和村民的陪伴与影响下,找回自然本真的"自我"。一个阴郁的午后,海上风暴将要到来,玛丽焦急地等待着从纽约坐船来看自己的叔叔和未婚夫比肯谢德。和玛丽一起等客船的还有一个名叫费布·特鲁尔(Phebe Trull)的老妇人,她是一个捞蛤工。二十年前,特鲁尔的儿子德里克离开家到外面的世界闯荡,此后便杳无音信。让人感动的是,特鲁尔在儿子离开后,每天都到海边等他,二十年来从未间断。这一次,特鲁尔得到消息,她的德里克也在船上!就在船即将抵达渔村时,海难发生了,船被打翻,比肯谢德和其他人一起落入海中。就在比肯谢德渐渐失去意识、奄奄一息的时候,年迈的特鲁尔救了他。比肯谢德被救上岸恢复意识之后,悔恨地跪在特鲁尔面前祈求她的原谅。原来玛丽的未婚夫——在纽约拥有名望和地位的比肯谢德医生就是特鲁尔等了二十年的儿子德里克。

德里克是一个私生子,他没有父亲,是由母亲特鲁尔一个人抚养长大的。从文化隐喻意义上来说,父亲的形象是文化权威的代表。在拉康看来,主体的形成是从"镜像阶段"开始的,镜中的形象使婴儿摆脱了对其"支离破碎的身体"的印象,确认了自己身体的整体性和同一性。婴儿开始逐渐从"想象界"进入"象征界"[①],而象征界就是以"父名"为核心的语言秩序和以父权为核心的社会体制。父名是基本的能指,它的主要功能就是确认主体的身份。对于成长中的德里克来说,父亲的缺席无疑会给他的心灵带来严重的创伤,使他长期处于身份认同的危机和焦虑中,并在他构建"主体"的道路上设置巨大的障碍。

父亲的缺席给德里克的男性气概与男性身份构建带来了危机。德里克身材矮小,他的"腿和胳膊都柔软灵活得像只小野猫"[②]。他没有成长为一个身强力壮的小伙子,甚至还没有他的母亲强壮结实。

父亲的缺席给德里克的成长带来的另一个重要影响是信仰和传统的

---

① 拉康:《拉康选集》,褚孝泉译,上海三联书店2001年版,第89—96页。

② Rebecca Harding Davis,"Out of the Sea",in Jean Pfaelzer(ed.),*A Rebecca Harding Davis Reader*,Pittsburgh:University of Pittsburgh Press,1995,p.146.

缺失。"父亲"是文明的产物,父权制社会的历史赋予了父亲至高无上的权利。在农业文明时代,是父亲的艰苦劳动保证了后代的生存和繁衍。为了给自己更多的精神支撑,人们用父亲的形象创造了上帝。① 父亲不仅是统治者,也是信仰和传统的化身。随着工业文明时代的到来,生产方式的改变和科学技术的进步在改变人们生活方式的同时,也改变了人们的世界观和价值观。人们对于上帝的信仰开始动摇,父亲的权威以及父亲所代表的生活方式和传统也受到了全面的置疑。因为父亲的缺席,德里克没有土地(隐喻传统)可以继承,他无法认同和接受母亲的生存方式,成为一个捞蛤工。从村里的医生丹尼斯(Dennis)口中我们得知,这个偏僻的村子里只有两三户农民,这几户人家一代一代地将土地传给后代,父亲传给儿子,儿子成了父亲后再将土地传给自己的儿子,而其他人则安分守己,一代一代地追逐大海,成为渔民。德里克无法理所当然地像其他人一样当一个农民或者渔民,因为他没有从父亲那里继承土地和生活传统。

父亲缺席最终导致了德里克自我的迷失,使他陷入了对自我身份的认同危机和焦虑中。这一点最明显地表现在他对自己名字的厌恶和抛弃上。他讨厌"德里克"这个粗野的名字(uncouth name)。"——德里克!他恨这个名字",因为它代表"堕落贫穷和肮脏"的生活,象征他卑贱低微的出身。"当他不再是个婴儿的时候,我就感觉到自己开始失去他了",特鲁尔说。果然,城里的同学让德里克"开始有了其他的想法",他开始给母亲讲一些她从来没有听到过的事情。② 男性的天赋是行动;他需要生产、战斗、创造、进步,向整个宇宙和未来无限超越。③ 德里克从城里的同学那儿知道了"外面的世界",并对外面的世界产生了向往。工业文明和消费文明的世界向他发出了诱人的召唤,于是,困惑的德里克离开了荒凉、沉闷、与世隔绝的家乡,踏上了成长与追寻自我之路。

对于渔村的荒凉偏僻及渔民生活的艰辛,戴维斯在小说《达拉斯·加

---

① 弗洛伊德:《论文明》,徐洋、何桂全、张敦福译,国际文化出版公司2007年版,第30页。

② Rebecca Harding Davis, "Out of the Sea", in Jean Pfaelzer (ed.), *A Rebecca Harding Davis Reader*, Pittsburgh: University of Pittsburgh Press, 1995, pp. 146 – 158.

③ 西蒙娜·德·波伏娃:《第二性》Ⅱ,郑克鲁译,上海译文出版社2011年版,第235页。

尔布雷思》的开篇做了细致的描绘。在笔者看来,德里克从渔村走向城市的经历和体验不是独特的个人经历和体验,而是一种普遍的社会经历和体验。这一经历和体验关联着 19 世纪美国由农业国向工业国转型的城市化进程,以及与城市化进程相伴而来的农村人口向城市流动的过程。更为重要的是,德里克的出走也表明人们的生活方式正在由传统向现代转变。

二、成长与身份的追寻

离开家乡和母亲之前的几个晚上,德里克辗转难眠。在收拾行装时,他只带了一套别人送的蓝色衣服,没有带其他的衣服,因为"它们不干净"。在德里克离家之前,他的心头突然涌上一种十分强烈的感情。他将自己背着母亲偷偷干活挣来的钱留给了母亲,并对她说:"如果我做了什么伤害你的事,你知道那全是因为爱你,不是为了我自己,上帝知道! 我要为了你而成功。"随后,德里克吻了母亲。这一举动引起了特鲁尔的注意,她的儿子以前从不喜欢吻她。当特鲁尔接触到德里克又热又干的嘴唇时,她问儿子:"你不会走得太久吧?"德里克没有回答,再一次亲吻了母亲,随后便迅速出了门。①

男主人公对母亲的感情体现出一种既爱又恨的矛盾心态。德里克十分清楚,母亲是这个世界上最爱他的人。他的离去将意味着放弃自己唯一的亲人,这也是他在世界上唯一真实的关系。可另一方面,由于父亲的缺席,迷失了自我的德里克自然而然地将他对自我身份的厌恶和怨恨发泄在了母亲的头上。他讨厌自己卑贱的出身,也憎恨给了自己这样低贱出身的母亲。因此,他要离开家,离开母亲,到外面的世界里去闯荡拼搏,去寻找自我、重新定义"自我"。在西方成长小说中,成长的代价首先就是离开母亲。与母亲的分离往往具有一种"过渡仪式"(passage rites)的性质。

芮渝萍(2004)认为,成长意味着一个人从他者和边缘的位置走向主

---

① Rebecca Harding Davis,"Out of the Sea",in Jean Pfaelzer(ed.),*A Rebecca Harding Davis Reader*,Pittsburgh:University of Pittsburgh Press,1995,pp. 147 - 148.

流文化的中心,实现他者的主体化和边缘的中心化。出色的孩子通常会进入一个他的父母无法进入的社会圈子,或进入一个将他不那么幸运的同伴排除在外的社会。离开家乡后的德里克经过多年的奋斗的确变成了另外一个人,拥有了另一个身份——成为比肯谢德医生。比肯谢德医生是闻名全美的外科医生,他医术高超,技术精湛。拥有金钱、名望和社会地位的比肯谢德成为国内最杰出、最有影响力的一个社交圈子里的核心成员,这个圈子内的人,无论男女都极具智慧和才能。显然比肯谢德已经成为上流社会中的一员。二十年来,男主人公一直试图用"比肯谢德医生"这个光辉夺目的新身份来重新定义"自我"。

除了更改名字之外,选择职业也是男主人公定义"自我"的另一个重要手段和途径。在戴维斯的小说里,以医生为职业的人物多次出现,如《等待裁决》中有着黑人血统的布罗德里普医生(Broderip),《与萨拉医生在一起的一天》中的女医生萨拉(Sarah)等等。笔者特意选了这几个具有代表性的以医生为职业的人物。在笔者看来,相对于病人而言,医生是一个处于主动地位的、具有"权力"的职业,尤其是外科医生。以上列出的这三个人物,捞蛤工的私生子德里克、有黑人血统的布罗德里普,身为女人的萨拉,他们的身份都是某种意义上的"他者"。他们都不约而同地选择用医生这个职业作为重新定义自己身份的手段。成为医生是他们从他者和边缘的位置走向主流文化的中心、实现他者的主体化和边缘的中心化的一个重要途径。在小说中,作者时常用"外科医生"(surgeon)这个职业名称来代替"比肯谢德"的名字。在《等待裁决》中也是如此,作者反复用"外科医生"来代替布罗德里普的名字。在笔者看来,作者之所以强调"外科医生"这个职业,其原因就在于职业是小说中的人物定义自我身份的手段。无论是比肯谢德还是布罗德里普,他们都试图通过外科医生这个职业改变自己的命运,成为掌控自己命运的"主人"。他们在给病人做手术的时候都表现得异常冷酷。比肯谢德对待"切开人的腿和手臂"这件事的态度和他对待画画的态度是一样的。玛丽的叔叔鲍德勒对侄女的婚姻十分满意,因为在他看来,比肯谢德能成为玛丽的"主人",他的身上有一种他还不了解的、罕见的掌控生命的"权力"。① 正是通过外科医生这个职业,比肯谢德试图寻找真正的自我、重新定义自我。

即使是现在,在当下的美国,医生也同样是一个非常让人尊敬的职业。所以我们不难想象,在 19 世纪美国社会转型期,在一个风起云涌的大变革时代,许多美国人会通过从事医生以及类似医生这样的职业来改变自己的社会地位和生活,重新定义自己的身份。

除了改名字、当医生之外,比肯谢德还用其他的一些方式来重新定义自我。例如:他改变自己的生活习惯,生活"就像女人一样精致讲究"②;他画画,尤其喜欢画花,并以此来提高自己的艺术品位;此外,他还通过消费,比如买考究的穿戴和昂贵的珠宝来提升自己的社会地位。

比肯谢德医生如其所愿拥有了一切。然而,"比肯谢德医生"这个身份是否让男主人公感到心满意足,让他过上了幸福快乐的生活,找到了"自我",完成了主体的构建呢? 答案是否定的。比肯谢德非但不快乐,他还异常孤独:他平庸敏感的脸总让人捉摸不透。尽管他已功成名就,但他总是觉得自己是一个人,觉得自己被忽视了。除了孤独之外,比肯谢德还十分痛苦。他抛弃母亲的"卑鄙罪行"每一天都在折磨他,消耗他的精力,并将他的男性气概和勇气一点一点地腐蚀掉。③

由此看来,男主人公并没有完成真正的"自我"男性主体的建构。

三、伟大的母亲与男性主体的重建

最终帮助男主人公找回自我、完成男性主体重建的是他的母亲——身份卑微的捞蛤工费布·特鲁尔。

首先我们来看一下费布·特鲁尔是怎样的一个女人和怎样的一个母亲。费布外貌的最大特征是瘦小:瘦小的身躯,皮包骨的胳膊,瘦削的脸。

---

① Rebecca Harding Davis,"Out of the Sea", in Jean Pfaelzer (ed.), *A Rebecca Harding Davis Reader*, Pittsburgh:University of Pittsburgh Press, 1995, pp. 153 – 154.

② Rebecca Harding Davis,"Out of the Sea", in Jean Pfaelzer (ed.), *A Rebecca Harding Davis Reader*, Pittsburgh:University of Pittsburgh Press, 1995, p. 153.

③ Rebecca Harding Davis,"Out of the Sea", in Jean Pfaelzer (ed.), *A Rebecca Harding Davis Reader*, Pittsburgh:University of Pittsburgh Press, 1995, pp. 154 – 158.

费布的脸上总是流露出一副渴望与忧伤的神情。在村民乔(Joe)的眼中，费布还是他所见过的"最胆小的女人"。然而这样一个胆小怕事的女人却做了一件无论是在当时还是在21世纪的今天都称得上"惊天动地"的事情：她未婚生子，成了一位"单亲妈妈"。在生下儿子德里克时，她失掉了大部分的精力和元气，但她从不后悔生下儿子，在她看来，作为一个女人，成为母亲是一件无比幸福的事。费布也不为自己的未婚生子行为感到羞愧。她像男人一样摇橹划船捞蛤，有尊严地生活，勇敢而坚强地抚养儿子，努力给他提供她能力范围内的最好的生活。"我每天晚上把他的衣服洗干净、熨好，让他穿得和其他孩子一样。我也不在他们经过的路上出现，不让他因为自己的母亲而丢脸。"对于一去不返、杳无音信的德里克，她从来没有抱怨过。她每天等待儿子的消息，她坚信自己的德里克一定会回来。这一等就是二十年。在这二十年里，费布一刻也没有忘记过德里克，她情不自禁地小声喊着"德里克"的名字时，声音中始终带着一种渴望和柔情。①

费布生下私生子并依靠自己的勤劳双手和勇气抚养儿子的经历不禁让笔者想到了《红字》中的海丝特，只不过与海丝特不同的是，费布是一个没有受过教育、生活在社会最底层的劳动人民中的一员。德里克稍稍长大一点的时候，费布甚至因自己的贫穷和无知而羞于和儿子多讲话。即使在当今社会，"单亲妈妈"也无疑是一个"难演的角色"，何况当时是19世纪，而且事情发生在一个偏僻、传统、宗教势力强大的渔村里。在大多数文明中，私生子让未婚女人在社会和经济上处于极为不利的地位，以致很多少女一旦知道自己怀孕，甚至会自杀或杀死婴儿。这样的危险构成了相当强有力的约束，使许多少女遵守风俗要求的婚前贞洁。② 在美国更是如此，一个单身母亲从社会意义上讲是一个不完整的人。即便是在谋生，她的手指上也必须有一只结婚戒指，她才能获得一个人的完整尊严和充分权利。怀孕只有发生在已婚女人的身上才受到尊敬，而未婚母亲则

---

① Rebecca Harding Davis, "Out of the Sea", in Jean Pfaelzer (ed.), *A Rebecca Harding Davis Reader*, Pittsburgh: University of Pittsburgh Press, 1995, pp. 144 – 146.

② 西蒙娜·德·波伏娃：《第二性》Ⅱ，郑克鲁译，上海译文出版社2011年版，第150页。

是丑闻的对象。孩子对她来说是一种无法想象的沉重的负担和障碍。[①]
然而母亲是一种最神奇、最有弹性的生物。这一点在费布身上体现得尤
为明显。费布坚强地克服了来自世俗和自身的种种困难与障碍。她瘦小
的身躯和她强大的毅力与勇气形成了鲜明对比。费布的勇敢和坚毅获得
了回报。她获得了渔村——一个传统而保守的贵格会社区里所有人的尊
敬。人们都尊称她为"费布妈妈"（Mother Phebe）。这简直就是一个奇迹。
因此在笔者看来，无论在哪一个时代，用什么样的标准来衡量，费布·特
鲁尔都是一个伟大的母亲。

　　如前文所述，德里克对母亲的感情十分矛盾。费布将德里克的过去
和现在联系在一起，德里克恨自己的母亲。父亲的缺席使他无法构建主
体，陷入了身份认同的危机和焦虑。当比肯谢德医生知道，自己即将回到
渔村见到粗鄙卑微的母亲时，他的内心无比挣扎和痛苦。因为比肯谢德
期待的是一个举止优雅、出身高贵的母亲，她在注视自己的孩子的时候，
眼睛里流露出来的是高尚纯洁的思想。当比肯谢德想到光着双脚踩在泥
里、把一篮子脏衣服搭在肩膀上的那个年迈的捞蛤工和跟在她身后的野
小子德里克时，他内心的痛苦达到了极点。在描述男主人公的内心挣扎
时，作者对于主人公的称呼不时在"德里克"和"比肯谢德"之间切换，暗示
着此时的男主人公痛苦地在两个"自我"和两个身份之间徘徊。就在这个
时候，海难发生了。比肯谢德医生落入了大海中，生命危在旦夕。落入大
海后，比肯谢德终于"清醒"了，他终于明白自己辛苦多年打拼得到的一
切，金钱、地位、名誉、权力都无足轻重。他此时此刻唯一渴望的就是回到
母亲身边，投入母亲的怀抱，做她的儿子德里克。

　　海洋是最普遍的母性象征之一，大海是母亲子宫的隐喻。荣格说，人
的最高希望"就是死亡幽暗的水变成生命之水，死亡和它冰冷的拥抱是母
亲的怀抱，一切就像大海一样，尽管太阳没入它的深处，却在其中再生"[②]。
就在比肯谢德渐渐失去意识，生命岌岌可危的时候，费布不顾自己的安

[①]　西蒙娜·德·波伏娃：《第二性》Ⅱ，郑克鲁译，上海译文出版社 2011 年版，第
205 页。

[②]　西蒙娜·德·波伏娃：《第二性》Ⅰ，郑克鲁译，上海译文出版社 2011 年版，第
209 页。

危,奋力将他救起(当费布救起比肯谢德的时候,她并没认出他就是自己的儿子德里克),给了他第二次生命。回到岸上之后,德里克跪在费布面前,请求母亲再次拥抱自己。对于一个孩子,尤其是对于一个男孩来说,他的终极目标是独立,而这种独立是通过对早已逝去的包括依附阶段在内的成熟的理解而得以调节和强化的。母亲是生命的给予者和生命的保护者,将过去与现在连为一体,她正处于依附与独立的交接点上。因而在小说中,母亲的形象往往具有突出的地位和重要的意义。她像有特权的他者一样出现,主体通过她得以实现;她是男人的尺度之一,是他的平衡、他的得救、他的历险、他的幸福。① 正是在母亲的怀抱中,男主人公找到了本真的"自我",获得了新生,并最终完成了他男性主体的构建。

德里克的身份困惑不仅是 19 世纪多数美国人的困惑,也是生活在社会转型期的人们共同的困惑。在"成功"这一远大目标的驱使下,人们离开家乡,奔向大城市,去谋求更好的发展,想成为另一个"我"。然而,对于多数人来说,成功的代价是与家庭切断联系、割舍亲情,是个人的孤独和异化。出色的德里克将自己从家庭文化的母体中——那个养育了德里克"自我"的关系网上撕裂出来,进入了一个他的母亲无法进入甚至无法想象的社会圈子,成为比肯谢德医生——获得了梦寐以求的成功。然而比肯谢德却失去了本真的"自我",并深深地陷入焦虑和孤独带来的痛苦之中无法自拔。比肯谢德所经历的孤独、压抑、痛苦、若有所失的种种复杂体验和情感也正是很多人所经历的和切身感受的。如何才能找到最本真的"自我"? 换言之,该以什么样的生活方式生活才能找到最真的"自我"? 相信每一个人都有自己的独特经验和领悟。在笔者看来,戴维斯作品的价值在于,它不仅书写了 19 世纪美国的生活现实,它也是一个对话的场所,给所有生活在社会转型期、有着相似经历的人们提供了一个思考"自我"、反思自己生活方式的机会。

本章以"工作"为主线,深入剖析了戴维斯作品中几个典型的男性人物:移民工人休·沃尔夫、"自造男人"霍姆斯、乌托邦主义者诺尔斯和外

---

① 西蒙娜·德·波伏娃:《第二性》Ⅰ,郑克鲁译,上海译文出版社 2011 年版,第338 页。

科医生比肯谢德(德里克)。这些人物从不同侧面反映了19世纪中期美国工业资本主义迅速发展时期的社会现实,呈现和表达了普通人的复杂经历与体验。在这些人物身上,我们看到了工业主义带来的新型可怕体验以及人们面对这些问题时的焦虑和担忧,看到了19世纪美国正在变动的社会意识,处于社会变迁时代潮流中的普通人对于国家前途和民主命运的担忧,以及在新旧文明更迭时期正在经历工业化和城市化进程的年轻人对于自我的困惑。通过这些男性人物的经历、他们的日常生活感受和价值观,作者展示了那个时代的历史风貌和社会矛盾。在这些男性人物的身上,我们看到的正是处于转型期的社会上普遍存在的孤独、困惑、精神贫乏、压抑、焦虑与绝望等异化的情感。

戴维斯书写的虽然是19世纪的美国现实,但是其作品中揭示和反思的一些问题,如环境污染、贫富差距扩大、拜金主义思想盛行等等也是很多国家和文明在发展的过程中无法回避的问题。对这些问题的探索与思考,正是我们研究戴维斯作品的意义和价值所在。

结　语

　　1839 年,爱默生在一次题为《论文学》的演讲中曾经预言:这个时代的天才不久将记录下一个变革的世界,将把代代相传的真谛写进现实,把博爱写进政权,写进各行各业。作为 19 世纪美国历史进程的亲历者、目击者、参与者、思考者和书写者,戴维斯对 19 世纪美国转型期现实的书写恰好印证了爱默生的预言。

　　成长和生活在 19 世纪美国时代巨变的旋涡中心,作为一个敏感的中产阶级知识女性和有良知的知识分子,戴维斯用"今天的故事"书写了 19 世纪转型期美国的日常现实,记录了时代剧变给人们的心理带来的冲击和给社会带来的震荡,呈现了转型期美国社会微妙复杂、变动不居的情感结构。戴维斯也通过书写"今天的故事",通过使用现实主义和自然主义等"新的"文学形式和表现手法,参与了独特的美国现实主义文学的早期建构,使美国文学在从浪漫主义通向现实主义的道路上迈出了至关重要的一步。

　　通过本书的研究,笔者对戴维斯和她作品有了一些新的认识和评价:

　　首先,戴维斯是一个"转型作家"。目前,人们对于戴维斯的认识普遍停留在"现实主义先驱"这个标签上。尽管 Sharon Harris 和 Dana Seitler 等学者也曾表示,单纯某一个或某几个标签无法准确而全面地描述和概括戴维斯的写作事业和她数量庞大、风格与题材多样的作品,但是她们也始终没有提出一种更加合适的词语或表述。笔者采用"情感结构"的视角研究戴维斯的部分作品之后认为,"转型作家"就是这个更加合适的表达。"转型"有两层含义:其一,戴维斯生活在社会转型期,她的作品书写的是美国由农业文明向工业文明转型时期的新的社会现实;其二,戴维斯的写作事业始于 1861 年,这一年美国南北战争爆发,人们以此为划分美国浪漫主义文学和现实主义文学的分界线。从情感结构的角度来说,要想表现新的社会现实,就意味着抛弃传统的、旧的文学表现形式,使用新的手法和表达。戴维斯恰好站在美国文学的一个分水岭上。戴维斯的作品中同时存在的感伤主义、浪漫主义、现实主义、自然主义等元素表明,作者一直在努力缓解新经验与传统的表达方式之间的张力,她也经历和见证了美国文学由浪漫主义向现实主义过渡和转型的过程。可以说,戴维斯的作品是在审美形式的迫切需要与历史的压力之下应运而生的。

其次,戴维斯是一个典型的 19 世纪美国作家,一个典型的 19 世纪美国女性。

在文学研究领域中,无论具体研究哪一个方向、哪一位作家的学者,出于对自己学术方向的热爱,都习惯将自己的研究对象视为"最重要的"或"十分重要的"。然而在笔者看来,所有的作家加在一起才能诠释出某种文学—文化环境的意义。如果将某一个国家的文学传统比作一幅地图,那么每一个作家,无论他(她)是大作家还是小作家,他(她)的书写都是这幅文学地图上不可或缺的一部分。在笔者看来,戴维斯是一个典型的 19 世纪美国作家,也是一个典型的 19 世纪美国女性。她以中产阶级知识女性的视角,以她个人的实际生活经历和真实体验为底色,以她对社会的描述和观照,对民族和民主的关心,对底层群体的深刻关怀,建构了她所了解的美国转型期的社会现实。和所有同时代作家的书写一样,戴维斯的书写也是 19 世纪的"美国经验"中不可或缺的一部分。

再次,戴维斯的作品是传统与个人才能共同作用的结晶。一些评论家将戴维斯的作品视为 19 世纪女性文学中的一个异类,因为她没有遵循传统的"家庭小说"和"感伤小说"的模式进行创作,并且她作品的主题、人物、写作手法和表达方式在很多方面都是前无古人的。笔者并不同意这样的说法。正如艾略特所说,任何作品都是传统与个人才能结合的产物。任何一个作家,即使他(她)的作品中有许多创新意识和元素,这些意识和元素也必然是既根植于他(她)所在的文学传统之中,又没有完全拘泥于传统的。按照情感结构的观点,作家和哲学家一样,总是竭力想要找到恰当的词语和准确的表达来描述那些新融入他们意识中的东西。而"找到恰当的词语和表达来描述那些新融入他们意识中的东西"的这个过程,就是作家完成对传统的超越,克服他们对传统书写方式和文学前辈带来的压力和焦虑的过程。尽管戴维斯多次宣告自己的作品是对浪漫主义传统的摒弃,但她作品中的一些主题、情节和人物设定还是深受浪漫主义传统的影响。

复次,戴维斯用现实主义和自然主义书写再现了历史,为建构独特的美国民族文学做出了重要贡献。法国作家司汤达在《红与黑》中将小说比喻为带着上路的镜子。文学是否能够指向其语言之外的真实指称物一直是学者们争论的焦点,传统的历史学家对于小说是否能令人信服地再现历史和社会始终心存疑虑。戴维斯对美国转型期社会的现实书写还原了部分历史真相,也充分表明:小说家往往能利用文学的想象做到历史学家做不到的事情,掌握较高层次的真理。美国文学的历史就是美国人逐渐形成自己独特声音的历史。尽管美国现实主义文学在艺术成就上落后于欧洲文学,但它的思想性和民族性却毫不逊色。戴维斯带着艺术家的敏感,注意到了美国人性格的变化,以极大的创作热情忠实地记录自己的所见所闻,写出了具有地方特色的"乡土文学"。她的书写使我们看到了一个民族在某个时代的独特的生活方式,推动了美国的民族主义和民族文学的建构。此外,作为一个承前启后的人物,她对人物的塑造、对写作模式和风格的探索都为独特的美国民族文学的建构做出了巨大的贡献。

最后,戴维斯的作品具有重要的现实意义。戴维斯书写的虽然是已经久远的 19 世纪的美国的现实,但是在她的书写中蛰伏着许多人类面对的共性问题。经济的快速发展、不断推进的新型工业化和城市化进程带来的一些负面影响,如环境污染、贫富差距扩大、拜金主义盛行、信仰缺失等等,是许多国家和文明所无法回避的。戴维斯的小说对这些问题的思考,为我们看待"自我"、解决"自我"的困惑与焦虑提供了参考和借鉴。

赋予文学以意义的一切其他要素——对语言和形式的精通、作者的人格、创新的程度、读者的反应——都比不上作品与"现实世界"之间的相互作用重要。"文学,尤其是小说,毫无疑问是关于我们在文学之外的生活的,关于我们的社会活动,情感生活,物质生活,以及具体的时空感。"[①]艾杜瓦·格里桑说过,大历史是由小历史编织而成的。正是一个个个人的经历和故事,构筑起了美国 19 世纪的大历史背景。戴维斯的作品,尤

---

① 迪克斯坦:《途中的镜子:文学与现实世界》,刘玉宇译,上海三联书店 2008 年版,第 001 页。

其是她的早期代表作是"美国小说发展的里程碑",是我们了解 19 世纪美国社会生活的变化、社会意识的变动、文学的转型、新的文化思潮与新价值观形成的重要文本。如果将整个美国文学比作一幅地图,那么以戴维斯为代表的 19 世纪女性作家的作品就是这幅地图上不可缺少的一片区域。然而就目前来看,这一块区域并没有受到足够的关注。笔者期待自己的研究能起到一个抛砖引玉的作用,使更多文学研究者关注戴维斯的作品,关注 19 世纪美国女性作家和她们的作品。

附　录

本书中引用的丽贝卡·哈丁·戴维斯作品

小说：

《铁厂一生》"Life in the Iron Mills"（1861）

《玛格丽特·霍斯：今天的故事》*Margret Howth：A Story of To-day*（1862）

《约翰·拉玛尔》"John Lamar"（1862）

《大卫·冈特》"David Gaunt"（1862）

《盲汤姆》"Blind Tom"（1862）

《保罗·布勒克尔》"Paul Blecker"（1863）

《黎明的承诺》"The Promise of the Dawn"（1863）

《妻子的故事》"The Wife's Story"（1864）

《离开大海》"Out of the Sea"（1865）

《和谐村民》"The Harmonists"（1866）

《等待裁决》*Waiting for the Verdict*（1868）

《达拉斯·加尔布雷思》*Dallas Galbraith*（1868）

《在市场上》"In the Market"（1868）

《陶罐》"Earthen Pitchers"（1874）

《玛西娅》"Marcia"（1876）

《与萨拉医生在一起的一天》"A Day with Doctor Sarah"（1878）

《在火车站》"At the Station"（1888）

《安妮》"Anne"（1889）

论说文：

《男人的权利》"Men's Rights"（1869）

《中年妇女》"The Middle – Aged Women"（1875）

《两种观点》"Two Points of View"（1887）

《写作的女性》"Women in Literature"（1891）

《黑人的两条出路》"Two Methods with the Negro"（1898）

《战争的残酷面孔》"The Mean Face of War"（1899）

回忆录：

《闲言碎语》*Bits of Gossip*（1904）

参考文献

英文部分

[1] AARON D. The Unwritten War: American Writers and the Civil War [M]. Tuscaloosa: The University of Alabama Press, 2003.

[2] ARENDT H. On Revolution[M]. New York: Penguin Books, 2006.

[3] AUSTIN J C. Success and Failure of Rebecca Harding Davis[J]. Midcontinent American Studies Journal, 1962, 3(1): 44 –49.

[4] BAUER D M, GOULD P. The Cambridge Companion to Nineteenth-Century American Women's Writing[M]. New York: Cambridge University Press, 2001.

[5] BOURDIEU P. Langage et Pouvoir Symbolique[M]. Paris: éditions Fayard , 2003.

[6] BUCKLEY J F. Living in the Iron Mills: A Tempering of Nineteenth-Century America's Orphic Poet[J]. The Journal of American Culture, 2004, 16(1): 67 –72.

[7] CANADA M. Rebecca Harding Davis's Human Stories of the Civil War [J]. Southern Cultures, 2013, 19(3): 57 –71.

[8] CARLYLE T. On Heroes, Hero-Worship, and the Heroic in History [M]. Oxford: Oxford University Press, 1935.

[9] CHAITIN G D. Rhetoric and Culture in Lacan[M]. Cambridge: Cambridge University Press, 1996.

[10] COCHRAN T C, MILLER W. The Age of Enterprise, a Social History of Industrial America[J]. New York: Harper & Row Publishers, 1961.

[11] COTT N F. The Bonds of Womanhood: "Woman's Sphere" in New England, 1780 – 1835[M]. New Haven: Yale University Press, 1977.

[12] COWLEY M. Naturalism in American Literature[M]//PERSONS S. Evolutionary Thought in America. New Haven: Yale University Press, 1950.

[13] CURNUTT K. Direct Addresses, Narrative Authority, and Gender in Rebecca Harding Davis's "Life in the Iron Mills"[J]. Style, 1994, 28 (2): 146 – 168.

[14] DECKARD B S. The Women's Movement: Political, Socioeconomic, and Psychological Issues[M]. New York: Harper & Row Publishers, 1983.

[15] DENNING M. The Cultural Front: The Laboring of American Culture in the Twentieth Century[M]. New York: Verso, 1996.

[16] DIAMOND N. 1861 Revolution in the Atlantic: A Contextual Analysis of "Life in the Iron Mills"[J]. Wittenberg Review, 1990, 1(1): 19 – 29.

[17] DOLAN E. Rebecca Harding Davis and the Troubled Conclusion[J]. American Literary Realism, 2014, 46(3): 251 – 267.

[18] DRAKE R B. A History of Appalachia[M]. Lexington: The University Press of Kentucky, 2001.

[19] FIELDS B J. Who Freed the Slaves? [M]//WARD G C, BURNS K, BURNS R. The Civil War: An Illustrated History. New York: Knopf, 1990.

[20] FISHER P. The Vehement Passions[M]. New Jersey: Princeton University Press, 2002.

[21] GATLIN J. Disturbing Aesthetics: Industrial Pollution, Moral Discourse, and Narrative Form in Rebecca Harding Davis's "Life in the Iron Mills" [J]. Nineteenth-Century Literature, 2013, 68 (2): 201 – 233.

[22] GILBERT S M, GUBAR S. The Norton Anthology of Literature by Women: The Traditions in English[M]. New York: W. W. Norton &

Company, 1985.

[23] GOODLING S B. The Silent Partnership: Naturalism and Sentimentalism in the Novels of Rebecca Harding Davis and Elizabeth Stuart Phelps [M]//PAPKE M E. Twisted from the Ordinary: Essays on American Literary Naturalism. Knoxville: University of Tennessee Press, 2003: 1 – 22.

[24] HAPKE L. Labor's Text: The Worker in American Fiction[M]. New Brunswick: Rutgers University Press, 2001.

[25] HARPER P B. Fiction and Reform II [M]//ELLIOTT E. The Columbia History of the American Novel. New York: Columbia University Press, 1991: 216 – 239.

[26] HARRIS S M. Rebecca Harding Davis and American Realism[M]. Philadelphia: University of Pennsylvania Press, 1991.

[27] HARRIS S M, CADWALLADER R L. Rebecca Harding Davis's Stories of the Civil War Era: Selected Writings from the Borderlands[M]. Athens: University of Georgia Press, 2010.

[28] HENWOOD D E. Voice from the Borderland: Rebecca Harding Davis and the Southern Roots of American Social Protest Fiction[M]. [S. l.]: National Library of Canada,1998.

[29] HESFORD W. Literary Contexts of "Life in the Iron – Mills"[J]. American Literature,1977, 49(1): 70 – 85.

[30] HIGGINS J. The Raymond Williams Reader[M]. Oxford: Blackwell Publisher, 2001.

[31] HOOD R A. Framing a "Life in the Iron Mills"[J]. Studies in American Fiction, 1995, 23(1): 73 – 84.

[32] HUEHLS M. Structures of Feeling: Or, How to Do Things (or Not) with Books[J]. Contemporary Literature, 2010, 51(2): 419 – 428.

[33] JONES G. American Hungers: The Problem of Poverty in US Literature, 1840 – 1945[M]. Princeton: Princeton University Press, 2008.

[34] JUAN E S. Raymond Williams and The Idea of Cultural Revolution[J]. College Literature, 1999, 26(2): 118 – 136.

［35］KIMMEL M. Manhood in America：A Cultural History［M］. 4th ed. New York：Oxford University Press，2018.

［36］LANG A S. The Syntax of Class：Writing Inequality in Nineteenth-Century America［M］. Ann Arbor：University of Michigan Press，2006.

［37］LASSETER J M，HARRIS S M. Rebecca Harding Davis：Writing Cultural Autobiography［M］. Nashville：Vanderbilt University Press，2001.

［38］LI W L. Towards a Sentimental Rhetoric：A Rhetorical Reading of Rebecca Harding Davis's "Life in the Iron Mills"［J］. Style，2013，47（2）：193 -205.

［39］MASUR L P. The Real War will Never Get in the Books：Selections from Writers during the Civil War［M］. Oxford：Oxford University Press，1993.

［40］MATTHEWS S S. Change and Theory in Raymond Williams's Structure of Feeling［J］. Literary and Cultural Studies，2001，10（2）：179 -194.

［41］MCPHERSON J M. Who Freed the Slaves？［J］. Proceedings of the American Philosophical Society，1995，139（1）：1 -10.

［42］MILES C S. Representing and Self-Mutilating the Laboring Male Body：Re - Examining Rebecca Harding Davis's "Life in the Iron Mills"［J］. American Transcendental Quarterly，2004，18（2）：89 -104.

［43］MORRISON L. The Search for the Artist in Man and Fulfillment in Life：Rebecca Harding Davis's "Life in the Iron Mills"［J］. Studies in Short Fiction，1996，33（2）：245 -53.

［44］O'CONNOR A. Raymond Williams：Writing，Culture，Politics［M］. New York：Basil Blackwell Ltd，1989.

［45］OLSEN T. A Biographical Interpretation［M］//OLSEN T. Life in the Iron Mills and Other Stories. New York：The Feminist Press，1985：67 -174.

［46］PAPKE M E. Twisted from the Ordinary：Essays on American Literary Naturalism［M］. Knoxville：University of Tennessee Press，2003：23 -44.

[47] PFAELZER J. A Rebecca Harding Davis Reader[M]. Pittsburgh: University of Pittsburgh Press, 1995.

[48] PFAELZER J. Parlor Radical: Rebecca Harding Davis and the Origins of American Social Realism[M]. Pittsburgh: University of Pittsburgh Press, 1996.

[49] PIZER D. Realism and Naturalism in Nineteenth-Century American Literature[M]. Carbondale: Southern Illinois University Press, 1984.

[50] PIZER D. The Theory and Practice of American Literary Naturalism: Selected Essays and Reviews[M]. Carbondale: Southern Illinois University Press, 1993.

[51] ROBINSON J M. Writing before the Ending: Art and Gender in the Work of Rebecca Harding Davis[D]. Bloomington: Indiana University Bloomington, 2001.

[52] ROME A W. Coming to Terms with Pollution: the Language of Environmental Reform, 1865 – 1915[J]. Environmental History, 1996, 1(3): 6 – 28.

[53] ROSE J A. Reading "Life in the Iron – Mills" Contextually: A Key to Rebecca Harding Davis's Fiction[M]//MORAN C, PENFIELD E F. Conversations: Contemporary Critical Theory and the Teaching of Literature. Urbana: NATL Council of Teachers of English, 1990: 187 – 199.

[54] ROSE J A. Rebecca Harding Davis[M]. New York: Twayne Publishers, 1993.

[55] ROSE J A. The Fiction of Rebecca Harding Davis: A Palimpsest of Domestic Ideology beneath a Surface of Realism[D]. Athens: University of Georgia, 1989.

[56] ROTUNDO A E. American Manhood: Transformations in Masculinity from the Revolution to the Modern Era[M]. New York: Harper, 1993.

[57] SCHEIBER A J. An Unknown Infrastructure: Gender, Production, and Aesthetic Exchange in Rebecca Harding Davis's "Life in the Iron – Mills"[J]. Legacy, 1994, 11(2): 101 – 117.

[58] SCHOCKET E. Vanishing Moments: Class and American Literature

[M]. Ann Arbor: University of Michigan Press, 2006.

[59] SEDGWICK E. A History of the Atlantic Monthly, 1857 – 1909: Yankee Humanism at High Tide and Ebb[M]. Amherst: University of Massachusetts Press, 1994.

[60] SEITLER D. Strange Beauty: The Politics of Ungenre in Rebecca Harding Davis's 'Life in the Iron Mills[J]. American Literature, 2014, 86(3): 523 –549.

[61] SELTZER M. The Still Life[J]. American Literary History, 1991, 3 (3): 455 –486.

[62] SHULMAN R. Realism[M]//ELLIOTT E. The Columbia History of the American Novel. New York: Columbia University Press, 1991: 160 –188.

[63] SHURR W H. "Life in the Iron – Mills": A Nineteenth-Century Conversion Narrative[J]. American Transcendental Quarterly, 1991, 5(4): 245 –257.

[64] SILVER A. "Unnatural Unions": Picturesque Travel, Sexual Politics, and Working – Class Representation in "A Night Under Ground"and "Life in the Iron Mills"[J]. Legacy, 2003, 20(1/2): 94 –117.

[65] SWINGEWOOD A. Cultural Theory and the Problem of Modernity[M]. London: MacMillan Press, 1998.

[66] THOMSON R G. Extraordinary Bodies: Figuring Physical Disability in American Culture and Literature[M]. 20th Anniversary ed. New York: Columbia University Press, 2017.

[67] TOMPKINS J. Sensational Designs: The Cultural Work of American Fiction, 1790 –1860[M]. New York: Oxford University Press, 1985.

[68] WARHOL R R. Toward a Theory of the Engaging Narrator: Earnest Interventions in Gaskell, Stowe, and Eliot[J]. PMLA, 1986, 101(5): 811 –818.

[69] WEGNER P E. Spacial Criticism: Critical Geography, Space, Place and Textuality[M]//WOLFREYS J. Introducing Criticism in the 21st Century. Edinburgh: Edinburgh University Press, 2002: 179 –201.

［70］WEST M D. Romantic Irony in the Short Fiction of Rebecca Harding Davis［J］. American Literary Realism，2015，47（3）：235－249.

［71］WILLIAMS R. Border Country［M］. London：Hogarth Press，1988.

［72］WILLIAMS R. Marxism and Literature［M］. Oxford：Oxford University Press，1977.

［73］WILLIAMS R. The Idea of Culture［J］. Essays in Criticism，1953，3（3）：239－266.

［74］WILLIAMS R. The Long Revolution［M］. New York：Broadview Press，2001.

［75］WOLOCH N. Women and the American Experience［M］. 2nd ed. New York：McGraw－Hill Education，1994.

［76］YELLIN J F. Afterword［M］//DAVIS R H. Margret Howth：A Story of To-day. New York：The Feminist Press，1990.

［77］YELLIN J F. The "Feminization" of Rebecca Harding Davis［J］. American Literary History，1990，2（2）：203－219.

［78］YIN Q P. Space，Cultural Materialism and Structure of Feeling：Reflections on the Chinese Reception of Raymond Williams［J］. The Cambridge Quarterly，2012，41（1）：163－179.

［79］ZAGARRI R. The Postcolonial Culture of Early American Women's Writing［M］//BAUER D M，GOULD P. The Cambridge Companion to Nineteenth-Century American Women's Writing. Cambridge：Cambridge University Press，2001：19－37.

［80］ZIBRAK A. Writing Behind a Curtain：Rebecca Harding Davis and Celebrity Reform［J］. ESQ：A Journal of the American Renaissance，2014，60（4）：522－556.

中文部分：

［1］埃文斯. 为自由而生：美国妇女历史［M］. 杨俊峰，译校. 沈阳：辽宁人民出版社，1995.

［2］巴德. 美国背景［M］//皮泽尔. 美国现实主义和自然主义：豪威尔斯

到杰克·伦敦. 张国庆,译. 武汉:武汉大学出版社,2009:17—42.

[3]贝尔. 资本主义的文化矛盾[M]. 赵一凡,蒲隆,任晓晋,译. 北京:商务印书馆,1992.

[4]波伏娃. 第二性:I[M]. 郑克鲁,译. 上海:上海译文出版社,2011.

[5]波伏娃. 第二性:II[M]. 郑克鲁,译. 上海:上海译文出版社,2011.

[6]伯科维奇. 剑桥美国文学史:第二卷[M]. 史志康,等,译. 北京:中央编译出版社,2008.

[7]伯科维奇.剑桥美国文学史:第三卷[M].蔡坚,张占军,鲁勤,译. 北京:中央编译出版社,2010.

[8]曹成竹.情感结构:威廉斯文化研究理论的关键词[J].北方论丛,2014(3):44—48.

[9]陈兵."新女性"阴影下的男性气质:哈格德小说中的性别焦虑[J]. 外国文学评论,2018(1):137—153.

[10]迪克斯坦. 途中的镜子:文学与现实世界[M]. 刘玉宇,译. 上海:上海三联书店,2008.

[11]丁则民,黄仁伟,王旭,等.美国通史(第3卷):美国内战与镀金时代1861—19世纪末[M]. 北京:人民出版社,2002.

[12]杜潮. 关于美国工业革命的开始阶段[J]. 世界历史,1981(4):96.

[13]凡勃伦. 有闲阶级论[M]. 李风华,译. 北京:中国人民大学出版社,2017.

[14]方凡,李珊珊. 工业现实的女性书写:《铁厂一生》与美国现实主义的早期建构[J].浙江学刊,2018(4):190—197.

[15]方纳. 烈火中的考验:亚伯拉罕·林肯与美国奴隶制[M]. 于留振,译.北京:商务印书馆,2017.

[16]福柯. 规训与惩戒[M].4版. 刘北成,杨远婴,译. 北京:三联书店,2012.

[17]福柯. 福柯说权力与话语[M]. 陈怡含,编译. 武汉:华中科技大学出版社,2017.

[18]弗洛伊德. 论文明[M]. 徐洋,何桂全,张敦福,译. 北京:国际文化出版公司,2007.

[19]福斯特. 这受难的国度:死亡与美国内战[M]. 孙宏哲,张聚国,译.

南京:译林出版社,2015.

[20]付德根. 感觉结构概说:雷蒙德·威廉斯的文化唯物主义的一个概念[J]. 马克思主义美学研究,2006(9):91—98.

[21]傅其林. 审美意识形态的人类学阐释:二十世纪国外马克思主义审美人类学文艺理论研究[M]. 成都:巴蜀书社,2008.

[22]甘文平. 惊奇的回归:《红字》中的海斯特·白兰形象解读[J]. 外国文学研究,2003(3):64—68.

[23]高惠蓉. 女权与教育:美国女子高等教育发展研究[M]. 上海:上海三联书店,2010.

[24]格兰特. 美国黑人斗争史:1619年至今的历史、文献与分析[M]. 郭瀛,伍江,杨德,等,译. 北京:中国社会科学出版社,1987.

[25]葛红兵,宋耕. 身体政治[M]. 上海:上海三联书店,2005.

[26]宫玉波,梁亚平. 殉难、复仇、融合:试评美国文学中黑人形象的嬗变[J]. 外国文学研究,2003(5):158—176.

[27]黑格尔. 历史哲学[M]. 王造时,译,上海:上海书店出版社,1999.

[28]黄作. 不思之说:拉康主体理论研究[M]. 北京:人民出版社,2005.

[29]霍顿,爱德华兹. 美国文学思想背景[M]. 房炜,孟昭庆,译. 北京:人民文学出版社,1991.

[30]吉登斯. 现代性与自我认同:现代晚期的自我与社会[M]. 赵旭东,方文,译. 王铭铭,校. 北京:三联书店,1998.

[31]津恩,阿诺夫. 另一半美国史[M]. 汪小英,邱霜霜,译. 杭州:浙江人民出版社,2017.

[32]金莉. 美国女权运动·女性文学·女权批评[J]. 美国研究,2009(1):62—79.

[33]金莉. 霍桑、胡写乱画的女人们与19世纪文学市场[J]. 外语教学,2016(4):66—71.

[34]金莉. 异化与救赎:《铁厂生活》与19世纪美国工业化社会[J]. 外国文学,2017(5):3—13.

[35]金莉,等. 20世纪美国女性小说研究[M]. 北京:北京大学出版社,2010.

[36]金雯. 情感史与跨越边界的文学研究[J]. 西北工业大学学报:社会

科学版,2018(2):71—80.

[37] 卡莱尔. 文明的忧思[M]. 宁小银,译. 北京:中国档案出版社,1999.

[38] 卡瓦拉罗. 文化理论关键词[M].张卫东,张生,赵顺宏,译.南京:江苏人民出版社,2005.

[39] 拉康. 拉康选集[M]. 褚孝泉,译. 上海:上海三联书店,2001.

[40] 莱恩. 马克思主义的艺术理论[M].艾晓明,尹鸿,康林,译.长沙:湖南人民出版社,1987.

[41] 兰瑟. 虚构的权威:女性作家与叙述声音[M]. 黄必康,译. 北京:北京大学出版社,2002.

[42] 李峰. 试析梁启超的"英雄史观"[J]. 浙江学刊,1997(1):93–97.

[43] 李公昭. 分裂的声音:美国内战小说和评论综述[J]. 外国文学研究,2009(5):128—136.

[44] 李公昭. 美国战争小说史论[M]. 北京:北京大学出版社,2012.

[45] 李剑鸣. 大转折的年代:美国进步主义运动研究[M].天津:天津教育出版社,1992.

[46] 李霞.个性化的日常生活如何可能:赫勒日常生活理论研究[M]. 北京:人民出版社,2011.

[47] 李颜伟. 知识分子与改革:美国进步主义运动新论[M]. 北京:中国社会科学出版社,2010.

[48] 梁鸿. 妥协的方言与沉默的世界:论阎连科小说语言兼谈一种写作精神[J].扬子江评论,2007(6):35—42.

[49] 刘进. 文学与"文化革命":雷蒙德·威廉斯的文学批评研究[M].成都:巴蜀书社,2007.

[50] 陆谷孙. 英汉大词典[M].2版.上海:上海译文出版社,2007.

[51] 洛克. 人类理解论[M]. 关文运,译. 北京:商务印书馆,1983.

[52] 蒙田. 蒙田随笔集[M]. 马振聘,译. 上海:上海译文出版社,2014.

[53] 珀蒂菲斯. 十九世纪乌托邦共同体的生活[M].梁志斐,周铁山,译.上海:上海人民出版社,2007.

[54] 乔修峰. 卡莱尔的"社会理念"[J].外国文学评论,2012(1):81—93.

[55]芮渝萍. 美国成长小说研究[M]. 北京:中国社会科学出版社,2004.

[56]萨莫瓦约. 互文性研究[M]. 邵炜,译. 天津:天津人民出版社,2003.

[57]邵琦. 卡莱尔英雄主义观对爱默生个人主义的影响[J]. 世界文学评论,2011(2):276—278.

[58]申丹,韩加明,王丽亚. 英美小说叙事理论研究[M]. 北京:北京大学出版社,2005.

[59]斯坦纳. 语言与沉默:论语言、文学与非人道[M]. 李小均,译. 上海:上海人民出版社,2013.

[60]斯托夫人. 汤姆叔叔的小屋[M]. 李自修,译. 北京:中央编译出版社,2010.

[61]隋红升. 危机与建构:欧内斯特·盖恩斯小说中的男性气概研究[M]. 杭州:浙江大学出版社,2011.

[62]隋红升. 莫里森《慈悲》对西方传统女性气质的伦理反思[J]. 外国文学研究,2017(2):93—100.

[63]瓦特. 小说的兴起:笛福、理查逊、菲尔丁研究[M]. 高原,董红钧,译. 北京:三联书店,1992.

[64]王恩铭. 二十世纪美国妇女研究[M]. 上海:上海外语教育出版社,2002.

[65]王庆卫. 文化唯物主义、共同文化与情感结构:论雷蒙·威廉斯"三条进路"对马克思主义文化观的继承与发展[J]. 中山大学学报:社会科学版,2018(2):12—19.

[66]王汶成. 文学及其语言[M]. 北京:人民出版社,2012.

[67]王姝娴. 社会、文化与身体[J]. 理论界,2011(9):87—89.

[68]王志耕. 与大历史的"一个人的战争":再论《静静的顿河》[J]. 外国文学评论,2012(4):138—149.

[69]威廉斯. 关键词:文化与社会的词汇[M]. 2版. 刘建基,译. 北京:三联书店,2016.

[70]威廉斯. 文化与社会:1780—1950[M]. 高晓玲,译. 北京:商务印书馆,2018.

[71]威廉斯. 政治与文学[M]. 樊柯,王卫芬,译. 开封:河南大学出版

社,2010.

[72]韦伯.新教伦理与资本主义精神[M].康乐,简惠美,译.桂林:广西师范大学出版社,2010.

[73]魏燕.艾尔弗雷德·卡津[M].南京:译林出版社,2012.

[74]沃尔夫莱.批评关键词:文学与文化理论[M].陈永国,译.北京:北京大学出版社,2015.

[75]吴尔夫.一间自己的房间[M].贾辉丰,译.北京:商务印书馆,2016.

[76]吴冶平.雷蒙德·威廉斯的文化理论研究[M].兰州:甘肃人民出版社,2006.

[77]伍庆.消费社会与消费认同[M].北京:社会科学文献出版社,2009.

[78]谢江平.反乌托邦思想的哲学研究[M].北京:中国社会科学出版社,2007.

[79]徐德林.乡村与城市关系史书写:以情感结构为方法[J].外国文学评论,2016(4):60—77.

[80]徐颖果,马红旗.美国女性文学:从殖民时期到20世纪[M].天津:南开大学出版社,2010.

[81]阎嘉.情感结构[J].国外理论动态,2006(3):60—61.

[82]姚建平.消费认同[M].北京:社会科学文献出版社,2006.

[83]伊格尔顿.马克思主义与文学批评[M].北京:人民文学出版社,1980.

[84]殷企平.卡莱尔"英雄"观的积极意义[J].杭州师范大学学报:社会科学版,2009(6):86—90.

[85]殷企平.推敲"进步"话语:新型小说在19世纪的英国[M].北京:商务印书馆,2009.

[86]殷企平.召唤新现实主义:威廉斯小说观述评[J].外国文学,1997(5):64—67,72.

[87]虞建华.美国文学大辞典[M].北京:商务印书馆,2015.

[88]詹明信.晚期资本主义的文化逻辑[M].张旭东,编.陈清侨,严锋,等,译.北京:三联书店,2013.

[89]张德明.流散族群的身份建构:当代加勒比英语文学研究[M].杭

州:浙江大学出版社,2007.

[90]张德明. 英国旅行文学与现代"情感结构"的形成[J].浙江大学学报:人文社会科学版,2011(2):152—159.

[91]张立新.文化的扭曲:美国文学与文化中的黑人形象研究(1877—1914 年)[M]. 北京:中国社会科学出版社,2007.

[92]张平功. 历史之镜:析雷蒙德·威廉斯的文化唯物主义[J].学术研究,2003(8):70—73.

[93]张晓立. 美国文化变迁探索:从清教文化到消费文化的历史演变[M]. 北京:光明日报出版社,2010.

[94]张友伦,陆镜生,李青,等.美国通史(第 2 卷):美国的独立和初步繁荣 1775 - 1860[M].北京:人民出版社,2002.

[95]赵国新. 新左派的文化政治:雷蒙·威廉斯的文化理论[M]. 北京:外语教学与研究出版社,2009.

[96]赵杰,刘永兵. 语言·社会·权力:论布迪厄的语言社会观[J]. 外语学刊,2013(1):2—7.

[97]赵一凡,张中载,李德恩. 西方文论关键词. 北京:外语教学与研究出版社,2006.

[98]周莉萍. 美国妇女与妇女运动[M]. 北京:中国社会科学出版社,2009.

[99]朱世达. 关于美国中产阶级的演变与思考[J]. 美国研究,1994(4):39—54.

[100]左拉. 实验小说论[M]. 李天纲,主编. 张资平,译. 上海:上海社会科学院出版社,2017.